VINDOBONA

VERLAG SEIT 1946

Jarurat VS Jarurat

Lionel 3 & Lionel 4

Ready? Set. Take off!

VINDOBONA
VERLAG SEIT 1946

Bibliografische Information
der Deutschen Nationalbibliothek:

Die Deutsche Nationalbibliothek
verzeichnet diese Publikation in
der Deutschen Nationalbibliografie.
Detaillierte bibliografische Daten
sind im Internet über
http://www.d-nb.de abrufbar.

© 2022 Vindobona Verlag

ISBN 978-3-949263-71-2
Lektorat: Laura Oberdorfer
Umschlagfoto: Jarurat VS Jarurat
Umschlaggestaltung, Layout & Satz:
Vindobona Verlag
Autorenfoto:
Photograph by Jarurat VS Jarurat

Gedruckt in der Europäischen Union
auf umweltfreundlichem, chlor- und
säurefrei gebleichtem Papier.

Die/Der AutorIn

Jarurat VS Jarurat, geboren im April 1994, ist ein/e non-binäre/r Künstler/in.

In ihren/seinen Schreibwerken (veröffentlicht oder noch nicht), setzt sie/er sich, fokussiert oder als Message verpackt, für sozialkritische Themen ein. Zu diesen zählen unter anderem Bereiche wie „Menschenrechte für Adoptierte", „LGBTQIA" sowie „Gleichberechtigung für Männer und Frauen".

Die/Der von Freunden als „rebellisch" Deklarierte liebt es, mit ihrer/seiner Stimme, sei dies im gesprochenem, gesungenem oder geschriebenem Wort, zu spielen. Vielleicht können Sie somit bald nicht „nur" LeserIn, sondern ebenso ZuhörerIn von dieser/diesem AutorIn sein.

Inhaltsverzeichnis

Lionel & Lionel 2
„Der Kodex der Autos"
[Ein ziemlich langer Trailer.]

Vorspann
„Vergangenheit"

Lux/Partede. Für viele ein sehr unscheinbarer Ort, an dem die Menschen einst nichts mehr wollten als Frieden. Sei es von anderen Menschen, oder was viele dort damals bis gar heute nicht wussten und wissen, von unseren Maschinen, die uns tagtäglich begleiten, auch wenn sie sich im Stillstand befinden.

Vor einigen Jahrzehnten spielte sich in Lux eine ganz besondere, wenn auch sehr dramatische Geschichte ab. Genau genommen müsste ich Ihnen mitteilen, dass es wie so oft im Leben mehrere Geschichten waren, die das große Ganze ergaben. Sie wollen einen Einblick? Sehr gern!

Einfach umblättern.

Die Vorgeschichte
„Name"

Der Regenguss schien unendlich. Niemand wollte bei diesem Wetter mehr hinaus.

Die riesigen, dunklen Wolken übersäten das ganze Land und *Partede* war somit zur Gänze im Regen eingehüllt. An diesem Samstag Mittag eines Mais wollte keiner seinen Garten pflegen oder gar das Schwimmbad aufsuchen oder sonstige Freizeitaktivitäten ausüben, wie man es sonst hier im Bundesland genannt *Lux* beobachten konnte. Nein, kein Mensch weit und breit. Nicht einmal Kinder wollten draußen in den Pfützen herumspringen oder gar eine Schlammschlacht spielen. Keine Menschen, die ihren Einkauf aus dem Auto ins Haus schleppten. Kein verführerischer Grillgeruch. Keine Kleinkinder, die ganz neugierig den Schmetterling zu fangen versuchten, der gerade eben noch auf ihrer Kuscheldecke im Garten gelandet war. Kein Zwitschern der Vögel, nur hin und wieder vereinzelt ein *„Huhu huhu"* einer Eule, die den Tag für eine anbrechende Nacht hielt, da die Wolken der Sonne ihre sonst so prächtigen Strahlen verwehrten.

Alles was man jedoch sah und erblicken konnte war ein menschenleerer Ort, auf den der Regen seit nun schon Freitagmittag einprasselte.

Es kam einer Geisterstadt gleich. Selbst der einzige öffentliche, aber dafür umfangreiche Spielplatz den Lux besaß, selbst dieser Platz, der normaler Weise nur so von Menschen wimmelte, wirkte wie ein Geisterspielplatz, der ohne weiteres mit diesen Wetterbedingungen als Horrorfilm-Szenenkulisse eingesetzt werden könnte.

Die Schaukeln schwangen angetrieben von dem starken Wind von allein vor und zurück. Bei jedem Schwung knirschte es aufgrund der Metallringe, die wiederum an die Metallhaken rieben, an denen sie befestigt waren. Die Wippen wurden mit jedem stärkeren Windzug mitgerissen und wippten auf und ab. Jedes Mal, wenn die Enden der Baumstammwippen den Boden berührten, hörte man einen lauten Knall. Die aus Holz erbauten Klettergerüste, mit eingebautem Ritter und Kriegerschutzraum, dienten plötzlich als Regenrinne und auch noch am Ende des Spielplatzes hörte man den Wind pfeifen, wenn er durch die Bretter fegte.

Wenn man ganz genau hinhörte, dann konnte man die Regentropfen, die von den Spielplatzgeräten herunterrannen, in die Pfütze platschen hören, als hätte jemand den Wasserhahn nicht ordentlich zugedreht.

Gar nicht weit von diesem Spielplatz öffnete sich eine Tür.

Diese große, prunkvolle Tür gehörte zu einer der prachtvollsten Villen in dieser Siedlung.

Drei Stockwerke hoch, inklusive Keller und einer großen Garage, in der locker drei bis vier Autos Platz hätten. Umgeben von dem gut gepflegten, normalerweise um diese Jahreszeit blühenden Gartenanwesen. Der Pool war als ein Unikat angefertigt worden und wurde von Marmor umrundet, dazu kamen noch zehn Liegen und ein wunderschöner, großer, aus Mahagoni gefertigter Gartentisch, an dem zehn Leute und ein Vier-Gänge-Menü ohne Weiteres Platz hatten. Der große Grill, der normalerweise jeden zweiten, sonnigen, sommergleichen oder eben Sommertag in Betrieb war, stand gleich daneben und war somit die Kirsche auf dem Sahnehäubchen.

Das natürlich wunderschöne, glänzende Türschild, geschrieben in Latein kursiv, ließ erkennen, dass dieses Anwesen keinen geringeren Bewohnern von Lux/Partede gehörte als der Familie Skimen.

Neben diesem Türschild stand er nun. James, das einzige „Kind" der Familie Skimen war eingepackt in der passenden Regenwetterausrüstung, an welcher, wie an jedem Kleidungsstück, das Markenzeichen nur so ins Auge stach.

Vater Konrad bemerkte seinen Jungen gar nicht, denn dieser war viel zu beschäftigt, den Ofen des Anwesens zu heizen, genauso wenig bemerkte es Mutter Priya, die sich zeitgleich eine heiße Schokolade zubereitete. Noch dazu war der Fernseher, der mit einem Heimkino System ausgerüstet war, viel zu laut gestellt. Aber wie sollte es denn anders sein, irgendwie musste man ja das Knistern des Ofens und das Herumkramen in der Küche übertönen.

Das Klatschen der Türe wurde somit von dem lauten Fußballkommentator, welcher emotional kommentierte, im Keim erstickt.

James interessierte sich jedoch nicht die Bohne dafür, dass während er hinaus ging, der Kommentator fröhlich und fast hysterisch verkündete, dass Partede es in diesem Moment zur fixen Teilnahme an der Fußballweltmeisterschaft geschafft hatte.

James ging zielgerichtet zum Tor des Gartenzauns und öffnete dieses und schloss es hinter sich ab.

Dem Wetter gleich blickte er durch die menschenleeren, jedoch pfützenreichen Straßen.

Mutter und Vater Skimen waren der Meinung, dass solche traurigen Blicke ihres nun schon siebzehnjährigen Jungens unangebracht waren. Er hatte doch alles. In ihrer Villa, die für zwei fünfköpfige Familien mehr als nur ausreichend Platz bot, diente somit auch jede Menge Platz für sein Hab und Gut, dass sich in seinen siebzehn Lebensjahren nur so häufte …

Szene 1
„Wo steckt er bloß?"

„Er ist zu verwöhnt", hörte man Konrad Skimen lautstark noch außerhalb der weißen Innenwände der Villa sagen.

„Was soll ich sagen", meinte Priya. „Ich bin mit meinen Nerven fertig", brodelte es aus ihr heraus.

James, der gerade auf der breiten Wendeltreppe stand, musste dieses Gespräch mit anhören.

„Alles geben wir diesem undankbaren, schwer pubertierenden Jungen. Sogar, dass er unser Auto in Besitz nimmt, lassen wir ihm durchgehen", tauschte sich die Mutter mit ihrem Ehegatten aus.

Der Junge schaffte es auch an diesem Tag nicht mehr länger und machte sich bereit, wieder einmal in das noch immer von dem Unwetter geplagte Lux hinauszugehen, dem Ganzen den Rücken zu zudrehen und wieder einmal erneut in seine eigene Welt zu verschwinden.

Er stapfte schon sage und schreibe das fünfte Mal durch den Ort, während Jay alles Mögliche durch seinen Kopf ging.

„Er hat keine Freunde! Na und, das ist nicht unser Problem!", erinnerte er sich.

Die Tränen, die ihm dabei aus den Augen über die Wangenbäckchen und letztendlich auf die Jacke oder auf den Boden zu den Regentropfen kullerten, würden in diesem dichten Regen nicht einmal auffallen, sofern ihn denn wer sehen würde.

Plötzlich schoss ihm das Bild seiner weinenden Mutter wieder vor das innere Auge und das des aus purer Wut rot angelaufenen Vaters.

Weshalb?! Warum verstanden sie ihn nicht. Was hatte er denn verbrochen, außer dass er geboren war und ihnen früher versuchte, verzweifelt zu sagen, dass er vielleicht einmal mit ihnen gemeinsam in den Zoo gehen wollte, denn das taten andere Eltern mit deren Kindern auch. Sie erzählten James früher, als er noch die Volksschule besuchte, immer davon. Von den Löwen, den prachtvollen Königen der Savanne oder von den schnellsten Tieren, den Geparden. Wie sie ihre Schnelligkeit demonstrierten, als sie gefüttert wurden. Oder als einmal ein Elefantenbulle geduscht worden war und dass er von seiner Frau getrennt wurde, denn sie bekam vor kurzen ihr erstes Elefantenkalb. Es war ein Junge. „Darbi" nannte ihn der Zoo. Sogar das Elefantenbaby war draußen im Außengehege zu begutachten! Deswegen waren die Eltern schnurstracks mit ihren Kindern in den Zoo gegangen. Aber eben nur deren Eltern.

Seine Eltern hatten zu viel zu tun, denn damals, als es Darbi zu begutachten gab, bekamen sie den neuen Pool und sie wollten die Arbeiter ja nicht aus den Augen verlieren. „Wo kämen wir denn dahin! Stell dir vor, die benutzen ihn, wenn er fertig ist oder verpfuschen uns den Pool, wenn wir sie nicht beobachten", hörte er zusätzlich zu dem Kurzfilm über die damalige Szene, der sich in seinem Kopf unfreiwillig abspielte. Aber dass James vielleicht Faxen machen könnte oder vielleicht in den noch leeren, sich in Arbeit befindlichen Pool stürzen könnte, während die Eltern das Haus überwachen mussten, weil die Arbeiter Mittagspause machten, kam ihnen kein einziges Mal in den Sinn.

James' Tränen waren nicht mehr zu bändigen und er dachte nicht daran, seine Spazierrunden zu beenden. Nicht einmal die Hunde, die draußen in den Nachbargärten herum stapften, interessierte es mehr. Zum zehnten Mal schon kam er an den Hunden vorbei. Die ersten Male waren sie entweder begeistert davon, dass etwas passierte oder sie versuchten ihn zu verbellen, aber dieses Mal war es ihnen allen einfach nur noch zu blöd.

Währenddessen im Elternhaus bemerkte Priya, dass sie ihren Sohn schon sicher drei Stunden nicht mehr gesehen oder von ihm gehört hatte. Sorgen machte sie sich keine, es war ihr nur furchtbar peinlich, dass gerade IHR Sohn der „depressive, verzogene, undankbare, merkwürdige Junge" dieses Ortes war und wenn er dann noch so depressiv frei herumlief, machte es das auch nicht besser. *Was ist, wenn die Familie Dasar das sieht?*

Die Familie Dasar gehörte zu ihren „besten Freunden". Ein verheiratetes Paar, das ungefähr den gleichen Wohlstand wie Familie Skimen hatte.

Also extrem reiche, eingebildete Schnösel, die natürlich nur das Beste vom Besten wollten und auch besaßen sowie auch nur regionale Kost zu sich nahmen. Die kein Trinkgeld gaben, wenn sie das Chinarestaurant aufsuchten, da sie der Meinung waren, dass „DIE UNS JA DIE ARBEITSPLÄTZE WEGNEHMEN – UND/aber auch für ihr Geld gefälligst arbeiten sollen, denn DIE tun ja sonst nie was". (Dieser Rassismus unterschied die Dasars von den Skimens. Wenn Konrad und Priya gewusst hätten, was des Dasars Gedanken wären, wären sie gewiss nicht mehr mit ihnen befreundet. Immerhin.)

Gerald war Angestellter bei der Automobilfirma „Danni", aber kein kleiner Mann. Er war ein ganz Großer in seinem Business, da er der Boss der Design-Abteilung von Danni war. Seine Frau Ingrid hingegen hatte als Tagesmutter gedient. Bei den Kindern, auf die sie aufzupassen hatte, war sie als „böse Hexe" oder „böse Stiefmutter" bekannt. Früher entwarf die gelernte Schneiderin ihre eigene Mode für „Die Frau im besten Alter". Sprich für alte Schnöselinen, die gerne leicht orientalisch angehauchte Mode trugen, vielleicht genug Geld hatten, um sie im jeweiligen Land zu kaufen, aber dort nicht hinfuhren, weil „Die sind ja gefährlich und ungesittet".

James selber war aber nie bei ihr in Tagesaufsicht. Wo käme man da schon wieder hin?! Dann wüsste Ingrid vielleicht, dass James ein Rotzlöffel war.

Gerald und Ingrid Dasar passten also wie Arsch auf Eimer zueinander. Kinder hatten sie keine. Somit hatte James, wenn sie zu Besuch waren, auch nie einen Spielkameraden, der vielleicht genauso denken könnte wie er.

„Koooooonraaaad! Wo steckt der Bengel schon wieder?!“, brüllte Priya plötzlich.

„Ich habe keine Ahnung! Vielleicht ist er ja ertrunken in den Regenmassen, die herunter strömen“, konnte sich Herr Skimen einfach nicht verkneifen.

„Na, sehr witzig! Wenn das passiert, Kon, das wäre schrecklich! – Dann hieße es ja, dass wir schlechte Eltern wären! Um Himmelswillen! Das darf nicht passieren!“, erwiderte seine Gattin.

Szene 2
„Nur das Beste vom Besten bitte"

James wäre das Herz gebrochen, wenn er dieses Gespräch mitbekommen hätte.

Seitdem er denken konnte, war es dasselbe. Er bekam alles, er durfte sogar das erste Auto, nachdem sie beschlossen hatten, ihre „alten" vier Autos zu verkaufen, mit aussuchen und das, obwohl er ja damals noch nicht einmal „Auto" sagen konnte.

Sie betraten das Autokaufhaus, wobei Halle es eher traf, von *SUNO*. Sein Vater sprach mit dem Verkäufer und gab nicht einmal detailliert an, was er denn suchte, das Einzige, was er von sich gab, war: „Ich hätte gerne das Neueste vom Neusten betreffend Technik, Design und Komfort. Ich will ihr Topmodel haben! – Sie sind dran!"

Der Arbeiter führte sie ohne jegliche nervigen Nachfragen zu diesem sogenannten Topmodel mit den Worten „Darf ich Ihnen vorstellen? Der Suno 100! Natürlich überarbeitet ist er der Nachfahre unseres 98er-Modells! Glänzend grau meliert lackiert – mit Ledersitzen und Charme, 320.000. Sowie auch unser ebenso neues sportliches Topmodel den Suno A82, 1.9TDI, 2000er Jahrgang! – Also frisch aus der Fabrik, sportlich-elegant, schwarz lackiert, natürlich mit dem hochwertigsten Stoff bezogene Sitze. Ausstattung topaktuell. Der Fünftürer ist schlank und bietet trotzdem viel Platz für Reisekoffer, Golf oder Angelausrüstung sowie auch für Frau und Kinder. 1 A oder eben A82er Qualität! Das beliebteste Model unserer Zeit. Und den bekommen Sie schon ab 370.000 Schilling."

„Sehe ich so aus, als würde der Preis eine Rolle spielen?", knurrte Konrad dem Händler fast schon entgegen.

„Bitte vielmals um Entschuldigung der Herr", erwiderte der Verkäufer demütig mit gesenktem Blick.

„Also du kleiner Lustiger! Welche von den zwei soll denn deine Burgfestung werden?", befragte Herr Skimen seinen

Sohn mit dem Wissen, dass er sich sowieso noch zwei bis drei weitere Autos kaufen würde.

Der kleine James antwortete, indem er mit seinen damals noch so irre kleinen rechten Zeigefinger auf das auserwählte Auto deutete, den linken Zeigefinger im Mund hatte, darauf herumkaute und daher ein sehr verwaschen klingendes „TUTUT" aussprach.

„Sie haben gesehen, was mein Sohn will. Also der Suno A82 soll es werden. Barzahlung bitte mit Rechnung! Versteht sich", klärte Konrad den Verkäufer auf.

Ganz im Gegensatz zum Verkäufer, der mit offener Kinnlade und aufgerissenen, leicht irritierten, jedoch funkelnden Augen auf das Bargeld starrte, grinste und lächelte der kleine James über das neue Familienmitglied, in das sein Kindersitz natürlich perfekt hineinpasste. Das an diesem Tag die Sonne strahlte und somit die Neuheit des eleganten schwarzen Autos oder eben auch „TUTUTs" richtig zu Geltung brachte, war, wie könnte es in dieser Familie anders sein, nur das Sahnehäubchen des Tages. Die Kirsche dieses Sahnehäubchen war das Auto an sich, das James, klein und neugierig wie er war, auch kostete, indem er versuchte, die Sitzbezüge abzulecken.

Ein neues Familienmitglied war nun offiziell da, jedoch von „Liebe und zu Hause" war weit und breit keine Spur.

Das Einzige, was er damals schon irgendwie spürte, war, dass er sich in dieser Karosserie am sichersten aufgehoben fühlte, wenn er diese fantasievoll wie er war, als Burgfestung in Anspruch nahm.

Das hatte sich bis heute nicht geändert. Wenn er nicht gerade das Weite draußen suchte, dann suchte er die Sicherheit, die er damals schon in diesem Auto fand, auch in jenem auf. Auch siebzehn Jahre später gab es dieses Auto immer noch. Vielleicht mochte es den Glanz verloren haben. Vielleicht war es nicht mehr DAS TOP AKTUELLE Auto, das die Autoindustrie heute zu bieten hatte. Aber es war immer noch der

Ort für James, den er am liebsten und am häufigsten aufsuchte, wenn ihn seine Trauer oder auch seine Wut, aber genauso eben seine Freude überkam.

Wenn er schlechte Noten bekam, konnte er sich etwas anhören. Wenn er jedoch gute Noten erhielt, konnte er sich Sachen wie „Ja, will ich auch hoffen", oder, „Naja, so muss es auch sein. Sei froh, dass du es grade so geschafft hast", über sich ergehen lassen. Römische Einsen? – Die waren schon gar nichts wert, da es für Priya und Konrad nur ein Zeichen dafür war, dass der Lehrer der Schule keine Ahnung hatte oder eben gerade nicht aufgepasst hatte, als James sein Referat über die Nibelungen Sage präsentierte.

Als James über das Auto nachdachte, drehte er sofort um und ging Richtung Saaggasse 48 in der sein angebliches Zuhause war.

Szene 3
„Der Weg"

Die Stunden verstrichen und weit und breit war James noch nicht zu sehen. Na gut, die Eltern sahen auch nur aus dem Fenster und wollten sich anfangs nicht einmal zur Haustüre begeben, um diese vielleicht zu öffnen und einen Blick hinaus zu riskieren.

Letztendlich entschloss sich sein Vater entnervt von dem Thema „James ist wieder weg", nachdem er müde „vom aus dem Fenster schauen" wieder träge aufs Sofa fiel, aufzustehen und den Jungen letztendlich zu suchen. Gehen? Aber nicht doch! – Wozu denn?

Sechzehn Jahre nach dem Kauf von dem jetzt schon alten Suno, häufte sich noch ein weiteres Auto dazu. Es war ein schwarz lackierter, eleganter Suno 179 aus der Sportedition. Diesen suchte er auf, ohne zu wissen, dass James in circa fünfzehn Minuten genau in dieser Garage stehen würde, wo auch der Suno A82 stand.

Den Autoschlüssel in der Hand nuschelte Herr Skimen wutentbrannt vor sich hin.

Der Suno 179 stand neben dem Suno A82. Er linste mit einem angewiderten Blick zu dem älteren Model und ärgerte sich darüber, dass der Platz nur wegen James in dieser Garage verschwendet wurde. Immerhin startete Konrad das Auto nicht mehr. Der einzige Grund, dass es den 82er noch gab, war James.

Es war seins, seine Stelle für jeden Moment. Mister Skimen ließ das Auto auch weiterhin existieren und verkaufte es aus einem Grund nicht. Nicht aus reiner Nächstenliebe, nein, er wollte den Jungen nur nicht noch mehr am Hals haben. „Soll der doch mit dem Auto verrotten", nuschelte er.

Als er von dem A82 die Augen abgelassen hatte, wollte er die Fahrertüre des 179ers recht unsanft aufsperren. Grob steckte er den Schlüssel ins Schloss, doch es ging nicht. Er versuchte es immer unsanfter und mit jedem Mal stieß es den Vater weiter nach hinten.

„Was soll das den jetzt?", er schlug mit der flachen Hand gegen das Autodach des 82ers, denn das Neue würde er nie so schlagen.

„Du Scheißding! Soll ich dich mit deinem scheißalten Blechtrottel-Kumpel in die Presse stecken?", rastete er nun komplett aus.

Konrad ging zurück zu seiner Frau und bat diese, einmal mitzukommen, um ihm mit ihrem Ersatzschlüssel die Autotür aufzusperren, in der Hoffnung, dass es bei ihr funktionierte.

„Du bist sicher wieder viel zu grob", meinte Priya.

„Also, wenn da etwas kaputt sein sollte, dann war es sicher diese dumme Junge", erzürnte Kon weiter.

Seine Gemahlin ging zu dem Schloss auf der Beifahrertür, da ihr Ehemann es für sinnvoll hielt, an der Fahrertüre zu rütteln und seinem Frust gegen das Auto nun freien Lauf zu lassen.

„Jetzt hör einmal auf, sonst geht sicher gar nichts mehr auf", empfahl ihm seine Frau.

Konrad hörte auf zu rütteln, Priya steckte den Autoschlüssel hinein, sperrte auf und in dem Moment, in dem das Auto die Sicherung zum Türe-Öffnen freigab, schlug es Herrn Skimen von hinten die Beifahrertüre des alten, gebrauchten Autos auf den Kopf.

„Was zum?", hörte man James' Vater noch sagen, aber dann gingen die Lichter aus. Fünf Sekunden stand seine Gattin schockiert und blockiert da und in dem Moment, in dem sie zu ihrem Mann rennen wollte, kam er wieder zu Bewusstsein.

Der Schock der eben noch starrenden Ehefrau löste sich und sie konnte gar nicht anders, als schadenfroh und kindisch zu lachen.

„Hahaha, sehr witzig! Sag mal, hat mir dieses alte Stück Blech gerade eine runtergehaut?", fragte „Konraddy-Daddy" noch leicht verwirrt.

„Ach Blödsinn, such unseren Jungen!", stempelte sie die Verschwörungstheorie ihres Gatten ab.

Herr Skimen fuhr etwas benommen, aber er fuhr.

Kichernd ging die Mutter von James wieder in Richtung Haus, als sie die Garagentore hinter sich schloss, brach das Lachen lautstark aus ihr heraus. Dies war auch noch zu hören, als der Vater von James schon mit geschlossenen Fenstern und laufenden Motor im Auto Richtung Ausfahrt fuhr. Aufgrund des immer noch anhaltenden Regens drehte der „durch Fahrertür gegen Auto Duell" wach gemachte Konrad die Scheibenwischer auf, doch bei jedem Mal als diese über die Windschutzscheibe gleiten sollten, ratterten sie drüber.

Bei Kon lagen die Nerven blank. Hörte es sich doch fast so an, als würde ihn das Auto auslachen.

Mit 30 km/h fuhr er durch die Straßen von Lux. Jede noch so enge Gasse, in die das doch breite Auto hineinpasste, durchfuhr er bei diesem Unwetter auf der Suche nach seinem einzigen Sohn.

Während Konrad so durch die Gegend fuhr, dachte er darüber nach, was er bei diesem Kind falsch gemacht hatte. Bei diesen Gedanken kamen auch bei ihm die für ihn als Vater von Enttäuschung triefenden Tränen zu den Erinnerungen hoch.

Bei jedem Familienfest, Grillfest oder Beisammensitzen mit seinen Arbeitskollegen im Garten saß sein Sohn nur auf den Boden. James sprach wie immer kein Wort und brachte es nicht einmal zustande zu grüßen. Erst wenn sie ihn aufforderten und je nach Abwesenheitsgrad anstupsen mussten und diese Aufforderung dann wiederholten, kam ein piepsig klingendes „Grüß Gott" oder „Hallo" aus ihm heraus.

Ganz zu schweigen davon, mit ihm ein Gespräch anzufangen. Auf Fragen zuckte der Junge einfach mit den Schultern und kletzelte währenddessen mit seinen Fingern an seinem Gewand oder eben am Tisch herum.

Konrad erinnerte sich an die Worte von Gerald Dasar. „Ach, ihr habt den jungen James einfach nur zu sehr verwöhnt, er hat jetzt alles und ist daher wunschlosglücklich."

Jedoch ist dies ein Ding der Unmöglichkeit, wunschlos glücklich zu sein, da es einem immer nach dem Wunsch, sich etwas zu wünschen plagen wird!

Szene 4
„Wer du bist"

Konraddy Daddy fuhr und fuhr und fuhr, doch keine Spur seines Sohnes.

Währenddessen kam James bei dem Garagentor an und öffnete dieses.

Zappelnd vor Kälte schoss er durch das halb offene Tor. In diesem Sprung zog er den Autoschlüssel für seinen 82er Blechfreund aus der Tasche und sperrte diesen blitzschnell auf. Er sprang hinein und startete den Motor, um die Heizung des Wagens aktivieren zu können, dann schloss er seine Augen für einen Augenblick.

Verkrochen in seiner eigenen Welt verbrachte der einzige Sohn der Skimens schon damals als Volksschüler abgeschirmt vor all den schmerzlichen Worten seiner Eltern Stunden in seiner schon damals so genannten Burgfestung. Es war damals schon der Ort, für den außerhalb der Burgfestung eher schweigsamen Jungen, an dem er seinen Worten Ausdruck verleihen konnte. Niemand schenkte ihm Gehör, dass was er am dringendsten gebraucht hätte. Doch wenn er in dem Auto saß, redete er in einer Tour. Die Worte purzelten ihm gerade so aus dem Mund. Stundenlang dauerte dies manchmal.

Aber auch seine Tränen fanden einen Platz, sei es nur auf den Polstersitzen des Wagens.

Durch das täglich stündliche Ausreden begann der Junge noch mehr zu schweigen als er es ohnehin schon immer tat.

Niemand brachte ein Wort aus ihm heraus. Niemand außer er, der Wagen, der sich täglich mindestens für zwei Stunden in eine Burgfestung verwandelte.

Seine Fantasie brachte James über die Jahre. Nur was James Skimen nicht wusste, aber später einmal erfahren sollte, war, dass seine Fantasie sein Leben gewaltig auf den Kopf stellen würde.

Bis dahin erzählte er schon von klein auf von diesen Menschen. Diese Menschen, die von Anfang an versuchten, ihm das Leben schwer zu machen. Ihm zeigten, dass er nicht und niemals dazu gehören würde, dass er angeblich nie ein Teil von irgendwem oder irgendetwas sein könnte. Dass er gar nicht mal auf die Idee kommen sollte, sich mit ihnen zu messen oder gar zu duellieren.

[.............]

Szene 5
„Da bist du"

Das Garagentor öffnete sich. James wurde geblendet von den sich im Rückspiegel reflektierenden Xenonlichtern der Scheinwerfer des sportlichen Sunos. Als dieser weiter heranfuhr, um sich neben seinen alten Modellkollegen zu gesellen, erkannte Jay, dass sein Vater das Auto steuerte.

Der Junge versuchte in die Sitze zu rutschen, um sich zu verkriechen, jedoch hatte sein Vater ihn schon längst entdeckt.

Herr Skimen gurtet sich ab, zog den Schlüssel aus dem Zündschloss und öffnete die Fahrertüre.

„Da bist du ja", brach es aus Kon zwar etwas beruhigter als vorhin, aber trotzdem noch entnervt heraus.

Sein Sohn zuckte zusammen, als er Vaters Stimme trotz laufenden Motors und Klimaanlage sowie verschlossenen Türen und Fenstern hörte. Er versuchte sich aber trotzdem noch weiterhin zu verstecken. Nun hockte er da. Zwischen Sitz und halb unter das Lenkrad gequetscht, hoffte er, dass ihn Konraddy Daddy nicht sah oder eben vergaß, dass er ihn gerade noch vor zwei Sekunden gesehen hatte. Immerhin war sein Vater ja auch nicht mehr der Jüngste, da durfte man doch noch Hoffnung hegen, dass ihm sein Hirn Streiche spielte, die eigentlich keine waren.

Konrad versuchte die Tür zu öffnen, aber es funktionierte nicht.

„Haben sich denn jetzt alle Autos gegen mich verschworen?", schimpfend versuchte er die Türe zu öffnen, bis er dann doch bemerkte, dass die Türen von innen verschlossen waren.

„Mach die verdammte Tür auf, du Bengel", äußerte er sich ganz und gar empört über die Chuzpe, die sein Sohn pflegte.

Jay ergab sich und rutschte wieder hoch, öffnete die Türen und starrte das Emblem, welches das Lenkrad schmückte, an.

Sein Vater öffnete erzürnt die Beifahrertüre und dann ging es auch schon los.

„James Cornelius Skimen! Du unsagbarer Bengel hast die Frechheit, deinen eigenen Vater auszusperren, nachdem dieser bei diesem Unwetter herumgefahren ist, um dich zu suchen?! Ein anderer Vater hätte das nicht getan! Du kannst froh sein, dass du mich hast! Ich mein, wie kommst du eigentlich dazu? Muss ich dich erinnern, dass du nicht volljährig bist? Du hast nicht einfach so den ganzen Tag herumzulaufen! Deine Mutter hat sich Sorgen gemacht!"

Jay hörte seinen Vater immer leiser und leiser. Die Gewalt seiner Stimmtirade wurde immer dumpfer in seinem Gehörgang. Er blickte auf und starrte durch die Windschutzscheibe.

Er dachte über den ersten Satz seines Vaters nach. „*Er redet von sich selber in der dritten Person! So weit sind wir also, dass er sich selbst als Vater von mir distanzieren will und von wegen Mama hat sich Sorgen gemacht. Ja, vielleicht, aber nur über ihren Ruf und ihr Ansehen in diesem dummen Kaff-Dorfteil der Stadt.*"

James verschwand in seiner eigenen Welt. Wie jedes Mal in solchen Situationen. Er wusste, dass sein Vater keine Antwort hören wollte, denn egal was er sagen würde, es würde niemals das sein, was er hören wollte. Wenn es einmal das war, was er hören wollte, regte er sich so und so nur wieder darüber auf, dass er es schon viel früher hören wollte. Im schlimmsten Fall ging er nicht einmal darauf ein, dass Jay gerade das Richtige sagte, sondern fand neue Sachen, die er nicht ausstehen konnte.

Als der Teenager wieder aus seinem Zustand herauskam, bemerkte er, dass sein Vater schon nicht mehr da war. Die Tür war wieder zu und weit und breit war kein Ton zu hören oder ein Dad zu sehen.

Szene 6
„Dein Name"

Der Siebzehnjährige dachte nicht einmal daran, den Wagen zu verlassen. „*Warum auch*", ging es dem Jungen durch den Kopf. Es brauchte ihn ja keiner draußen. Selbst wenn es mal hieß, er sollte was im Haushalt machen, hielt er es für Nonsens. Erstens griff er selten irgendetwas an und zweitens, wenn er etwas anfasste oder eben benutzte, dann räumte er es weg, putzte es danach wieder oder richtete eben alles wieder zurecht.

Nun saß er da. Allein. Er schwieg jetzt schon wieder viel zu lange. Es musste irgendwann aus ihm heraus. Als er sich von der vorhergegangenen Situation wieder fing, nahm er seine Hand, öffnete die Türe, stieg aus, schloss die Türe und machte die Hintertür auf, um sich auf die Rückbank der Karosserie zu setzten.

Als er sich es dort gemütlich machte, atmete Jay tief ein und aus und begann. Er begann zu reden.

„Weißt du noch, als ich dir von ihnen erzählte? Die Jungen, die mich immer erniedrigt haben. Egal ob in aller Öffentlichkeit oder im Schulgebäude in der Pause. Du wirst es nicht glauben, aber die haben überlebt. Ich kann gar nicht verstehen, wie solche Dumpfbacken vom Sofa zum Kühlschrank kommen, ohne sich das Genick zu brechen oder dass das Karma zuschlägt. Die sind doch so doof. Die geben sogar eine Gabel in die Mikrowelle. Habe ich letztens zumindest gehört. Einer von denen wollte testen, ob das Öl in der Pfanne schon heiß genug war und goss tatsächlich Wasser hinein! Das habe ich nicht gehört, das habe ich gesehen. Im Kochunterricht. Aber irgendwie hat er es überlebt. Wenn ich ein Gegenstand wäre, dann hätte ich mich schon längst gerächt. Ein Kühlschrank zum Beispiel. Wenn ich ein Kühlschrank wäre, dann hätte ich mich auf ihn drauf geworfen. Naja, aber was soll's.

Weißt du noch damals, vor fast sechs Jahren? Es war ein Freitag im November. Es hat damals fürchterlich geschneit. Der Boden war ziemlich rutschig, aber trotz winterfesten Schuhen bin ich abermals ausgerutscht. Dann kamen die Idioten auch schon an. Lauren, Matthäus, Timo und Mario. Sie finden sich immer noch, damals wie heute, toll und wahnsinnig cool, wenn sie in der Gruppe auftreten. Früher waren es die Jausenbrote, die sie den schwachen Kindern abnahmen, heute ist es das Geld oder Markensachen. Ich werde niemals vergessen, wie sie mich damals fertig gemacht haben, aber wie soll es denn anders sein, wenn sie es heute immer noch tun. Als sie mich ausrutschen sahen, lachten sie sich schlapp. Zeigten mit dem Finger auf mich und riefen alle zusammen, dass sie mich liegen sehen. ,Seht! Da ist der kleine Angsthase', riefen sie immerzu. Als ich aufstand, hatte ich wahnsinnig weiche Knie und verlor die Kontrolle über mein Gleichgewicht. *Blums* und schon wieder lag ich da. Das Lachen der Idioten nahm kein Ende.

,Oh, jetzt macht er sich sicher gleich vor Angst in die Hose, der kleine Schisser', sagte Lauren. Weißt du, er war der Anführer der ,Bande', und wenn es dann hieß: ,Komm, formen wir Schneebälle, gerne auch mit Kiesel drinnen, dann machen wir ihn komplett fertig', dann taten sie es auch. Alle für einen und einer für alle, aber niemand für mich. Gott sei Dank sahen sie mich nicht weinen. Der Wind und der Schneefall waren an diesem Tag einfach zu stark.

Sechs, manchmal auch acht Stunden Schule hießen für mich nichts anderes als sechs bis acht Stunden nicht weinen. Der Klassenlehrerin konnte ich doch nichts sagen. Die hätte bloß probiert das Problem GEMEINSAM in der Klasse mit ALLEN zu lösen. Was nach der Schule passiert, ist ja dann nicht mehr ihr Aufgabengebiet.

Hey, ganz ehrlich, meinen Eltern kann ich doch auch nichts sagen. Ach, du alte treue Blechtonne. Wenn du doch bloß Ohren hättest, dann würdest auch du hören, wie sie über mich reden.

33

Blablabla, ich bin zu eingebildet, blablabla, ich bin zu egoistisch und blablabla, ich habe keine Manieren und bin das Schlimmste, das dem Familienruf hätte passieren können.

Ach Lionel. OH MEIN GOTT – DER NAME IST DOCH SUPERCOOL! Der ist mir gerade eingefallen. Der klingt doch großartig! Gefällt er dir?

Mir gefällt Lionel ausgesprochen gut!

Also, mein Freund Lionel!

Lio, vor ein paar Tagen da …", und James Cornelius Skimen sprach weiter. Er erzählte seiner alten treuen Blech-Burgfestung seine Geschichte.

Seinem treuen Gefährt(en), namens Lionel.

Was unser Jay vor lauter Euphorie nicht mitbekam, war, dass als er *seinem Freund* einen Namen gab, das Scheinwerferlicht auf einmal für einen kurzen Moment aufblitzte.

[Szenen später]

James: „Okay, mag sein, dass ich gerade da oben im Kopf durchbrenne, aber hast du gerade etwas gesagt? Hey, macht mich jetzt nicht fertig. Wer zum Teufel noch mal seid ihr?"

„Jason, Verdammt!"

James: „Was war das jetzt?! Lionel und Jason? Ihr könnt doch nicht etwa –?!"

Szene 15
„Wer sie wirklich waren"

Die Autos blieben still und regungslos.

James: „Aufgewacht, ihr Lebenden! Ich habe euch erwischt ihr ... euch nicht bewegenden ... Autos."

Der Schweiß hörte nicht auf von seiner Stirn zu rinnen.

James: „Lio, es reicht! Ich weiß verdammt nochmal, wer ihr seid. Ihr seid ... Autos! Autos ... die ... es draufhaben?"

James blickte sie mit dem rechten Auge groß und starr und mit dem linken Auge zugekniffen an.

„Jetzt hast du das Zauberwort gefunden. Ja, wir haben's drauf", ertönte plötzlich eine tiefe Stimme aus dem älteren Suno Model.

James: „Ich wusste es! Ihr, also eigentlich du ..." James hielt kurz inne. „Lio, du hast mich gerettet. Diese Träume waren niemals einfach nur Träume. Das warst du! Das hast du wirklich alles getan! Aber wie ...du ... kannst doch gar nicht sprechen." *James vergaß anscheinend, dass Lionel doch gerade noch mit ihm gesprochen hatte.*

Jason: „Sollen wir jetzt mit dir reden oder nicht. Entscheid dich, Junge."

James: „Nein halt mal! Du auch?"

Jason: „Ja natürlich, wenn das ein 2000er Modell kann, kann ich das schon lange!"

Lionel, der Suno A82: „Schnauze, *zam gstutzta!*"

James: „Jetzt hört auf zu streiten ... oder was auch immer. Ich frage euch jetzt noch einmal. Wer oder was seid ihr, Babaren!"

Die Autos schwiegen.

James: „Tut mir leid. Ich meinte natürlich, wer oder was seid ihr, ihr, die so wahnsinnig coole aber auch wahnsinnig freakige Sachen könnt? Ich verrat euch schon nicht an Area 51."

Lionel: „Ja, wir sind Autos. Da hast du schon recht und wir können wirklich großartige Sachen. Aber die *Freaks* seid wohl ihr Menschen. Immerhin redest du mit uns. Wir wollten nicht mit dir reden. Weißt du James, wenn einer mit Gott spricht, ist das okay, aber wenn Gott zurückredet, dann wird's bedenklich."

James: „Werde ich hier gerade von einem Auto verarscht?"

Jason: „Oh, das ist leicht zu beantworten, mit einem klaren *JEIN!*"

Jason: „Was dir dein alter Freund, die Blechtrommel sagen will, ist, ..."

Lio: „Ruhe, du junger, unerzogener, distelfressender Frechdachs!"

Jason: „Tut mir leid, Lionel! James, was dir deine alte, weise Burgfestung vielleicht nicht gesagt hat, ist, dass wir dich sehr wohl hören können, verstehen und auch wahrnehmen. Wie du andere Menschen! Ja, wir sind Autos. Coole Autos, die es eben draufhaben."

James verstand die Welt nicht mehr, aber anstatt verzweifelt zusammenzusacken, setzte er sich und fragte die beiden aus.

James: „Lio, du hast alles gehört? Du hast alles mitbekommen und du hast mir geholfen. Wieso hast du denn nichts gesagt?"

Lio: „Also nach deinem *Hier Hündchen, sitz, bleib, Platz, gib Laut*; weigerte ich mich strickt. Wir sind doch keine Hunde, mein Freund, wir sind Autos!"

James: „Ja, aber ... Ich hätte mich bedankt bei dir und ich hätte niemanden davon erzählt ..."

Jason: „Ja, das hat man bemerkt, als du Neela deine *Hündchen* vorstellen wolltest."

James: Ja, aber nur, weil ihr mir Streiche gespielt habt, ihr zwei. Ihr wolltet mich doch auf den Arm nehmen."

Lionel (selbst etwas belustigt): „Ach, komm hör auf, das können wir doch gar nicht. Wir haben doch gar keine Arme!"

James: „Da, schon wieder. Hört auf damit. Also ehrlich jetzt. Seid ihr … erstens wirklich, wer ihr seid? Zweitens, wenn ja, hat man euch einen Chip eingepflanzt und drittens, gibt es mehrere von euch?"

Lionel (mit leicht väterlichem Tonfall): „Erstens, ja, wir sind, wer wir sind. Du bist ja auch, wer du bist. Zweitens, nein. Also Jason schon, da er ein eingebautes GPS besitzt. Und zu guter Letzt, drittens. Was glaubst du denn? Nur weil du dich deiner heimlichen Liebe so gibst, als wärst du der einzige Mensch auf Erden, bist du es nicht."

James: „Also, ihr seid also wie wir? Habt ihr auch so was wie Freunde, Bekannte oder gar Verwandte?"

Jason (ließ es sich nicht nehmen darauf zu Antworten.): „Ja, natürlich. Also, der Verwandtschaftsgrad zwischen mir und Lio ist ungefähr die Zeit, die es zwischen dem Homo-Erectus und dem vollständig, unter Anführungszeichen gesetzten, ‚entwickelten' Menschen.

Freunde hat er auch keine, außer einen Menschenjungen. Wäre irrwitzig, wenn du Mogli heißen würdest! Ach, und Bekannte stehen überall. Lux ist klein. Was denkst du denn? Wir kennen die alle und leider auch all ihre Probleme. Nicht jeder genießt die Ruhe einer Garage."

James: „Und wie unterhaltet ihr euch?"

Lio: „Auf normalerweise höherem Niveau als ihr Menschen."

James: „Ja klar, das was Jason gesagt hat, klang ja auch wirklich nett und niveauvoll."

„Falls du es noch nicht mitbekommen hast. Jason ist ein Idiot." – Direkte Antwort des Suno A82ers.

James: „Ja, da hast du wohl recht."

Lionel: „Es wundert mich aber, dass gerade du das nicht erkannt hast. Immerhin, gesellt sich gleich und gleich doch ganz gern.

[Szenen später]

„Neela!", sagte Lionel mit sanfter behutsamer Stimme. Er blinkte zweimal mit seinen Lichtern und sprach weiter:

„Es ist wahr, was James dir einst versuchte zu beweisen."

Neela blieb stehen und das mit weit aufgerissenen Augen.

„Ich weiß, das mag jetzt für dich etwas unangenehm sein. Vielleicht kommt es dir auch etwas verrückt vor", stelle Lionel in den Raum.

Neela sah dieses Mysterium namens Lionel an und sprach entrüstet: „,*Etwas*' verrückt?! DU BLECHKAROSSERIE REDEST MIT MIR UND ,*ES MAG MIR ,ETWAS VER-RÜCKT' VORKOMMEN?!*"

Lionel hielt kurz inne, sodass Neela einmal tief ein- und ausatmen konnte. Obwohl sie weder ihren Augen noch ihren Ohren derzeit voll und ganz vertraute, blieb sie. Möglich, liebe LeserInnen, dass es die Schockstarre war, weshalb sie nicht verschwand, aber hey, immerhin blieb sie.

Lio waren die Gründe, weshalb die Schülerin blieb, bis zu einem gewissen Grad egal und so nutzte er den Moment: „Hör zu, Neela. Ich möchte mich dir präsentieren. Bitte gib mir und vor allem James damit die Chance, dir zu erklären, wer oder was ich bin und viel wichtiger noch, wer er ist und was ihn ausmacht. Also, darf ich?"

Neela stand immer noch steif wie ein Soldat bei habt Acht und mit jedem weiteren Wort, welches Lionel sprach, fiel ihre Kinnlade ein Stückchen tiefer.

Lionel: „Das neben mir, sind Jason und Goliath, wie du mit Sicherheit schon mitbekommen hast. Ich, ja, ich bin Lionel. Viele nennen mich ,Lio'. Ja, es ist wahr. Ich kann sprechen, wie die anderen auch. Ja, es ist wahr, ich kann mich melden und wie James damals versuchte zu zeigen, auch *Laut* geben. Da ich aber, wie du damals auch gesagt hast, kein Hund bin, sondern ein Auto, habe ich auf diesen irren Umgang, den er mit mir gepflegt hat, nicht reagieren wollen.

Außerdem liebe Neela, sind wir …"

Neela hatte ihre Haltung jetzt schon etwas gelockert, sie lehnte sich jetzt an dem Tisch an, der sich hinter ihr befand und unterbrach „Lios" Ansprache mit: „*„**Wir**?* Es gibt noch mehr von ,*dir*'?"

Ihre Stimme klang gebrochen und ziemlich überfordert mit dieser Situation.

„Neela", sprach Lionel wieder mit einer ganz tiefen, zarten, väterlich klingenden Stimme:

„Ich weiß, dass es sehr viel von mir verlangt ist, dass du mir jetzt zuhörst, da dies völlig unerwartet eure sich gerade eben entwickelnde Beziehung stört. Aber witziger Weise ist das der Grund, warum ich mich dir präsentiere, obwohl es mir eigentlich nicht erlaubt wäre.

Ich bin ein Wagen und, wie so viele andere auch, verpflichtet, euch zu schützen und sicher ans Ziel zu bringen. Dafür habt ihr uns Autos geschaffen. Um schneller von A nach B zu gelangen. Das was ihr alle, oder sagen wir sehr viele, nicht wussten, ist, dass wir euch hin und wieder einmal, sofern es in unserer Möglichkeit liegt, anderswo und anderswie, auch helfen. Sofern es unsere Gesundheit zulässt. Wir haben auch so etwas, wie ,*Gesundheit*'.

Dein Schützer zum Beispiel, der Pjara, der war leider nur noch fähig, euch sicher an den Pannenstreifen zu geleiten. Das war seine letzte ihm noch mögliche Sache, euch sicher wohin zu bringen. Es war, wie sein letzter *Atemzug*.

Wir sind verpflichtet, euch schweigsam zu helfen.

Es ist der **Autokodex.**

Wir dürfen euch helfen, soweit es in unserer Macht steht. Wir können euch helfen, soweit es gesundheitlich möglich ist.

Wenn uns das Benzin, oder in meinem Fall der von James geglaubte *Distelsaft* fehlt, dann werden wir langsam. Unsere Reaktionsgeschwindigkeit schwindet und wenn man uns nicht auffüllt, dann bleiben wir auf der Strecke, aber wenn wir selbst agieren, zapfen wir kein Benzin oder Distelsaft an.

Wir haben auch Gefühle und eine Seele. Körperlichen Schmerz nehmen wir eher bedingter wahr als Menschen, dafür sind wir, emotional gesehen, sehr empfindliche Wesen. Man kann uns auch verletzen. Man kann uns auch wütend machen, aggressiv und traurig, aber auch zum Lachen bringen. Bei uns klingt das dann wie ein Rattern. Es ist wie bei euch Menschen, wenn wir uns über etwas wirklich amüsieren, dann haben wir einen ‚*Lachanfall*'. Es kommt daher zum Rattern, da unsere Körper einfach mitgerissen werden.

Wir Autos haben mehrere Möglichkeiten, uns zu unterhalten. Als Erstes sind wir stets, wenn es sein muss, auf unsere *Frequenz* geschaltet. Sie ist viel höher als das, was das menschliche Ohr mitbekommt. Die zweite Möglichkeit ist die Körpersprache. Blinken, wackeln, Scheibenwischer bewegen, jemanden mit der Motorhaube k. o. schlagen, so was halt.

Wir verstehen euch, so wie du mich jetzt verstehst. Es gibt auch junge Dumme bei uns. Jason ist da ein sehr gutes Beispiel. Er ist noch jung, und sozusagen in seiner Pubertät. Aber es gibt auch Soziale wie Goliath euren Deki Wolve sowie auch Pjara. Er war sehr freundlich, etwas gemütlich, aber freundlich.

Neela, ‚mein Kind', wir leben alle."

Szene 31
„Der Neuwagen"

Die Nacht verging. James war so überwältigt von dem, was er letzte Nacht miterleben musste, dass er in Lionel einschlief. Sogar die Autos schliefen noch, obwohl es schon zwölf Uhr mittags war.

Diese verlängerte Nachtruhe war mehr als nur angebracht nach so einem Spektakel.

Während die drei tief und fest schliefen, öffnete sich das Garagentor. Wäre jemand wach gewesen, hätte er, nachdem sich das Tor nun schon einen großen Spalt geöffnet hatte, zwei Vorderreifen und Scheinwerfer erkennen können.

Das Tor der riesigen Garage war nun vollständig geöffnet. Nun stand er da. Der Neuwagen von James' Eltern Priya und Konrad. Ein nigelnagelneuer Suno 208. Silberner, glänzender Lack überzog seine Karosserie. Seine Scheinwerfer waren vorne etwas breiter als hinten. Schwarze Ledersitze bewohnten sein Inneres. Sogar das Lenkrad war mit diesem teurem Material ummantelt. Das Armaturenbrett war hellgrau und die Mittelkonsole war somit mit ihrer schwarz-grauen Farbkombination der perfekte Abschluss. Wunderschön glänzend und hochpoliert stand der Wagen, gelenkt von Konrad, nun vor dem Garagentor.

Manche Autos bekommen ihre Namen erst und andere haben schon einen Namen, wie dieser silberne neue Mitbewohner der derzeitigen *Garagencrew*. Der neue Suno 208 trug den Namen „Goliath". Goliath war nun Garagenmitbewohner von Lionel und Jason. Diese bekamen aber nichts von ihm mit. Rein gar nichts. Nicht einmal, dass Konrad mit Priya am Beifahrersitz nun in die Garage einfuhr und ihn neben Jason parkte. Sie stiegen aus und verschlossen seine Türen.

Herr und Frau Skimen gingen mit einem breiten, strahlenden Lächeln, dass sie zuletzt nach James' Geburt hatten durch die Türe, die in ihre Villa führte. Dass ihr Sohn in einem der anderen Autos schlief, bekamen sie nicht einmal mit. Für sie stand „Schlaf nachholen" ganz oben auf der Liste.

Sie gingen sich duschen und machten sich bettfertig, um dieses dann strahlend, aber trotzdem sehr müde, aufzusuchen.

Eine Stunde später waren sie eingeschlafen.

Zwei weitere Stunden vergingen.

Der neue Goliath, der hielt es nicht für nötig, die schlafenden Autos zu wecken. Unter anderem bemerkte er, dass ein Mensch auf der Rückbank schlief und war somit auch verpflichtet, keinen lauten Mucks von sich zu geben. Aber auch auf der für Menschen nicht hörbaren Autofrequenz wollte er sie nicht wecken.

Langsam aber doch wachten nun auch Jason, James und Lionel auf und was sie gleich erblickten, kam für sie komplett unerwartet.

„Was zum – LIO aufwachen!", rief Jason der äußerst irritiert war, von seinem sich rechts von ihm befindenden, neuen Nachbarn.

„Ich bin doch eh schon wach", brabbelte Lionel, doch noch etwas verschlafen.

„Wer zum Teufel ist das neben mir?", jetzt rastete Jason völlig aus, sodass auch James vollständig wach wurde.

„Was ist denn hier los?", fragte der Teenager seine zwei Blechfreunde.

„Neben mir befindet sich ein Außenstehender", sagte Jason völlig außer sich.

Lionel blinzelte einmal mit den Scheinwerferlichtern, dies war eben so ein Ausdruck von Augen rubbeln, wie es die Menschen machten, nachdem sie aufgewacht waren, dann fuhr er etwas zurück, um sich so hinzustellen, dass er den für ihn eben noch toten Winkel erblickte.

„Oh, na da sieh einer an! Wer bist denn du? Jason, unterlasse solche Wörter wie ,Außenstehender', das ist nicht sehr nett von dir", sprach Lionel.

James: „Aja, wirklich, da steht einer. Ein Neuer?"

Jay stieg aus Lionel aus, um den Neuling zu begutachten und fragte: „Kann er auch reden? Immerhin hat er bis jetzt noch gar keinen Laut von sich gegeben."

Lionel: „Ich nehme mal stark an, dass er es kann, jedoch befindet sich im Autokreis ein Mensch. Normalerweise ist es uns ja verboten, vor euch zu reden, James. Das hier ist eine der wenigen und wahnsinnig seltenen Ausnahmen. Das darfst du nicht vergessen. Also mein neuer Freund, gebe dich präsent. Wie du vielleicht bemerkt hast, weiß der Menschenjunge James, über unsere Identitäten Bescheid, hält aber dicht. Das hat er mir zumindest versprochen. Da ich den Jungen schon von klein auf kenne, vertraue ich ihm. Jason vertraut ihm auch. Auch die anderen in unserer Nachbarschaft wissen, dass er über uns Bescheid weiß. Nun, melde dich. Würde mich freuen, wenn du dich uns vorstellst. Ich heiße dich jetzt schon *Willkommen in unseren vier Wänden*."

Der „Neue" zögerte einen Augenblick, doch dann gab er Meldung. Seine Scheinwerfer strahlten zwei Sekunden lang auf und erloschen dann wieder.

Jason: „Ähm, du da! Du kannst ruhig mit uns allen reden, du musst nicht die Frequenz nutzen."

Der silberne Wagen gab sich zu erkennen.

Der Neue: „Hallo. Ich grüße euch zwei, natürlich auch den Menschen James.

Wie heißt ihr denn?"

Lionel: „Der Junge, wie du schon erfahren hast, heißt James Cornelius Skimen. Der A179 *schimpft* sich *Jason* und meine Wenigkeit, ich heiße Lio, was die Kurzform von Lionel ist."

Der Neue: „Hallo Lionel, Jason und James. Ich *schimpfe* mich Goliath."

Lionel: „Wieso schimpfst du dich das? Der Name klingt elegant und nach etwas gewaltig großem, Ehrfurcht Gebietendem. Bist du denn unzufrieden mit dem Namen?"

Goliath: „Naja. Ich bin doch der Neue und wenn ich so einen hoch gestochenen Namen habe, dann werden sich vielleicht viele ein vorschnelles Urteil bilden. Ich möchte nicht das sein, was Herr Skimen aus mir machen will und auch schon gemacht hat. Ich möchte nichts Besonderes sein. Ich bin wie alle anderen auch. Jeder hat sein Gutes und sein Schlechtes. Aber jeder hat die Wahl, was er denn sein möchte."

Für Lionel waren das sehr erfreuende Worte von Goliath. Sympathisch, redefreudig, nicht überheblich und sehr sozial. Der erste Eindruck passte. Für Lionel, für James und für Jason.

James konnte es nicht lassen und wollte Goliath anfassen.

„James! Lass ihn doch, bitte. Jetzt wo du weißt, dass wir auch leben, kannst du dir doch vorstellen, dass wir auch Privatsphäre brauchen. Grapsch ihn also nicht einfach an!", versuchte Lionel, den Teenager zu erziehen.

Die Antwort von Goliath war dann jedoch eine für ihn selbst typische: „Kein Problem Lionel, aber danke. Er darf ruhig in mich hineinschauen. Warte einen Augenblick, junger Mann. Ich sperre auf."

Goliath gab die Sperre der Türen frei und öffnete ganz sanft alle seine für die Fahrerkabine vorgesehenen Türen.

„Den Kofferraum braucht ihr doch nicht sehen, oder?", fragte er.

Nein, aber als anerkennendes Zeichen betreffend der, im wahrsten Sinne des Wortes, Offenheit des Neulings, öffneten auch Lionel und Jason ihre Türen.

James bekam immer wieder aufs Neue Gänsehaut, denn manche Momente empfand er als magisch. Vor allem diese Momente, in denen Autos miteinander wie jedes andere Lebewesen auch interagierten. Seien es lustige Momente oder traurige, wütende oder sich messende, verrückte oder kindische. Es war einfach magisch. Jedes Mal, wenn er ihnen so zusah und sich eher im Hintergrund bedeckt hielt, fiel es ihm auf, welch Privileg er, als einer von wenigen Menschen in diesem Universum, hatte.

Als sie sich gegenseitig eine Art des Respekts entgegenbrachten, indem sie zusammen Offenheit zeigten, schlossen sich Lionel und Jason wieder ganz. Goliath hingegen verschloss nur auf der linken Seite die Türen, denn rechts von ihm stand James, der sich das Cockpit sowie auch den hinteren Teil der Fahrerkabine ansah.

„Oh mein Gott!", rief James plötzlich, der hinten gerade etwas „*megacooles*" für sich entdeckt hatte.

Lionel: „Was ist denn los?"

James: „DER GOLIATH IST EIN KINO! Der hat doch tatsächlich einen Fernseher in seiner Kabine. EINEN BILDSCHIRM MIT INTEGRIERTEM DVD-PLAYER, USB-STICK UND HDMI-ANSCHLUSS! Ich werde verrückt!"

Unser James Con war unübersehbar fasziniert über die Funktionen des Suno 208.

„Na, da schau an. Haben wir jetzt also einen Entertainer bei uns", meinte Lionel.

„Hey, ich bin doch auch lustig und unterhaltsam", sagte Jason.

„Zwischen lustig und lächerlich liegt oftmals ein schmaler Grat", meinte der Neuling.

„**DER** gefällt mir! Der hat den Dreh heraus und weiß, wie es läuft!", erfreute sich Lionel über die Aussage des Gleichgesinnten. Jason ein wenig von seinem hohen Ross zu holen, konnte wirklich nicht schaden. Solang es nicht auf die Art und Weise passiert, wie es Alfred getan hatte.

James: „Kann man auf dir auch Sender Empfangen?"

Goliath: „Ja. Es gibt die Möglichkeit, TV-Sender sowie auch Radiosender zu empfangen. Der integrierte WLAN-Router macht auch die Nutzung von Chatrooms, Video-Portalen sowie auch Suchmaschinen zu einem Ding der Möglichkeit. Wenn du magst, kannst du das alles ausprobieren.

Bespiele einfach einen USB-Stick mit Videos und, oder Musik sowie auch Fotos. Stecke ihn in den dafür vorgesehenen USB-Port und tob dich aus!"

James: „Oh, danke Goliath, aber das wird eher ein Problem werden. Wenn es nach Vater und Mutter geht, hätte ich dich besser nie angefasst."

Lionel: „Da hat mein Schützling leider Recht. Ich weiß nicht, wie viel du schon über Priya und Konrad Skimen weißt, aber sie sind ziemlich, sagen wir einmal ‚eigen'. Manchmal scheint es, dass sie sich selbst und gegenseitig lieben, aber für mehr haben sie in ihrer Welt keinen Platz. Geld, deren Job, Gegenstände, Prunk und Ansehen. Das sind hauptsächlich die Dinge, die sie beschäftigen. Zumindest haben Mutter und Vater Skimen die Gabe, das so zu vermitteln. Vielleicht erzählt dir James einmal mehr darüber. Wobei, du wirst es schon merken, wenn du einfach nur zusiehst und zuhörst, sollte es zu einer Konversation meist gefolgt von einer Konfrontation kommen."

Goliath: „Sehr viel habe ich natürlich nicht mitbekommen. Aber eine Kostprobe ihrer Eigenheit natürlich schon, als sie mich kauften. Ich war offensichtlich ein lang ersehnter Wunsch der Familie Skimen. Leider hörte ich auch, was sie über euch sagten. Ich war also schon sehr gespannt, was folgen würde.

Ach übrigens, Lionel! Von deinem *k. o. Schlag* habe ich ebenfalls gehört. Der war einer der Gründe, warum es mich hier an Ort und Stelle stehend gibt. Aber ich glaube, Herr Konrad Skimen ist sich nicht bewusst, dass ich das, natürlich nur rein theoretisch, auch könnte."

Mit dieser Aussage machte sich der Neuling nun bei allen dreien beliebt. Bei Lionel sowieso, bei unserem Frechdachs Jason auch und vor allem bei James.

„Heute Nacht zeigen wir dir Lux. Du wirst sehen, wir sind eigentlich fast alle schwer in Ordnung. Alle, bis auf ein paar Ausnahmen. Wenn es für dich okay ist, dann nehme ich James wieder mit. Er war nämlich schon einmal mit uns auf Tour", kommunizierte Lio zu Goliath.

„Aber klar doch! Gerne! Das ist auch für mich etwas Neues, mit einem Menschen zu reden", meinte der Neuling erfreut.

Lionel 2
„Einblick"

… Die Konferenz der Raudies war schon im vollen Gange.

Auf einer Bank in einem von wunderschönen Blumenbeeten umgebenen Park saßen sie nun und diskutierten über das Weitergehen des baldigen Geschehens.

Sie diskutierten nicht darüber *Ob* oder *Wenn*. Für diese mit Hass und von purem Zorn erfüllten jungen Menschen war die blutige Rache an James **beschlossene Sache**.

Sie verschwendeten auch keinen einzigen Gedanken an die Konsequenzen, die ihr Vorhaben vielleicht mit sich bringen würde. Ihre Eltern hatten genug Geld, da ließ sich doch eine vorzeitige Freilassung sicher einrichten.

Lauren, Timo, Matthäus und Mario saßen in einer vorgebeugten Haltung, sich die Hände knetend und grübelnd. Gerade, dass sie nicht sofort los gingen und es vollbrachten.

Es musste nur noch dieVorgehensweise geplant werden. Das Opfer von den bösen, selbst im Laternenlicht als dunkle Gestalten Erkennbaren wurde schon vor langer Zeit zum **Feind**.

James Cornelius Skimen musste ihrer verdrehten Wahrnehmung nach **vernichtet** werden, komme was wolle.

Matthäus *(der Zweitklügste und stets loyale Assistent seines Anführers Lauren):* „Leute, jetzt hört mir mal zu. Wir müssen es so unauffällig wie möglich tun, aber er muss leiden."

Lauren (der „Intellektuellste" und Anführer der Gruppe): „Nein Matthäus, er muss nicht nur leiden. Er soll bluten."

Mario (der, sagen wir mal, „Dümmste" der Gruppe): „Ja, ich will ihn bluten sehen!" – Gefolgt von einem dümmlichen Lachen.

Timo (der Zweitdümmste der Gruppe): „Der hat sich eindeutig mit den Falschen angelegt. Lasst es uns endlich tun."

Lauren: „Keine Sorge, Freunde. Wir machen es bestimmt. Von diesem Scheißer lassen wir uns nicht unsere Ehre beschmutzen. James ist daran schuld, dass wir Ärger bekamen. James ist daran schuld, dass wir für etwas hinhalten hätten müssen, was wir nicht getan haben! Allein seine Anwesenheit, seine bloße Existenz treibt uns in den Wahnsinn!"

Mario: „Das war dieses Dämonenauto."

Matthäus: „Moment. Da war doch noch ein Zweites. Diese verdammt hässliche, schießalte Dreckskarosserie!"

Lauren: „Keine Angst Leute, die werden wir sowieso vernichtend zerstören. Er soll genauso dafür bluten wie wir. Vielleicht sogar mehr."

Timo: „Nicht nur vielleicht Lauren, mit Sicherheit!"

Matthäus: „Wenn wir das Auto zerstören, treffen wir ihn sicher hart. Seine Eltern werden diesen dummen, unnötigen Jungen dann auf jeden Fall in den Boden stampfen."

Lauren: „Sie werden ihn sicher nicht nur in den Boden stampfen, sie werden ihn verstoßen und wohlmöglich in ein Heim für schwer erziehbare Teenager stecken."

Mario: „Ja, das wird sicher lustig."

Lauren: „Aber ganz ehrlich Leute, wollen wir uns diesen Spaß wirklich von James dummen Eltern nehmen lassen? Wollen wir ihn nicht lieber selbst in den Boden betonieren? Wollen *wir* nicht lieber die Früchte dieses Erfolgs tragen? Wollen wir nicht diejenigen sein, die alle fürchten und meiden, und wollen wir nicht die Triumphierenden dieses baldigen Geschehens sein?"

Matthäus, Mario, Timo: „JA! DAS IST ES, WAS WIR WOLLEN!"

Hätte irgendein Mensch diese vier potenziellen Straftäter so gesehen und auch gehört, was sie von sich gaben, dann hätte es dieser Person einen gewaltigen Schauer über den Rücken gejagt.

Lauren: „Leute, wir ziehen das gnadenlos durch. Komme, was wolle. Wir vernichten ihn! Wir vernichten sein Auto und ihn. Wir bringen ihn um!"

Laurens drei Gefährten begannen ihren Anführer zu zujubeln. Lauren erhielt von seinen drei Genossen höchstes „*Ansehen*". Für seinen Mut und für seine Ideen, seien diese noch so dumm oder gar gefährlich oder wie in diesem Fall höchst kriminell.

[Riss im Film.]

Das Telefonat

Neela: „Hallo? Wer spricht?"

Jason: „Hallo, Neela. Wir sind es. Jason und Goliath. Wir mussten dich einfach anrufen. Wir haben Konrad Skimen angerufen, sobald ihr verschwunden wart.

Wir konnten nicht anders, es erschien uns wichtig."

Neela: „Und wie habt ihr das gemacht?"

Jason: „Ich habe mich als ein Freund von James ausgegeben, der den Überfall gesehen hat."

Neela: „Und was habt ihr gesagt?"

Goliath: „Wir haben die Wahrheit gesagt."

Jason: „Ja, wir sagten ihnen, dass er nun im Krankenhaus läge und ich sonst nichts Weiteres wüsste, weil ich nicht mit ins Krankenhaus durfte, da ich kein Angehöriger bin."

Neela: „Wann habt ihr dort angerufen und kommen seine Eltern zurück?"

Jason: „Ja, tun sie. Sie kommen, so schnell sie können. Vater Skimen hat gesagt, dass er und Priya, so schnell wie es geht, den nächsten Flug nehmen und herkommen."

Goliath: „Und noch was Neela, seine Eltern klangen sehr schockiert und besorgt!"

Neela: „Das wäre ja schön, wenn nicht! Okay, also kommen sie bald? Wisst ihr was?"

Jason: „Ja, sie sollten eigentlich bald da sein. Goliath hat nachgeschaut. Als wir sie anriefen ging eine Stunde später ein Flug zum Flughafen Wien-Schwechat. Gut möglich, dass sie den noch bekommen haben."

Neela: „Wann habt ihr dort angerufen und wie lang dauert so was?"

Goliath: „Der Flug nach Wien dauert circa fünf Stunden und fünfunddreißig Minuten. Wir haben angerufen, nachdem ihr verschwunden seid. Lass mal kurz sehen. Im Protokoll steht, dass das nun schon sieben Stunden her ist."

Neela: „Okay, also kann es nicht mehr lange dauern. Ihr müsst das Protokoll löschen.

Ich muss auflegen. Hoffentlich haben wir es bald geschafft. Tschüss und danke vielmals für den Anruf!"

Goliath, Jason: „Ja, hoffentlich. Viel Glück, Tschüss."

Telefonat Ende

[Szenen später]

„James Cornelius Skimen! Hat dich dieses Auto gerade ,*mein Sohn*' genannt? Und sage mir jetzt ja nicht, dass du ihm zu dem Sprachsteuerungs- und Wackel-Chip, einen Chip eingepflanzt hast, mit dem ein Sprachzentrum und der Wortschatz des menschlichen Gehirns simuliert wird." Konrads Stimme war verdächtig ruhig dafür, dass er Lionel und James gerade **ertappt** hatte.

Im gleichen Moment hielten es die Partygäste keine Sekunde länger aus und sie kamen auch schon angerannt. Hermine,

Niklas, Priya, Gerald und Ingrid sowie auch Neela rannten zu Garagentüre, in deren Türrahmen Konrad stand, und riefen ganz laut: „**ÜBERRASCHUNG**!"

Konrad zuckte zusammen und sprach: „Das kann man wohl so nennen. ‚**Überraschung**‘." Obwohl der Tonfall seines menschlichen Vaters zwar immer noch recht ruhig war, rechnete James mit dem Schlimmsten.

Sein Vater war eben „verdächtig" ruhig.

[Wie die Zeit vergeht]

… Nun verschlug es unserem Lionel, wie auch schon James seit Anfang der Konversation zwischen Konrad und dem Suno A82, selbst die Sprache.

James starrte, währen unser Lio nun offensichtlich alle Register ziehen wollte. Lio war es offensichtlich egal, was mit ihm passieren würde, er hatte nur ein Ziel. James zu retten mit allen Möglichkeiten, die den Autos zustünden, aber anscheinend hielt er es für wichtig seine Möglichkeiten zu erweitern. Er gab sich Konrad Skimen preis, nur um James zu retten. In der Autokodex-Sprache würde man sagen, dass er sein Leben gab, um des Schützlings Leben zu retten. Immerhin hieß es ja auch, im ärgsten Notfall sollte man eingreifen, sofern es möglich war und für Lio war dieser Fall ein Notfall, bei dem er alle Regeln brechen musste und auch wollte.

So fragte der alte, weise, gutmütige, aber auch mutige Lionel seinen langjährigen Besitzer:

„Also … helfen Sie uns? Können wir auf Sie zählen?"

[Einige Zeit später]

„Geliebte Ehefrau, bitte setz dich doch. James, Neela und ich, und anscheinend auch andere, wollen dir etwas zeigen, sagen, vielleicht sogar demonstrieren und dich etwas fragen. Aber zuerst mein Schatz, schwöre, dass du es niemanden sagst. Das wünscht sich James. Egal was du hier gleich zu sehen oder zu hören bekommst, versprich uns hoch und heilig, dass du es niemanden jemals verraten wirst." Der Airline Angestellte versuchte es so behutsam, aber auch durchdringend wie es ihm nur möglich war.

Priya Skimen war jetzt schon ein wenig nervöser, sagte aber das was ihr Ehemann von ihr hören wollte: „Ja, ich verspreche es, hoch und heilig!" Unsere Neela flüsterte in Richtung aller schon Mitwissenden: „Viel Glück, euch allen."

Der Ehemann von Priya atmete kurz tief ein und aus und begann zu sprechen: „Na gut. Bist du, Ehefrau, die mich hoffentlich nicht in eine Zwangsjacke stecken wird, und wenn sie es doch tut, hoffentlich regelmäßig zu Besuch kommt, so weit?"

Seine Ehefrau erwiderte: „Ja, Konrad. Obwohl ich zugeben etwas nervös bin, bin ich bereit." Konrad schaute Lionel an und fragte: „Willst du oder soll ich? Aber wenn du es tust, sparen wir uns eindeutig Sätze wie ‚Sonst geht's dir gut?' oder ‚Hast du einen an der Waffel?'. Ach, weißt du was, altes Haus. Mach du es! Du bist nicht verheiratet, du musst nicht mit einer Scheidung oder sonstigem rechnen!"

Lionel verstand die Nervosität durchaus und tat, worum er gebeten wurde:

„Einen wunderschönen guten Tag, Frau Skimen. Ich habe das in letzter Zeit schon oft gesagt. Aber mein Name ist Lione–", plötzlich wurde Lio unterbrochen. „Nein! Das darf nicht wahr sein! Das Auto kann ja … OH MEIN GOTT! WIE ABGEFAHREN?!", rief Priya plötzlich, anders als erwartet, aber offensichtlich erfreut über die Situation.

[Um einiges später]

„SCHEISSE – ER HAT EINE PISTOLE UND EIN MES-
SER IN DEN HÄNDEN!", rief Jason auf der für Menschen
hörbaren Frequenz und ein Mensch hörte es auch.

Es war James, so schnell er nur konnte, lief er zu seiner
Burgfestung. Er rannte, auch wenn es das Letzte sein sollte,
was er in seinem Leben tun würde, aber er ließ nicht zu, dass
das Auto, das ihn aufzog, ihn beschützte, ihm zuhörte und
ihn liebte, heute sterben würde.

Er schnappte sich den Vorschlaghammer, den er am Weg
sah und Mario und Timo rannten vor Angst in eine Richtung, die sich als falsch herausstellen würde, denn es war die
Richtung, aus der ein Polizeiwagen kam. Ein Kollege von
Hubertus kam endlich an diesem Flugplatz an. James bemerkte in seinem Wahn weder diesen Wagen noch dessen Sirene.

Lauren stand da, die Pistole auf Lionel gerichtet, und schrie:
„DU ALTES DUMMES WIDERWERTIGES STÜCK
BLECH! ICH WERDE DICH NIEDERRAFFEN! IN
DIE SCHROTTPRESSE WIRST DU KOMMEN! UND
JAMES WIRD MIT DRINNEN SITZEN!"

„ZEHN JAHRE SPÄTER"
DAS ERWACHEN

James und Neela schliefen ruhig und selig in ihrem Ehebett, doch plötzlich riss jemand die Schlafzimmertüre auf und schrie: „MUTTER! VATER! JETZT SEID EHRLICH! DIESE AUTOS LEBEN DOCH?!"

Die Eltern von Lio Junior erwachten schlagartig und sahen ihren Sohn perplex an.

„Sohn, was ist denn los hier?", fragte Neela ihr Kind.

„VATER, MUTTER! ICH MUSS ES WISSEN! LEBT DIESES AUTO? LEBEN DIESE AUTOS?! SAGT MIR VERDAMMT NOCHMAL DIE WAHRHEIT!", forderte Lio Junior seine Eltern mitten in der Nacht auf.

James stand auf und ging zu seinem Jungen hin, legte seinen Arm um ihn und sagte: „Wenn du es unbedingt wissen willst, dann komm mal mit."

Vater James ging mit seinem Sohn Lionel zu der Garage, öffnete die Türe und sprach:

„Lionel, Jason, Goliath! Hört auf damit, den Jungen auf eure imaginären Arme zu nehmen! Er dreht gerade genauso durch wie ich damals!"

Lio stand seinem Namensvetter und den anderen Gefährten gegenüber und behielt diese genau im Auge.

„Na komm, Sohn. Frag sie halt, ob sie leben, sonst geht das ewig so weiter", meinte James zu Junior.

„Lionel Junior", zögerte ein wenig, aber dann stellte er sich stramm vor Autoonkel *Tut-Tut,* alias Lionel, hin und fragte: „LIONEL, JASON, GOLIATH! Lebt ihr? Wenn ja, dann … zeigt mir, dass ihr lebt!"

Es geschah ganze fünf Minuten nichts, doch dann …

Blitz-Blitz
(von Goliath, Jason und Lionel)

„Na siehst du Sohn, du bist nicht verrückt. Also gute Nacht euch allen!" Jay verließ die Garage und ließ somit seinen Sohn Lio, der mit weit aufgerissenen Augen und heruntergefallener Kinnlade nun vor seiner Antwort stand, alleine.

Jason, Goliath und Lionel: „Hallo, Neffe!"

Lionel: „Bist du eigentlich nun mein Neffe oder mein Enkelkind? Wer bist du jetzt genau?"

Der Sohn von Neela und James Skimen stand wie sein Vater einst sichtlich verblüfft in der Garage des Hauses und sprach mit zittriger, aber dennoch faszinierter Stimme: „Ich … Ich bin …"

Lionel
Statement

Berechtigterweise fragen Sie sich nun, was das war!
Das war, wie schon oben erwähnt, ein ziemlich langer
Trailer der Vorgeschichte des nun folgenden Zweiteilers!
Dabei handelt es sich um einen „Drehbuch-Roman",
welcher zwar **vor** Lionel 3 und 4 spielt und auch
geschrieben wurde, aber **nach diesem Zweiteiler**
erscheinen wird! Das von Ihnen eben gelesene soll somit
nicht nur als Vorgeschmack für die Zukunft, sondern
ebenso als **„Bridge"** für dieses Buch dienen!

In diesem Sinne wünsche ich Ihnen viel Spaß
beim Lese- oder Hörerlebnis von
Lionel 3 und Lionel 4!
„Ready? Set. Take off!"

Lionel 3

Vorspann
„Einblick"

„Schwabbsi! Das stimmt doch gar nicht und verwende doch bitte nicht solche Ausdrücke vor unserem menschlichen Teenager! Langsam bereue ich es, dich hierher eingeladen zu haben", sprach der Autoonkel und Namensvetter des *Menschenjungen* Lionel zu seinem alten „Schüler". War er doch jahrelang der Mentor von Schwabbsi, der Lionels Meinung nach noch etwas grün hinter den Seitenspiegeln war. „Was soll man denn erwarten von einer 2015 gebauten, schwarz-metallic lackierten, eingebildeten, mit der neuesten Technik verwöhnten Combi-Limousine der Marke Suno", dachte sich unser altes Blech. „Wisst ihr, meine Lieben, auch wenn er ein unglaublich intelligentes, fesches Blech mit trockenem Humor ist, er kann mir kräftig auf den Kofferraum gehen. Das chlimmste ist jedoch, dass er in direkter Linie mit mir verwandt ist! Andererseits hat er all das eindeutig von mir. Selbst wenn ich glasklar der Feschere bin!", gab Lionel, der Suno A82, lautstark auf der für Menschen hörbaren Frequenz seinen Gewissenskonflikt frei.

„Onkel altes Blech!", hörte man nun von seinem menschlichen Neffen Lio „Junior". „Bitte?!", empörte es den A82. „Schwabbsi ist auch ein Held. Da bin ich mir sicher!", sagte unser Teenie, Menschen-Lionel, in die Runde bestehend aus Neela, James, Konrad, Priya, Jason, Goliath, Fredi, Lillijetta, Dekja, Schwabbsi, Max, Matthew und der Bangana BA 82 namens Soulu. Natürlich stand dieses riesige Flugzeug nicht auch noch auf dem Grundstück der Skimens. Es war per Videoschaltung, welche der Funktion der Sprachsteuerung mächtig war, zugeschalten.

Ach stimmt, wartet mal, ihr wisst ja noch nicht, wer denn genau Schwabbsi, Max, Matthew und das Flugzeug Soulu sind! Na, dann lauscht den Worten eurer alten Blech- und Menschenfreunde. Vielleicht werden die neuen Kraftfahrzeuge und die Jumbo Passagier Maschine ebenso eure Freunde.

Eins kann ich euch aber schon verraten. Der Verwandtschaftsgrad zwischen Lionel und Schwabbsi wird unserem *Schwabbs* wohl nicht davor bewahren, nicht doch mit seiner Allradkraft, offensichtlich auch wegen seinem Zynismus und der, nennen wir es mal, leichten Arroganz, die seine Karosserie schmückt, in dem ein oder anderen Fettnäpfchen stecken zu bleiben. Wie ihr ja wisst, ist das Aussehen nicht alles und irgendwie kommt es, so glaube ich, auch bei fliegenden, fahrenden oder gar schwimmenden Weggefährten auf den Besitzer an. Somit hoffen wir mal, dass dieser nicht zu „*Gaga*" ist.

Auto-Lionel: „Hey, darf ich auch noch etwas zu unseren LeserInnen sagen? Das 404 Modell klingt wie eine Fehlermeldung. Eine wirklich, absolut nicht gute Fehlermeldung!"

Schwabbsi: „Aber dafür steht das S in AS 404, für ‚sexy'! Bei dir ist das nicht mal vorhanden Lionel. Da steht nur ein ‚A' und das steht für ‚Asozial'".

Auto-Lionel: „Ähm. Junger, leider engverwandter Blechtrottel. Darf ich dich nur ausdrücklich darauf hinweisen, dass deine Benennung somit laut unserer Aussage ‚*Asozialer, wirklich nicht guter, sexy Fehler*' hieße?"

Dafür haben die Zwei mich nun unterbrochen? Ernsthaft? Oi, das kann noch was werden, liebe LeserInnen.

Das Leben unserer Autos sowie auch unserer Menschen blieb natürlich ebenso wenig stehen, wie das unsrige. Auch nach ihrem Triumph über Lauren Schmidt, Timo, Matthäus und Mario erlebten unsere blechernen und menschlichen Gefährten, noch Jahre bevor es unseren menschlichen Nachkommen Lionel gab, etliche Abenteuer. Abenteuer, in denen der Atem ins Stocken gelangt, das Blut gefriert und unsere Körper vor Spannung erstarren. Ob alle positiv ausgehen, werde ich euch wohl eher noch nicht verraten, unter anderem deswegen, da diese Handlungen im fünften Teil unserer Saga thematisiert werden. Was ich euch jedoch verraten kann ist, dass es egal in welcher Epoche unserer Legenden unglaublich atemberaubende, schöne sowie auch traurige oder beängstigende Momente gab und geben wird. Trotzdem, dass unsere Gefährten, seien es die jungen Tamanna-Skimens oder die als Senior geltende Skimens, einige Verluste erlebten, wie zum Beispiel den des alten Mulaiems oder auch unserer vielleicht nicht so sympathischen Bewa, verlor niemand den Humor. Sei es der Zynismus, der trockene Humor unseres mechanischen Lionels oder auch die einfache Situations-Komik. Die genannten und auch ungenannten waren stets die all währenden Begleiter unserer ProtagonistInnen.

Szene 1
„Ein Gefühl von Früher"

Auf einmal hören unsere alten Freunde und ebenso die neuen ein dröhnendes Geräusch. „Das ist doch Emilia!", freute sich unser Menschenjunges über die Ankunft seiner mechanischen Tante.

Im Chor, der zugegeben nicht sehr synchron war, riefen alle auf dem Grundstück Anwesenden: „Emilia!" Fröhlich glänzend fuhr unsere rote Suno AS 404.6 Dame in die Einfahrt der Saaggasse 48, Lux/Partede.

Emilia war eine, welche stets frisch geputzt glänzte und auch immer brav poliert wurde. Ihre hellrote Karosserie war einfach der Hingucker und wenn dann noch die Sonne richtig auf ihr Antlitz schien, konnten Menschen und Autos gar nicht mehr anders als hinzusehen. Tagtäglich putzten ihre Besitzer ihre luxuriöse, familiengerechte Combi-Schönheit, doch eigentlich war dies doch nicht nötig, oder? Naja, doch. Da unsere Emilia es liebte, in Erde und Schlamm herumzufahren. Es machte ihr einfach Spaß, hin und her zu driften und es interessierte sie einfach nicht, selbst als teures Luxusmodell, sich nur auf ihre Optik reduzieren zu lassen. Status, Modell, Kratzer oder Dellen waren ihr vollkommen egal. Waren die Menschen und Autos gut zu ihr, war sie gut zu ihnen. Philosophisch betrachtet könnte man fast meinen, dass sie ein kleiner *Rebell-Punk* war. Natürlich fragt ihr nun zu Recht: „Aber was ist mit dem Auto-Codex?" Der Auto-Codex besagt, dass man als Gefährt jeden sicher nach A und B bringen muss und alles dafür geben soll, dass es den Insassen gut geht. Selbst wenn das „B" nicht das „B" wäre, wo man hinmöchte, sondern der Pannenstreifen, ist dieser Teil des Codex vollständig absolviert worden, da die Insassen sicher angekommen waren. Als Automobil bist du immer stets dazu verpflichtet auch das Geheimnis der lebenden und somit selbstständigen Karosserie zu wahren, solange es keinen Notfall für die Menschen gibt. Selbst wenn dieser Notfall einträfe, sollte man als Auto ebenso darauf achten, ein für den Menschen logisches Alibi zu ermöglichen. Aber im Codex steht nichts davon, dass man, solange es die Menschen nicht mitbekommen, nicht doch Ausritte machen darf und somit im Schlamm herumdriften kann. Unsere „Rebella" bekam deswegen auch den eben erwähnten, unter Anführungszeichen gesetzten Spitznamen. Wem auch immer sei gedankt, hatte unsere Emilia doch genau das gemacht, denn sie ist und bleibt ein Freigeist. Sie liebt es einfach zu sehr, um diesem Hobby nicht doch nachzugehen oder in ihrem Fall „nachzufahren."

Um ein kleines Geheimnis schon ganz am Anfang zu lüften, erzähle ich euch, dass sie es ebenso liebte, den jungen oder auch älteren männlichen Artgenossen auch einmal zu zeigen, dass Automobil-Damen auch einiges und noch mehr konnten. Ihr Bruder Schwabbsi war einst einer von diesen Herrschaften. Aber dazu, meine Lieben, kommen wir später.

„Willkommen, liebe Emilia!", sprach Lionel A82 zu seiner, man könnte es Nichte nennen. „Hey, ihr Witzigen! Wie geht es euch?", fragte sie überglücklich in die Runde. Sie hatte tolle Neuigkeiten und konnte es kaum erwarten, dass ihre Familie, welche auch aus Freunden bestand, diese auch erfuhr. „Ich bin jetzt endlich frei!", rief es aus ihr heraus. „Wie meinst du das, frei?", fragte Konrad Skimen, weil allen anderen die Motorhaube oder auch der Mund offenstand. Mr. Skimen, so wissen alle LeserInnen, die unsere Freunde und Bekannten schon durch Teil eins und zwei begleitet haben, war dafür bekannt, auch in der schlimmsten, bedrückendsten Notlage die Fassung zu bewahren. Weiters dachte sich Konrad, dass es doch gar nicht so schlimm sein konnte, da unsere Emilia doch bis über beide Ecken des Kühlergrills strahlte. Es war für die anderen nur sehr unvorhersehbar, doch unser Herr Skimen war auch für solche Situationen gewappnet. „Meine Besitzer, ihr wisst schon, jene, für die ich nur das Ergänzungsmittel für ihre Knechtschaft war, haben mich endlich frei gegeben. Ich stehe nun in Lux bei einem Gebrauchthändler, ganz weit hinten am Parkplatz und somit sieht man mich auch gar nicht wirklich für den Verkauf. Das heißt aber auch, dass ich endlich herumfahren kann, wann und wohin ich will. Mit welchem Vorhaben auch immer. Ist doch super, oder?!", sprudelte es aus dem Hybrid von Diesel und Elektro nur so heraus. Gerade, dass ihr Tankdeckel nicht wirklich aufsprang und sie den Treibstoff auch noch verlor. „Das ist … ja also, eigentlich finde ich das jetzt nicht so toll, denn somit könntest du irgendwohin verkauft werden und dann können wir uns vielleicht gar nicht mehr sehen, Schwesterchen", war unser Schwabbsi nun eher doch nicht so erfreut. „Hey super strahle Diesel!", kam es nun aus dem Suno A82 heraus, gefolgt von „Wie wäre es denn, wenn du und dein ‚Error'-Bruder unsere neuen Garagen Mitbewohner würdet? Einer der Herren Skimens wird doch noch zwei Plätze auftreiben können."

Unsere Autos und sogar unser menschlicher Lionel funktionierten nun wieder wie in einem abgesprochenen Team und begannen alle tief zu brummen, während sich ihre Karosserien zu ihren menschlichen Führerschein besitzenden GenossInnen wendeten. Der freche Teenie Lio setzte sogar noch einen drauf und versuchte Tränenflüssigkeit aus seinen dunkelbraunen Augen zu pressen und sprach mit versucht kindlicher Stimme: „Opaaaaa! Omaaaaa! Maaaamaaaa! Paaaapaaa! Das könnt ihr doch sicher nicht zulassen, dass Tante Emilia vielleicht anderswo hingebracht wird! Stellt euch doch mal vor, sie würde über das Meer verschifft?! Dann kann sie nicht mal selbstständig zu uns kommen, wenn sie oder wir das wollen oder sogar brauchen?! Ach, und wenn kein Flugzeug von Felicitas Airlines da ist, dann sowieso nicht. Wir würden sie also nie wieder sehen! Das halte ich nicht aus!" Emilia brummte etwas gereizter aus ihrem Kühlergrill, da ihr klar wurde, dass ihr Menschenneffe, damit vollkommen richtig lag. Die Scheinwerferwischer schnellten nun hin und zurück, weil sie

weinen musste. Irgendwie machte sich bei den Altbekannten nun ein Déjà-vu Gefühl breit, als unser Lionel Suno A82
wieder einmal Herrn Skimen Senior mit sehr ernster Stimme
folgendes fragen musste:

„Skimen, würdest du uns helfen?"

Szene 2
„Neelas Begleiter"

Selbst wenn Jay Cornelius nun erwachsen, selbst verheiratet, Vater eines vierzehn Jahre alten Sohnes war und sogar noch ein weiteres Kind unterwegs … Moment. Habe ich das gerade ausgeschrieben? Verdammt. Na gut, aber dann müssen Sie, liebe LeserInnen, jetzt mithelfen, dass es hier niemand erfährt außer uns, denn über diese Tatsache weiß nicht einmal unsere Neela Bescheid. Wie dem auch sei, Jay war zwar eindeutig ins Erwachsensein eingetaucht und dazu noch sehr tief, aber wenn es um die Fürsorge der Autos ging, hatte sich eindeutig unser Pilot Konrad Skimen dafür selbstverpflichtet. Zitat dieses unglaublichen Menschen- und Autovaters war: „Ach, wenn ich schon auf meine Jumbo-Passagier Maschinen aufpassen kann, dann wohl auch auf nicht so abgehobene ‚Blechteile'." Ja unser Pilot, der über die Jahre nun auch schon die Airline „Felicitas" als alleiniger Chef übernehmen durfte, war vielleicht immer noch „eigen" in Sache „Liebe zeigen", aber wenn man zwischen den „Reifenspuren" lesen konnte, dann wusste man, was er damit ausdrücken wollte.

Unser Felicitas-Airlines Chef blickte mit ernstem Blick in die Runde und ließ auf seine Antwort warten. Auch in seinem Kopf rannten die Augenblicke der letzten Jahre seit der ähnlichen Frage vom blechernen Lionel wie im Film vor seinem inneren Auge ab. Wie kleingeistig er eigentlich begonnen hatte und wie „groß" er geworden war. Jeder Mensch ist ein eigener Mensch, auch wenn er allein als Individuum betrachtet wird und gleiches gilt für Tier und Maschine, doch **komplett** fühlte er sich nie. Erst als er seine Frau kennenlernte, wurde seine Familie immer größer und seine Leere immer kleiner. Auch wenn er zu dem Zeitpunkt, als sich die Autos offenbarten, glaubte, dass sie jetzt alle vollständig wären, fühlte er sich jedes Mal aufs Neue angekommen und komplettiert, wenn die

Familie mechanischen oder menschlichen Zuwachs bekam. Manchmal weiß man erst, was gefehlt hat, wenn man es findet.

Nun war seine Familie, zu der er auch Freunde zählte, viel größer und dennoch hatte er immer Platz für mehr in seinem Herzen. Aber wie gesagt, da Konrad es nicht so gut wie andere ausdrücken konnte, sagte er: „Pfah, wie ihr mich nervt. Ja, von mir aus, ich hole dich und Schwabbsi auch gleich zu uns. Ihr kostet alle nicht nur Geld, sondern auch Nerven, aber hey, sehen wir es positiv! Wenn ihr mich manchmal nicht nerven würdet, würde ich euch vielleicht gar nicht wirklich liebhaben und ihr wiederum, würdet mich nicht nerven, wenn ihr mich nicht liebhättet." Erleichtert brummten die Autos aus und feierten den Airline Chef, nachdem die Anspannung abfiel. „Gut, dass wir unsere Grundstücke zusammengelegt haben, damit wir das Autoparadies führen können. Vielleicht sollten auch wir Menschen alle wieder zusammenwohnen", meinte Jay. „Bitte nicht! Wir lieben euch, aber wir sind eigentlich sehr froh, dass wir nicht mehr zusammenwohnen", sprach Priya laut aus. „Wo ist Schwabbsi?", fragte Neela, da im ganzen Jubel und der neckischen Stimmung gar nicht auffiel, dass eines der blechernen Vierräder das Weite gesucht hat. „Der ist sicher beleidigt, weil er bald mit seiner Schwester zusammen wohnen muss!", spaßte unser Suno 179, alias Jason. Ja meine lieben LeserInnen, er ist immer noch frech wie Eh und Je. Somit hatte sich nach all den Jahren doch nicht alles verändert.

Neela verpasste Jason einen Klapps auf den Kofferraum und ging ihren dazu gewonnenen Blechfreund suchen.

Sie bog aus der Einfahrt der Saaggasse nach außen ab und suchte mit ihren Blicken. Selbst wenn sie es gleich gemerkt hätten, dass unser Schwabbs wegfuhr, wäre der Mensch ohne PS-starkem Untersatz wohl nicht fähig gewesen, unseren allradkräftigen und mächtigen Schwabbsi einzuholen. Somit erblickte sie nichts und schaute zeitgleich besorgt in die Ferne von Lux. „Schwabbsi!", rief sie, jedoch war es etwas schwierig einen Dieselmotor zu übertönen, was wiederum hieß, dass irgendwer unseren Schwabbs suchen *gehen* musste. „Gut, dass wir den Teil von Lux im Dynastiebesitz haben. Sonst würden die Menschen blöd schauen, wenn sie sehen, dass ich ein selbstständiges Auto suche und sogar rufe. Manchmal halte ich mich ja selbst noch für etwas Gaga", sprach Neela nun laut mit sich selbst, während sie ihre Augenbraue hochzog und den Mund zusammenpresste.

Szene 3
„Dein Ernst?"

Schwabbsi fuhr inmitten von Lux, unbesorgt darüber, erwischt werden zu können, solange er sich im „Skimen-Dynastie" Bereich befand, aber da gab es wirklich etwas, was ihn sehr auf die Karosserie drückte. Wie konnte er das denn loswerden? Immerhin wussten nicht einmal die Betroffenen, was denn genau los war. Der Suno AS 404 war sichtlich betrübt und schwerstens deprimiert. Wie konnte er dieses Problem denn nur allein lösen, ohne jemanden zu verletzen? „Irgendwer wird doch immer verletzt", dachte sich der schwarzglänzend lackierte Blechuntersatz und war nicht mal mehr in der Laune, einen Kick-Down für zwischendurch durchzuführen. Normalerweise half das dem automatikbetriebenen Diesel-Schlürfer über kleine Hänge drüber, aber diese Last wirkte fast schon schwerer als seine zweieinhalb Tonnen, welche er auf die PKW-Waage brachte. Während bei Schwabbs weder Öl, Diesel noch AdBlue etwas an seiner Motivation und Laune steigern konnten, war unsere Neela hingegen von Autoliebe angetrieben, ihren jetzt schon langjährigen Freund, der zu einen ihrer engsten Vertrauten und besten Freunde zählte, zu suchen und auch zu finden. Lux war vielleicht nicht riesig, aber auch nicht so klein, dennoch suchte sie ihn zu Fuß. Wusstet ihr, dass Neela sehr gut im Sprint war? Nicht? Unser Schwabbs auch nicht. Der vor Allrad trotzende Kerl schaute auch nicht schlecht, als er im Rückspiegel und den Seitenspiegel erkannte, dass sich seine beste Freundin in Sneakers näherte und dem Distelsaft verschlingenden Großverbraucher immer näherkam. Auch die einzige Passantin, welche den Weg von Neela und Schwabbs kreuzte, wusste nicht ganz recht, was sie davon nun halten sollte. Ein Auto ohne Fahrer, aber eine junge Frau die diesem Gefährt nachlief? Dezent auffällig und merkwürdig. „Kann man Ihnen helfen, junges Fräulein?!", rief die Dame mit fragendem Blick. „Nein, keine Sorge. Ich war nur wieder mal zu blöd, um die Parkbremse reinzugeben und mein Schlüssel liegt blöderweise im Auto. Nun rollt es gern mal durch die Gegend. Nur keine Angst, er hat den Spurassistenten und eine Einparkhilfe, somit rast er uns sicher nichts an!", rief Neela der Frau im Sprint entgegen, um ihren Freund aus der Patsche zu helfen, und hoffte, dass der älteren Dame die Unlogik hinter ihrer Geschichte nicht auffiel.

Schwabbsi hörte das und wusste dem Hinweis auch nachzugehen. Er steuerte in die Kurve ein und hielt selbstständig vor einer Mauer. Jays Frau konnte den „Allradler" einholen und schnaufte vor seinem Combi geformten Hinterteil aus, ging etwas in die Knie, legte ihre Hände auf diese und rief der älteren Dame mit letztem Atem zu: „Sehen Sie! Das meinte ich. Er steht. Also. Der Wagen steht. Das ist so etwas neumodernes in diesem Autos, da kann jeder Depp den Führerschein machen. Mein Mann hat ihn auch nur deswegen bekommen!" Der Versuch zu Scherzen misslang ein wenig. Die Dame sah sie höchst verdutzt an und beschwerte sich nuschelnd darüber, was die neue Technik nicht alles an Geld kostete und dass sie dieses Thema sowieso nie verstanden hatte und auch gar nicht mehr verstehen will. „Das geht mich in meinem Alter nichts mehr an. Diese heutige Jugend und ihre blöde Technik!", empörte es die Dame nun. „Kein Wunder, dass die alle so verrückt sind, wie dieses Mädchen", fügte sie ihrem Frust noch hinzu.

Unsere Neela war sprachlos und das nicht nur wegen ihrem blechernen Freund. Sie griff zu ihrem „neumodern technischen" Telefon und schrieb eine Nachricht in den Gruppenchat ihrer Leute, dass sie den Abgänger gefunden hatte. Doch nur weil er etwas deprimiert war, hieß das nicht, dass sie ihm nicht einen kleinen Klaps auf den Kofferraum geben konnte und das tat sie auch unter anderem verbal: „SAG MAL BIST DU IRRE?! ICH HABE MIR SORGEN GEMACHT! Wo warst du und WARUM vor allem?! Hey, Pups-Suno! Ich rieche doch, dass es dir nicht gut geht und verdammt, ich meine das wörtlich! Deine Abgase stinken noch mehr, wenn es dir nicht gut geht. Ist das so eine ‚Reizöl-Diesel-Sache' bei euch Autos? Wenns mir nicht gut geht, dann bekomme ich meisten Diarrhö. Du weißt, wir sind Abgasfreunde und können uns über alles unterhalten, also mein Freud, was ist los?" Neela ging zu der Schnauze des Sunos 404 und beugte sich wieder milde lächelnd und liebevoll zu ihm. Der Distel-Schlürfer wischte sich mit seinen Scheinwerferwischern über diese und ließ seine Stoßdämpfer einmal hoch und wieder niederfallen. Es war ein Zeichen für einen tiefen Seufzer.

„Neela …", stammelte er, „So kann das nicht mehr weitergehen."

Szene 4
„Als du dünner warst, standen wir uns näher."

Neelas Atem stockte. Sie war tatsächlich am Überlegen, ob es so etwas wie „Suizidal Gefährdung" oder „Depressionen" auch bei Autokarosserien gab, bis sich die Stimmung änderte und dies sogar schlagartig, als unser Schwabbs folgendes aussprach: „Neela, du hast zugenommen und zwar gewaltig. Du wiegst um einiges mehr und meine Sitzsensoren, die eigentlich nur dazu da sind, um zu sehen, ob sich die Menschlein auch brav anschnallen, sind meine Zeugen für die Kilogramm Veränderung." Neela versuchte ihrem Freund etwas zu sagen, aber er unterbrach sie nach „Schwabb −", da unser Suno gerade erst losgelegt hatte.

Schwabbsi: „Dein Gewicht ist radikal aufwärts gegangen. Dein Popo wurde mehr und vorallem größer und wir wissen alle, dass du normalerweise so gut wie keinen Po hast. Der Gurt wird weiter ausgerollt und trotzdem liegt er mit einem breiteren Radius an deinem Unterbauch an und ja, ich spreche es aus, auch auf deinem oberen Hüttenholz. Es spannt."

Neela: „Hey!"

Schwabbs: „Ach und derzeit flatulierst du mir etwas auf die Ledersitze! Das ist nicht von schlechten Eltern. Deine Stimmungsschwankungen sind auch sehr massiv und du beschwerst dich in einer Tour, dass ich stinke?! Aber Hauptsache, ich darf DEINE Flatulenz ertragen?! Weiters hast du ständig Hunger und ich will jetzt echt nichts gegen dein Kulinarik Verständnis sagen, aber Schokoriegel mit Gurken?! Bist du irre? Leberstreichwurst mit Oliven und Kaviar?! Glaubst du, das STINKT NICHT, WENN DAS ERST MAL WIEDER RAUS WILL?!"

Offensichtlich brach es nur so aus dem „Distel"-liebenden besten Freund heraus. Neela versuchte sich zu rechtfertigen und nahm jedes Wort von ihrem Karosserie Wegbegleiter zur Kenntnis. Doch diese unerwartete Flut an Worten ließ ihr

Gesicht sich nur noch mehr in die Mimik der Sprachlosigkeit verziehen, dennoch wollte sie sich rechtfertigen.

Neela: „Aber, meine … HEY! Wie kannst du nu… Also. Ich. Lass mich doch Hunger haben. DU brauchst gar nicht reden. Du brauchst doch fast bei jeder Fahrt Diesel. Du bist so hart verfressen das … Also ich glaub es ja nicht!"

Schwabbs: „Stop Body Shaming! Außerdem liebe ich meine Kurven und DU junge Dame, solltest diese auch lieben. Also nicht meine, aber deine! Ich wollte dich damit auch gar nicht in eine unangenehme Lage bringen, aber …"

Neela: „Hast du aber?! Was soll das denn jetzt? Ich dachte schon, du wärst suizidal oder schwerst depressiv und wollte schon Frau Stern anrufen, dass sie dir eine Sitzung für eine Psychotherapie Stunde gibt! Dann kommst du mir mit sowas. Schwabbs! Was willst du überhaupt mit dem Ganzen sagen?"

Schwabbs: „Neela. Sagt dir das denn rein gar nichts?"

Neela: „Eventuell, stehe ich ein wenig auf der Distelleitung."

Schwabbs: „Okay, Liebes. Hör zu. Ihr wollt immer mehr und mehr Autos bei euch aufnehmen und ich finde das ja eigentlich sehr liebenswert, aber ihr könntet ihnen auch einfach einen Parkplatz verschaffen. Ich bin euch dankbar, dass ihr Emilia und mich aufnehmen wollt, aber schon mal daran gedacht, dass ihr vielleicht auch noch kleineren, nicht so robusten Zuwachs bekommt? Außerdem habt ihr meinen Besitzer denn schon gefragt, ob er mich wirklich verkaufen will? Das solltest du nachfragen und nicht Konrad. Ach, und die Frage, ob dein Ehemann Jay darüber erfreut wäre oder nicht, stellt sich erst gar nicht. Er mag meinen Besitzer nicht wirklich und –"

Neela: „Mooooment mal! Schwabbs, meinst du etwa …?"

Schwabbs: „Ich kann dir sagen, wann du zuletzt von der roten Autodame Besuch hattest und ich meine damit nicht meine Schwester Emilia."

Neela: „WIE ZUM- SUNO- KANNST DU DAS DENN WISSEN?"

Schwabbs: „Hast du gerade die Marke Suno als Synonym für das Wort Teufel verwendet?"

Neela: „Ja! Passt doch! Ihr seid doch Teufelswagen. Somit. Ende der Diskussion."

Schwabbs: „Ist das jetzt gut oder schlecht, wenn du Suno als Teufelswort verwendest?"

Neela grinste nur selbstgerecht und sprach: „Das ist jetzt aber wirklich Interpretationssache."

Schwabbsi schüttelte die Schnauze und rümpfte somit das Näschen. Als wäre das nicht genug, schnaufte er aus dem Kühlergrill als Zeichen seiner resignierenden Art und Weise Neelas Vorgangsweise gegenüber Liebe zu zeigen.

Schwabbs: „Wie dem auch sei. Ich kann echt viel und wurde vollausgestattet und darüber hinaus, aber den HCG-Wert im Urin kann ich jetzt wohl eher schlecht messen. Vielleicht solltest du einen Schwangerschaftstest machen und wenn dieser positiv ist oder ihr vorhabt, noch mehr kleine Fabrikationen von euch zu machen, dann würde ich echt eine Pausenempfehlung für das Thema ‚Autos bei euch aufnehmen und euer Grundstück damit zu pflastern' geben. Ach, und ich bin wirklich nicht depressiv. Ich würde mich sehr für euch freuen. Das Einzige, was mich frustrierte, war, dass ich nicht möchte, dass eure Kinder zu kurz kommen, nur weil wir Autos einen gleichgestellten Wert für euch haben."

Die Einsicht traf Neela wie ein Blitz und sie blickte nachdenklich zuerst auf ihren Schwabbsi und dann in die Richtung Villa Saag-Skimen. Sie bedankte sich bei ihrem Freund und Schwabbsi musste eindeutig noch lernen mit sensiblen Schwangeren umzugehen, da er es sich wirklich nicht verkneifen konnte. „Wenn du dann aber wirklich wieder so zulegst, wie es bei der ersten Schwangerschaft war, will ich auf der Seite, wo du sitzt, robustere Stoßdämpfer haben. Oder bin ich dann einfach ein tiefer gelegter Wagen? Dann wirst du aber Probleme haben, auszusteigen. Das wollen wir doch nicht." Neela gab ihm mit einem Hüftschwung einen Schubser und sagte nur noch: „Los, Schwabbsi, lass mich einsteigen, wir müssen noch für die Urlaubsreise nach Lorelia packen und morgen früh raus. Außerdem müssen wir bei dir noch deine Bremsscheiben und den ganzen Service machen. Immerhin schreist du das schon seit Monaten. Also los, du alter Distel-Stinker."

Freundschaftliche Liebe zwischen Auto und Mensch kann ja so etwas Schönes sein.

Szene 5
„Reif für die Insel"

Als sich Neela wieder mit Schwabbs auf dem Hauptanwesen befand, überrannte sie ihr Gatte fast schon panisch. „Oh Gott, was packt man denn für so viele Autos und Menschen? Hat jemand Wasser? Mir ist viel zu heiß. Dieser Sommer macht mich noch völlig irre!", rief er völlig neben der Spur.

Neela: „Jetzt beruhig dich mal! Was ist denn los, Jay? Natürlich ist es heiß. Ehrlich gesagt, ist das auch nicht wirklich überraschend, wenn man bedenkt, dass wir Juli haben!"

Jay: „Wir müssen doch packen und eigentlich hast du das immer gemacht, aber du hast das bis jetzt nicht getan! Also muss ich das wohl machen. Immerhin packen wir diesmal nicht nur für uns, sondern auch für alle Autos hier!"

Neela: „Uhm, Jay?! Erstens, wieso sagst du immer wir, wenn es doch ich war, die ständig gepackt hat. Zweitens habe ich schon für uns Menschen gepackt. Du hast es nur schon wieder nicht mitbekommen, da du damit beschäftigt warst, die ganzen Spaghetti im Topf zu einer großen Zuckerwatte ähnlichen Form aufzurollen und dann herunterzuessen! Was wir für die Autos brauchen, musst du unseren KFZ-Techniker oder Konrad fragen. Wobei ich persönlich den KFZ-Techniker auslassen würde. Ich möchte nicht schon wieder bei Frau Petra Stern anrufen, um irgendwen eine Trauma-Therapie zu spendieren, nur weil der mal wieder nicht darauf klarkommt, dass Autos ein Eigenleben haben und so weiter. Langsam wird das fad. Anfangs war es noch lustig. Diese offenen Münder, der rinnende Speichel, die roten trockenen Augen vom Starren und das Herumgekreische –"

Neela wurde von ihrem Sohn unterbrochen: „Haha, Mama, sehr witzig. Wie lange willst du mich denn noch damit aufziehen?" „Ach, deine Mutter und meine viel geliebte Schwiegertochter wird damit wohl nie aufhören. Selbst wenn sie sagt, dass Menschen zu ärgern langweilig wird, versucht sie sich nur selbst in ihrem frech Sein herauszufordern", sprach Konrad mit einem verschmitzten Grinsen.

Während sich Neela und Konrad dem neckischen „Schwiegervater und -tochter"-Spiel widmeten, rannte Jay Cornelius immer noch auf der Wiese zwischen den Autos und Menschlein hin und her, murmelnd was er denn nun zum Packen brauchen würde. Plötzlich ertönte ein lautes Hupen der Autos, gefolgt von einem verzweifelten Chor: „KANN DOCH BITTE JEMAND DEM VERWIRRTEN JUNGEN HELFEN! ES NERVT UNS, WIE ER STÄNDIG AN UNSEREM LACK VORBEIRAST!" „Wie wäre es mit Öl?", fragte Jay Cornelius in die Runde. „Für die Autos oder für dich und deine Frau?", fragte Konrad frech zurück. „Wieso brauchen Mama und Papa Öl?! Oh, kocht Mama im Urlaub für uns? Juhuuu!", erfreute sich Sohn Lio, welcher die Doppeldeutigkeit des Gesprächs anscheinend nicht verstand oder verstehen wollte. „Wenn sie heiß ist, oder wütend, dann wird sie kochen", konnte sich der Airline Chef nicht verkneifen. „Dad!", empörte es Jay und trotz all der Jahre, in denen er nun etwas mehr menschliche Sozialkontakte hatte, hatte er es immer noch nicht ganz kapiert, da er wie folgt sagte: „Wieso soll sie wütend auf mich sein und dann noch für mich kochen?!" „Ist das alles, was dich stört?", fragten Emilia und Schwabbs empört, während der Rest der menschlichen und blechernen Sippe eine sehr verwirrende Szene irritiert mitverfolgte. „Wieso das?", fragte Jay, worauf sein blecherner Schützer Lionel seine Scheibenwischer einmal anhob, um sie dann auf seine Windschutzscheibe schnalzen zu lassen. Er war sichtlich kurz vor der Resignation darüber, weil sein nun schon erwachsener Schützling nicht kapierte, dass es ihn eher aufregen hätte sollen, wie sein Vater vor Menschen Lionel sprach.

Wir alle kennen doch den altbekannten Kindermund und bei Teenagern ist es keineswegs anders. Schon gar nicht wenn die Vorpubertät eingesetzt hat. Die Aussage, dass Mama und

Papa nicht nur Öl für die Autos, sondern auch für sich selbst im Urlaub bräuchten, löste in seiner Schule dann doch etwas Bedenken aus. Sogar so sehr, dass die Klassenlehrerin höchstpersönlich auf deren Anwesen stand, um nachzufragen, warum der Sohn der Tamanna-Skimens solche Aussagen tätigte. Erst dieses Ereignis musste geschehen, dass Jay Cornelius verstand, wieso sein Schützer Lionel mit den Scheibenwischern auf seine Windschutzscheibe schnalzte und wieso er, nachdem die Lehrerin da war, dem Air Line Chef und James mit den Scheibenwischern eins wischte.

Nun war es still in der Garage, da der Ehemann von Neela immer noch den Raum mit seiner verdutzten Aura füllte. Wieder einmal wirkte es wie abgesprochen, als Menschen und Maschinen fast schon synchron seufzten.

Sie waren alle einfach schon reif für die Insel.

Szene 6
„Small Talk mit großen Gossip Geheimnissen"

Als Auto_R*In will ich jetzt nun wirklich nicht behaupten, dass unser James eventuell ein klitzeklein wenig eifersüchtig war, aber wie ich ihm so dabei zusah, als er wiederum seiner Frau dabei zusah, wie sie auf ihrem Handy mit jemanden zu schreiben schien, könnte man doch den Eindruck bekommen haben, dass dies der Fall sein könnte. Ja, selbst mir war der Satz dezent zu lang. Wie dem auch sei, ich habe mich nicht geirrt, als ich diese Vermutung ins Buch schrieb. Unser James ging nämlich, kurz nachdem mich dieser Hauch von Ahnung überkam, zu seiner Frau hinüber. „Uhm, Schatz?", fragte er sie. „Warte!", sprach sie. Diese Antwort gefiel unserem Jay genauso wenig wie die leuchtenden Augen, die seine Frau bekam, während sie mit einem anderen Menschen textete. „Babe? Nicht, dass mich das etwas angehen würde, aber mit wem schreibst du da gerade?", fragte Neelas Gatte, da er sehr hibbelig wurde. Die maschinellen sowie auch die menschlichen Anwesenden bekamen diesen heftigen atmosphärischen Stimmungsumschwung mit und belauschten die zwei nun. Es war mehr als auffällig, dass sie dies taten, aber mitbekommen haben es unsere zwei Belauschten nicht. Ein weiterer Grund wieso Neela und Jay ihr passiv-aggressives Gespräch fortführten.

Neela: „Schatz, ich kann gerade nicht. Ich schreibe mit Valentino!"

Plötzlich hörte man nur ein leises, dumpfes Raunen durch die Gesellschaft gehen, aber auch das bekamen unsere zwei menschlichen Hauptdarsteller nicht mit. Teenie Lio war der Einzige, der diese Reaktion nicht verstand. Er wandte sich zu seinem Autoonkel und befragte ihn leise: „Onkel Lio? Was hat es mit diesem *Valentino* auf sich. Wieso reagieren alle gerade so, als hätte man die Büchse der Pandora geöffnet oder jemandens Mutter beleidigt?" Onkel Lio antwortete: „Ja, weißt du, das ist jetzt, also das sollte ich dir nun wirklich nicht sagen. Das geht dich auch gar nichts an. Das Liebesleben deiner Eltern ist eindeutig nicht für deine Ohren!" Sein mechanischer Onkel versuchte sich eindeutig aus dieser Aufsicht- und Betreuungspflicht zu winden, nur waren seine Gedanken zu sehr fokussiert auf etwas anderes, als darauf geachtet zu haben, welches Wort er im Zusammenhang mit dieser Situation herausposaunte. Zurecht verdutzt, irritiert und sogar etwas angeekelt fragte unser Teenie nun flüsternd, aber etwas intensiver: „IHR LIEBESLEBENS?! Vögelt meine Mutter einen anderen Mann?!" Empört presste der maschinelle Onkel gleichfalls flüsternd heraus: „Sag mal, wie redest du?!" Junior entgegnete: „Es geht gerade mal ausnahmsweise nicht um MEINE WORTWAHL, sondern um DEINE!" Nun ergab sich für alle aktiv beteiligten Lauscher eine weitere Situation. Somit zwei Situationen, die unsere „Gossip-geilen", ProtagonistInnen belauschen konnten. Damit nicht genug, mischten sie sich in diese Situation ebenfalls ein, wie zum Beispiel unser Dekja: „Lionel, mein mechanischer Freund. Damit hast du nicht nur dir selbst etwas eingebrockt. Außerdem hättest du zuerst auf deine Wortwahl achten sollen!"

Während sich nun fast alle in die neu entstandene Situation einmischten, begutachteten sie aber gleichzeitig, wie ihr James immer schwitzender und nervöser wurde, als er darauf wartete, dass seine Frau endlich aufhörte mit diesem „Valentino" zu schreiben. Auch Max wollte sich einbringen, nur ging ihm während des Satzes, nun wirklich sehr ungünstig die Batterie leer: „Hey Teenie. Hör mal. Deine Mutter …" Teenie Lio verstand die Welt nicht mehr und sah ihn entnervt an: „Meine Mutter? Max, nicht mal in der Schule steige ich auf ‚Deine Mutter-Witze' ein."

Matthew: „Lass es gut sein, Menschenjunges. Seine Batterie ist schon wieder leer. Das passiert ihm häufiger, da seine Besitzerin fast nie darauf schaut, ob er was braucht."

Teenie: „Danke Matthew, das weiß ich. Seine Besitzerin ist meine Großmutter!"

Matthew: „Oh, das wusste ich nicht mehr. Irgendwie sind mir das zu viele Menschenkonstellationen. Bevor wir uns vor euch outen mussten oder zumindest vor einem Teil von euch, kamen wir noch eher mit."

Teenie: „Nichts für ungut, aber du bist mir gerade zu unmotiviert, pessimistisch. Ich möchte jetzt von irgendwem wissen, wer dieser Typ ist und warum mein Onkel das Wort *Liebesleben* benutzte!"

Onkel Jason: „Warum unser Moralapostel das sagte, kann ich dir nicht sagen. Aber ich habe genug Seifen Opern mit deinem Onkel Goliath gesehen, um zu wissen, dass dies ein ganz klarer Fall von Fremdgehen ist. Ich wusste es! Der tollpatschige, zarte liebe Kerl, der nur halb so attraktiv ist, kann niemals so eine hübsche noch dazu intelligente Frau bekommen."

Onkel Goliath: „Sag mal, spinnst du Jason?! Du kannst dem Jungen sowas doch nicht einreden! Nichts da, deine Mutter ist nicht fremdgegangen. Und selbst wenn sie mit einem anderen Mann schläft, dann geht uns das nichts an. Kann doch sein, dass sie eine offene Ehe haben. Wer weiß?!"

Emilia: „Okay. Ich will euer abgewandeltes Mansplaining nun wirklich nicht unterbrechen, aber wie redet ihr bitte mit eurem Neffen? Ja, ich weiß, er ist vierzehn und da ist das Thema Sexualität ganz oben auf der Liste und steht vielleicht sogar hormonell bedingt an der Tagesordnung. Dennoch, hört einfach mal auf, so über seine Eltern zu reden! Jay ist übrigens nicht hässlich oder eben nicht der hübscheste. Er ist ganz süß und schnuckelig, um ehrlich zu sein."

Schwabbs: „Okay! WARTET MAL, LEUTE! Erstens, wenn sie fremdgehen würde, dann würden WIR das doch wissen, da wir zuhören MÜSSEN und manche Sachen auch leider mitansehen. Außerdem, Emilia! Wie kannst du nur? Musst du das erwähnen, während ich neben dir stehe? Ich will von meiner Schwester nicht wissen, von wem oder was sie träumt …"

Während gerade die dritte Situation entstand, da sich die Autos nun zankten und mehr Information ans Licht kamen, als unser Teenie Lionel eigentlich erfragte, erfuhr er das Wichtigste aber immer noch nicht.

„Wer zum Teufel ist dieser Kerl?"

Szene 7
„Szenen einer Ehe"

Der Sohn der Tamanna-Skimens war noch immer sichtlich verwirrt und irritiert über seine mechanischen Onkeln und Tanten und sein Vater Jay hielt es nicht mehr aus und sprach seine Frau sehr inbrünstig auf die Situation an: „Ok! Liebste aller meiner Ehefrauen!" In diesem Moment drehte sich Neela mit einem ihrer bissigsten Blicke zu James, zog ihre linke Augenbraue mit einem schräg gehaltenen Kopf nach oben und zitierte ihn durch ihre Zähne: „Liebste, ALLER meiner Ehefrauen?!" Selbst unser im Sozialbereich nicht wirklich intelligente Jay verstand, dass dies alles andere als günstig gewesen war, was gerade eben aus seinem Mund gekommen war.

Jay: „Um Sunos Willen!"

Schwabbs (murmelnd): „Ach, sieh an. Zuerst sind wir das Synonym für den Teufel und nun für Gott oder den Himmel."

Jay: „Ich wollte ‚aller liebste Ehefrau' sagen. Das musst du mir glauben Schatz. Ich will nur dich. Ich habe nur dich. Baby, ich flehe dich an. Schau mich doch mal an, ich bekomm doch keine andere."

Auto-Lionel (leise brummend): „Ach du meine Güte. Ich dachte, ich habe mit diesem Menschen ein wenig Selbstwert und Selbstliebe erarbeitet. Und dann sowas …"

Neela: „Stimmt, so schnell nimmt dich keine und wenn, dann bringt sie dich freiwillig zurück."

Alle Autos (mit Stolz erfüllt): „That is our girl!" (Emilia freute sich sogar so sehr, dass sie unabsichtlich hupte.)

Emilia (normale Lautstärke): „Oh. Ähm. Tut mir leid. Ich habe … gepupst. Was denn? Schaut nicht so blöd. Auch Frauen haben das Recht, das zu tun! Wisst ihr, welche gesundheitlichen Schäden passieren können, wenn man das ständig verkneift?! Das ist wichtig! Frauenpower!"

Die versammelte Runde sah sie etwas verwirrt an, aber war dann genauso schnell wieder bei ihren eigenen Situationen.

Jay: „Ja. Das war jetzt aufgelegt und du hast verwandelt. Schon klar."

Neela: „Natürlich. Schatz, ich hätte dich damals doch nicht geheiratet, wenn ich nicht der Meinung wäre, dass du ein perfekter Fang für mich bist! Ich liebe dich!"

Jay: „Wenn du mich liebst, wieso strahlst du dann so, wenn du mit diesem Typen schreibst? Wann hast du zuletzt wegen mir gestrahlt?!"

In diesem Moment sprang der Teenie auf und rannte fassungslos von der Menge ans andere Ende dieses Grundstücks. Neela und Jay realisierten jetzt erst, dass dieser Moment viel mehr Zuhörer hatte, als sie vielleicht gewollt hatten. Schon gar nicht hatten sie gewollt, dass ihr Sohn dies mitbekam.

Die Eltern des Menschenjunges empörten sich und fragten ihre Zuhörer, wieso sie es zugelassen hatten, dass Lio Junior das mitanhörte. Dem Autoonkel und Namensvetter des jungen Skimens reichte es nun genauso und er sprach: „Diese Schuldzuweisung macht die Situation nicht besser! Ich fahre ihm einmal mit Schwabbs nach. Immerhin wollte er gerade wissen, ob du Neela mit diesem Chat-Kerl fremdgehst."

Neela: „Was?! Wieso?!"

Lionel, Suno A82: „Eventuell kann es passiert sein, dass dein Ehemann mit seiner dusseligen Art Kratzerspuren auf meiner Karosserie hinterließ. Soll heißen, er hat abgefärbt und ich habe etwas Dummes im falschen Moment zu der falschen Person gesagt!"

Jay: „Oh nein! Das ist furchtbar! Du darfst nicht so wie ich werden. Wenn du jetzt auch noch dusselig und dämlich wirst, wer bleibt denn noch Kluges übrig?!"

Unser Jay-Con schaffte es, obwohl er ausnahmsweise einmal aus dem Schneider gewesen wäre, dennoch der „Hauptidiot" zu sein. Es drehten sich alle zu ihm und mussten sich nicht einmal mehr ausmachen, was sie denn nun sagen sollten. Es ertönte ein lautstarkes, zynisch und sarkastisch gemeintes: „Danke!"

Szene 8
„Uncool, Bro."

Es erinnerte fast schon an James Cornelius Skimen, als sein Sohn Lionel durch das Gartenanwesen der Saaggasse 48 stapfte. Auch das Nuscheln, welches er an den Tag legte, war dem seines Vaters und Großvaters in Situationen des „aufgebracht und aufgewühlt Seins" sehr ähnlich. Sich selbst aus dem Chaos gerettet, murmelte er: „Was für Idioten. Da fragt man Menschen, welche sich noch dazu als erwachsen betiteln lassen wollen und dann kommt so ein Scheiß dabei raus. Sogar die Diarrhö, die ich damals bekam, nachdem Dad statt Mom gekocht hatte, war entspannender. Da war das Chaos wenigstens vorbei. Wer ist dieser Kerl? Ich will nicht, dass meine Familie kaputt geht, nur wegen eines Idioten, der glaubt, meine Mutter anbraten zu müssen. Ja, meine Familie ist irre und verrückt, aber dennoch hat da kein anderer Mensch was verloren. Dad hat seine Autos, um glücklich und sicher zu sein, aber er wollte es doch anders bei seinen Kindern machen als Großmutter und Großvater bei ihm, bevor sie cool geworden sind! Was hat man von solchen leeren Versprechungen? Sie bemerken nicht einmal was in mir vorgeht, weil Dad immer noch ein Depp ist und Mom mit diesem neuen Lover spricht!" Auf einmal hörte unser Lionel Junior ein gekünsteltes Räuspern. Es schien, als käme es aus der entgegengesetzten Richtung als der, in welche er gerade marschierte. Unser Lio drehte sich um und entdeckte, dass nun er der belauschte war.

Lio: „Leute! Oder Autos!? Wie schafft ihr das, euch so leise anzuschleichen?!"

Onkel Lionel: „Das geht. Leerlauf und langsam."

Schwabbs: „Ja, oder man fährt jemanden hinterher, der zu sehr in seiner Welt drinnen lebt und deswegen nichts mitbekommt. Das funktioniert auch, wie du sehen kannst."

Lio: „Was wollt ihr Verrückten von mir? Lasst mich doch mit eurem Chaos in Ruhe."

Onkel Lionel: „Lio. Hör zu. Es tut mir wahnsinnig leid, was ich gesagt habe. Ich habe nicht nachgedacht und vergessen, dass ich meine Gedankengänge vielleicht mitteilen sollte, bevor ich dir deine Frage kurz und bündig beantworte. Es war saudumm von mir. Aber weshalb wir dir gefolgt sind, liegt daran, dass dein Onkel Schwabbsi dir eine ganz klare Antwort geben kann auf deine vorhin gestellte Frage."

Der Teenie blickte sie mit einem mit Skepsis gefüllten Gesicht an und sprach nach einer Zeit des Überlegens: „Na gut. Aber wenn das jetzt wieder so bescheuert endet wie vorhin, dann gehe ich ein paar Schritte zurück und ihr verpisst euch, okay? Abgemacht?"

Lio und Schwabbs: „Großes Suno Ehrenwort!"

Teenager: „Okay. Dann schieß mal los, Mr. ‚Ich kann dir das so gut erklären, dass mir ein schnell zu entnervender Teenager auch bis zum Schluss zuhört'."

Schwabbs: „Ooookay. Verstehe. Ja. Unter Druck kann ich gut. Also, ‚Dude'."

Teenager: „Das hast du jetzt nicht gesagt. Uncool. Wirklich. Ganz schlimm uncool!"

Der Blick unseres Teenies war schon jetzt ein Zeichen dafür, dass es sehr schwierig werden würde für unseren Schwabbs.

Onkel Lionel: „Meine Güte. Bist du in der Midlife-Crisis oder was sollte das jetzt werden? Du hast ihn fast auf deiner Seite gehabt."

Der Auto Onkel des Jungen war genauso wenig erfreut über die gewählte Vorgehensweise seines Ex-Schülers und fügte seinem Satz ein sarkastisches „Bro" hinzu.

Schwabbs: „Klang das gerade wirklich so schlimm wie bei dir? Okay. Ja, dann tut es mir leid. Ich fange nochmal an, okay?"

Teenager: „Einen Versuch hast du noch. Wenn du das jetzt verhaust, gehe ich wortlos."

Fast schon wie in einem Duell standen sich unsere Protagonisten Lionel der Menschenjunge und Schwabbs gegenüber. Wobei man schon ehrlich erwähnen darf, dass es doch auch wirklich duellähnlich werden kann, wenn man versucht einen aufgebrachten, skeptischen Teenager zu besänftigen. Als wären die Körper und verbale Sprache komplett fremd für die jeweils andere Partei, wenn nicht sogar von verschiedenen Planeten abstämmig. Ist man Feind oder ist man Freund? Wenn ich eine nette Gestik in meiner Sprache durchführe, wird es das jüngere Exemplar, welches mit explosiven Hormonen geladen ist, auch als eine Friedensbotschaft sehen? Der Umgang der Jugend ändert sich von Generation zu Generation. Ist „zu lange in die Augen schauen" jetzt romantisch und wohlwollend oder sendet es doch eher Signale der Kampfbereitschaft. Wenn ich das so schreibe, fällt mir ein, dass man es doch irgendwie mit Katzen vergleichen kann. Mit viel Fantasie. Immerhin lesen Sie ein Buch, welches von selbstständigen und selbstfahrenden Autos handelt. Es wäre von Vorteil, Fantasie zu besitzen. Wie dem auch sei. Unsere verwandten Suno Maschinen und die Fabrikation der Skimen und Tammana Mischung standen sich gegenüber. Es wurde still. War dies die Ruhe vor dem Sturm oder konnten unsere Autos den Jungen besänftigen?

Schwabbs: „Na gut. Hab ein wenig Geduld mit mir, Menschenjunges. Immerhin habe ich gerade bemerkt, dass ich doch nicht mehr der Jüngste bin und offensichtlich nicht mehr ganz so mithalten kann mit der neuen Generation, wie ich es mir dachte."

Teenager (im sarkastischen Ton, aber immer noch mit skeptischer Mimik): „Ach was? Das hätte ich nicht mitbekommen. Gut, dass du es erwähnst! Mach schneller. Ich muss noch mit jemanden reden. Der Mensch ist wichtig."

Schwabbs: „Junger Mann. Du und deine Gefühle sind genauso wichtig. Auch wenn du in deinem Alter vielleicht denken magst, dass dem nicht so ist. Lass mich dies dementieren. Viele haben in der Pubertät damit Probleme, sich als wichtig oder relevant für diese Welt zu sehen. Aber das bist du! Deine Eltern waren gerade sehr besorgt, als du das Haus verlassen hast. Wir alle waren besorgt. Nur hast du es missverstanden, was gerade passiert ist. Andererseits hätten wir das alle missverstanden, da dein Onkel Lio unfähig war, sich auszudrücken!"

Teenager: „Komm zum Punkt!"

Onkel Lio: „Jetzt hör mir mal zu! Die Zeit wirst du wohl noch haben. Oder soll ich dich, wie damals deinen Vater in seiner zugegeben sehr späten Pubertät mit der Scheibenflüssigkeit anspritzen oder dir mit meinen Scheibenwischern eine draufklatschen."

Teenager: „Ok. Ja. Nein. Es tut mir leid. Ich wollte nicht so unhöflich sein. Es ist nur, da wartet jemand auf meinen Anruf und ich bin sowieso schon sehr nervös. Ich weiß nicht einmal, ob ich diesen Anruf schaffe und das Chaos vorhin, hat mich zusätzlich verunsichert. Also. Könntet ihr euch kurzfassen. Bitte?"

Die Autorität des Suno A82 war ganz offensichtlich immer noch vorhanden.

Schwabbs: „Dieser Kerl. Dieser Valentino. Er ist mein Besitzer. Er kaufte mich gebraucht, als mich keiner wollte. Hast du dich nie gefragt, wieso mein Name Schwabbsi ist? Ich habe einen kleinen Fehler, ansonsten wäre ich fabrikperfekt. Ich schaukle jegliche Flüssigkeit in mir herum und mache dann eben ein Geräusch das wie ,schwabb-schwabb' klingt. Aufgrund dieses Geräusches, welches er bei mir vernahm, nannte er mich Schwabbsi."

Teenie Lio: „Das ist wirklich herzzerreißend. Ich heule später. Aber wieso will er meine Familie kaputt machen, indem er mit meiner Mom schläft?"

Schwabbs: „Was tut er? Nein! Er hat keinen Sex mit deiner Mutter. Er ist einer ihrer besten Freunde. Was dein Onkel mit Liebesleben meinte, betraf eher die Wörter ,Liebe' und ,Leben'. Es geht dich nichts an, wie deine Eltern sich ihre Liebe zeigen und wie sie diese ausleben."

Teenie: „Stimmt das, Lio?!"

Onkel Lionel: „Ja. So meinte ich das. Es tut mir leid, dass es dir so viel zu schaffen machte. Es wird nicht mehr vorkommen. Zumindest von meiner Seite aus nicht mehr. Falls es mir wieder unabsichtlich passieren sollte, weißt du hoffentlich, dass ich es gewiss nicht so gemeint habe. Nun fahren wir lieber. Wir sehen schon, du kannst es kaum noch abwarten, dich bei diesem Menschen zu melden. Was auch immer und warum auch immer ist, wir wünschen dir viel Erfolg und Glück bei deinem Gespräch."

Beruhigt, aber immer noch etwas aufgewühlt von dem Geschehenen bedankte sich unser Menschenjunge bei seinen Auto Onkeln und wartete bis sie davonfuhren. Als die Luft „dieselrein" war, schnappte er sich sein Smartphone und blickte Minuten lang auf das Kontaktbild der Person, welche er kontaktieren wollte. Lionel atmete tief ein und aus und dennoch begann seine Hand zu zittern.

Szene 9
„Im Haus"

Als die zwei Sunos wieder bei ihrer Runde angekommen waren, berichteten sie von der Entschärfung der Situation, in welche der Tamanna-Skimen Sohn gebracht worden war. Seine Eltern sowie auch Großvater Konrad und Großmutter Priya waren sichtlich erleichtert. Das hätten sie gerade noch gebraucht. Ein Drama vor der Urlaubsreise, welches dann auch höchstwahrscheinlich den Urlaub ebenso begleiten würde.

Neela: „Schön, dass ihr das klären konntet, aber eine Frage wäre doch ungeklärt. Wo ist mein Sohn?"

Jay: „Hey, ich dachte, das ist unser Sohn? Oder ist er doch von dir und diesem Valentino?"

Neela: „Kannst du das bitte lassen? Wenn du so weitermachst, tue ich so, als wäre er von ihm! Bis dato ist er aber unser Sohn."

Lionel: „Dein oder auch euer Sohn ist immer noch im Garten und wollte ein Telefonat führen. Mit wem, sagte er uns nicht, aber er meinte, es wäre sehr wichtig und äußerte ebenso, dass er sehr nervös wäre. Wisst ihr vielleicht, mit wem er dieses Telefonat führen will?"

Neela: „Nein. Ich weiß nicht, mit wem er dieses Gespräch führen will. Du Baby?"

Jay Con (mit zickiger Stimme): „Nein. Vielleicht weiß es dein toller Chatfreund!"

Konrad: „Sohnemann, nichts für ungut, aber du weißt schon, dass Neela nur mit diesem Menschen im Kontakt ist, weil sie den Suno AS 404 ankaufen möchte, sodass Emilia und ihr Bruder zusammenwohnen können?"

Priya: „Ja, und es ist ein Geheimnis, also behalt es bitte für dich, okay? Wir wollen die Autos und unseren Enkel überraschen. Du wirst dich übrigens sehr freuen, so rate ich es dir an, wenn wir Mr. Eis für Kauf und Übergabe treffen, hast du mich verstanden, Schatz?!"

Jay C: „Nicht euer Ernst? Dieser Mann heißt doch niemals ‚Eis' mit Nachnamen?! Aber ja, Mutter. Ich habe dich verstanden."

Neela: „Schau mich doch nicht so an, Schatz! Du wolltest, dass deine Eltern in unserer Nähe wohnen und mit ihnen dieses Autoparadies aufmachen."

Jay: „Wieso hast du denn nicht gesagt, dass ihr euch nur wegen dem Kauf unterhaltet?"

Neela: „Weil wir das nicht nur deswegen machen, James! Wir sind Freunde. Ich darf Freunde haben oder etwa nicht?! Er ist übrigens einer meiner besten Freunde. Schön, dass du mich so gut kennst. Ich erzählte dir damals schon von ihm, als ich die Ausbildung zur Synchronsprecherin machte! Wegen mir gibt es Schwabbs überhaupt! Er hat ihn damals auf meine Bitte gekauft, da er mir leidtat. Niemand wollte den armen Kerl und er nahm sich seiner an!"

Jay: „Ach, der ist das! Aber natürlich höre ich dir zu, mein geliebter Engel!"

Neela: „Du hast keinen blassen Schimmer mehr, oder?!"

James: „Erwischt. Nein, ich hatte keine Erinnerung mehr. Es tut mir leid."

Neela: „Für einen Menschen, der Jahre lang darunter litt, dass ihn doch keiner zuhört und sieht, bist du um keine Spur besser."

Priya: „Wo sie Recht hat, hat sie Recht!"

Konrad: „Sowas sollte man schon über seine Frau wissen."

Priya: „Weißt du denn, wer mein bester Freund ist, Schatz?"

Konrad: „Ich. Also. So eine Unterstellung! Du glaubst doch nicht wirklich, dass ich das nicht wüsste nach so einen Haufen Ehejahren?!"

Skimen Senior drehte sich zu seinem Sohn, legte ihm den Arm über die Schultern und flüsterte ihm „So macht man das, wenn man nicht weiterweiß." zu und ging mit ihm Richtung Aus- und Einfahrt.

James Cornelius: „Wie macht man was? Ich verstehe nicht ganz. Ist es nicht besser Fehler zuzugeben, als dass man sie vertuscht und versucht, sich besser darzustellen, als man ist?"

Konrad blickte seinen Sohn an und sprach: „Ich hätte nie gedacht, dass ich das mal zu dir sage. Aber du hast Recht und das war wirklich klug von dir, was du eben gesagt hast."

James: „Du hättest nie gedacht, dass du mir mal sagen wirst, dass ich recht habe und etwas Kluges von mir gebe?"

Konrad: „Du lernst."

Jay C: „Dad? Wer ist Mutters bester Freund?"

Konrad: „Weißt du Sohn, ich habe immer gehofft, dass ich der beste Freund deiner Mutter wäre. Irgendwie, auf irgendeine Art bin ich es auch. So wie Neela die beste Freundin von dir war und ist. Nur muss man nicht immer nur einen besten Freund oder eine beste Freundin haben. Man kann auch mehrere beste Freunde haben. Es ist manchmal auch besser, dass man Vertraute hat, welche nicht zwingend die Ehepartner sind. Du hast doch auch deinen alten Blechtrottel. Wieso stört es dich dann, dass Neela diesen Eismann hat?"

Jay: „Ich antworte, wenn du antwortest."

Konrad: „Der beste Freund deiner Mom hat sich vor Jahren verstorben. Er war einer ihrer Helden und darum heißt du, wie du heißt, James. Ersetzen werde ich ihn ihr nie können, aber auf meine Art und Weise kann ich ihr zeigen, dass sie in mir ebenso einen wahren Freund hat. Zuhören und da sein reicht manchmal genauso aus, wie mit jemanden grantig sein. Ist der eine der Sturm, sollte der andere die Ruhe sein."

James: „Vater, das war kein Deutsch. ‚Er hat sich verstorben' ist kein Deutsch."

Konrad: „Ach James. Wenn nur jeder so liebevoll naiv denken würde, gäbe es weniger Böses auf dieser Welt."

Man sah dem Sohn des Felicitas Airline Chefs regelrecht an, dass dieser sich schwer anstrengte, um die weisen Worte seines Vaters zu verstehen. „Du bist mir noch eine Antwort schuldig", erwähnte der Pilot. Jay versuchte nun die Gedanken von eben zu pausieren, um seinen Vater die noch schuldige Antwort zu geben: „Dad. Ich weiß, dass ich nicht perfekt bin. Ich weiß, dass ich Fehler mache und ich weiß, dass Neela eindeutig die Klügere ist. Sie weiß viel, sie kann viel, aber wieso will sie dann einen tollpatschigen Dummdödel wie mich? Wir haben ein wundervolles Kind. Ein Haus. Ein Grundstück. Was ist, wenn sie mal merkt, was für eine Niete sie mit mir gezogen hat? Andere Männer sind klug, witzig, gut gebaut, vielleicht auch besser bestückt. Größer, muskulöser und handwerklich begabter als ich. Was ist, wenn sie jemanden kennen lernt, der all das hat oder ist? Ich habe Angst sie zu verlieren." Herr Skimen war entsetzt, da er nie dachte, dass sein Sohn unter solchen Druck stünde. War sein Sohn doch dafür bekannt, dass er eben nicht so war, wie die Masse das wollte. Das machte ihn gerade für seinen Vater so besonders. Konrad Skimen musste diesem Bild von einem Mann, welches die damalige Gesellschaft haben wollte, entsprechen. Was anderes kam für seine leiblichen Eltern nicht in Frage. Sein Glück war, dass er einen Mann kennen lernte, welcher ihm das Gegenteil davon zeigte, was Jay Cornelius Großeltern von Konrad abverlangten.

Diese Gedanken kamen gerade in dem Air Line Chef hoch. Er sah seinem einzigen Sohn in die Augen und sprach mit väterlicher Stimme: „James Cornelius Skimen." Plötzlich änderte sich der Tonfall. „Bist du eigentlich noch ganz dicht?!" Erschrocken erblickte er die Ader, die auf dem Hals seines Vaters herausstach und erwiderte in angsterfüllter Stimme: „Vater?! Was habe ich denn jetzt falsch gemacht?!"

Szene 10
„Vor versammelter Gesellschaft"

Herr Skimen pfiff und rief das Kommando „ALLE HERKOM-MEN! SOFORT!" aus. Diesem Ausruf wurde auch nachge-kommen. Sogar der Teenager war neugierig, was sein Groß-vater nun zu sagen hatte. Die Stimme von seinem Opa klang doch sehr bestimmend. Menschenjunges Lionel traute sich über die Ecke der Fassade und blickte zwischen den Autos drüber und durch. Als Konrad sah, dass sich alle versammelt hatten, begann er lautstark zu reden: „Dieser junge Mann hier. Vater eines Sohnes entpuppte sich noch mehr als Idiot, als wir es je gedacht hätten. Wer, und ich frage wirklich ausdrücklich nach Namen und Adressen! Wer, der in diesem Haus Lebenden und zu dieser Sippe Zählenden, hat je auch nur einen Hauch von Interesse gezeigt, wenn es darum ging, wie man als Frau oder als Mann zu sein oder zu leben hat?! Wenn es hier jemanden gibt, der glaubt, dass er irgendeinem scheiß Gesellschaftsideal entsprechen muss, seien dies jetzt Menschen oder Maschinen, dann bitte ich denjenigen, aufzuzeigen oder sich zu melden. Weder Autos noch Flugzeug noch Menschen müssen sich ir-gendeinem Gesellschafts-Knigge unterwerfen! Dies wurde in diesem Haushalt schon lange nicht mehr verlangt und wird es jetzt und auch in Zukunft nicht wieder! Man ist auch ein Mann, wenn man Gefühle hat und diese zeigt. Man ist auch ein Mann, wenn man nicht der bärtige Muskelprotz ist, der primitiv über Damen oder Sexuelles redet. Man ist ebenso eine Frau, wenn man nicht kocht oder ständig Kleider trägt! In welchem Jahrhundert leben wir denn? Wie unsere Emi-lia schon vorhin sagte, auch Damen dürfen, nein, sie müssen und sollen rauslassen, was sie eben drückt! Eines noch. Sollte hier irgendjemand homophob oder transphob sein oder sons-tige menschenbegründete Phobien haben, dann sind das kei-ne Phobiker, sondern Idioten und haben somit NICHTS auf meinem oder irgendeinem anderen Grundstück der Tamanna-Skimen oder Skimen zu suchen! Haben wir uns verstanden?! Wenn man Liebe oder Orientierung, Religion oder Nationalität anfeindet, dann ist man hier nicht mal ansatzweise erwünscht oder gar willkommen! Ich habe nicht umsonst das komplette Konzept meiner Air-Line umgeschrieben, sodass sie sich sichtbar für einen jeden Menschen einsetzt! Wer also denkt, dass ich es zulassen würde, dass Menschen sich für das hassen, was oder wer oder wie sie sind, hat falsch gedacht!"

Wie erwartet, applaudierten und jubelten fast alle Menschen und jede Maschine gleichermaßen. Der Einzige, der jedoch den Rückzug antrat, war der Teenager der jungen Skimens. Während sich der Großteil der Runde prächtig unterhielt und für sie das Geschehen, und somit das Verschwinden, rundherum in der großen Runde unterging, fiel es einem gewissen Bruchteil sehr wohl auf, dass jemand fehlte. Den Marke Danni zugehörigen Alfred alias Fredi und der Dame Lillijetta sowie auch Max der Marke Garmi, an welchen der Teenager zuvor fast schon gelehnt hatte, fiel auf, dass er es nun nicht mehr täte.

Lillijetta: „Wo ist denn der Junge schon wieder hin verschwunden?"

Fredi: „Ich habe keinen Plan. Vielleicht wieder telefonieren?"

Max: „Warum rennt hier eigentlich jeder weg, nur wir nicht?"

Lillijetta: „Wenn, dann könnten wir eh nur wegfahren und das leider nicht immer, da es diesen Auto-Codex noch gibt."

Fredi: „Ja, der Codex ist an sich etwas Gutes, aber wenn man mal verschwinden will, wird es schwieriger."

Max: „Heute wäre aber eine gute Chance, zu verschwinden. Dadurch, dass fast die ganze Stadt einfach in den Sommerferien steckt, könnten wir auch unsere Chance ergreifen!"

Lillijetta: „Wieso willst du denn verschwinden? Die Menschen sind doch eh halbwegs erträglich."

Fredi: „Konnte mich bis dato, seitdem ich hier bin, auch nicht wirklich mehr beschweren. Früher gingen sie mir auf den Kofferraum. Vor allem dieser Jason. Der nervt mich ehrlich gesagt immer noch. Der wird nicht erwachsen und ist frech. So eine große Motorhaube und dann nichts darunter. Eine Aneinanderkettung von Jason dem Idioten und mir dem Idioten führte mal dazu, dass ich aufm Dach landete und fast im Graben gestorben wäre. Lillijetta wäre auch fast in einem Graben gestorben, jedoch aus anderen Gründen."

Max: „Uhm. Das macht mir jetzt auch keine Angst oder so. Außerdem, rede doch nicht so über Jason. Der Suno 179 ist einer der coolsten hier in der Town!"

Fredi: „Dachte ich mir fast, dass du den gut findest. Gleich und gleich gesellt sich bekanntlich ja gerne."

Lillijetta: „Ja und euer Gespräch ist dann nach dem Motto ‚Gegensätze ziehen sich an'. Bin mir ehrlich nicht so sicher, was das mit den Gegensätzen angeht. Ihr seid beide einfach so unterschiedlich blöde."

Szene 11
„Wiederholung"

Die Worte der Danni-Dame gingen wohl unter, aber sie hatte jetzt auch wirklich keinen Nerv mehr, sich in diese unsinnige, gerade entstandene Diskussion der Kerle einzumischen. Sie machte sich Sorgen um den Teenager, da es doch vorhin schon hieß, er wäre wegen etwas sehr nervös. Unsere Karosseriantin bekam ein mulmiges Gefühl bei der Sache. Erinnerte es sie doch sehr an die Zeit, als sie noch die Protzmaschine von Lauren Schmidt war, dem Erzfeind von unserem James Cornelius Skimen. Als sie mitanhören musste, wie er plante, Neela und Jay mit seinen damaligen Untergebenen Matthäus, Mario und Timo zu ermorden. *„Was ist, wenn er auch solche Probleme hat, und sein als verpeilt bekannter Vater es nicht mitbekommt. Neela, Priya und Konrad sind doch auch alle viel zu vertieft in diese Urlaubsplanung, als dass sie es vielleicht mitbekommen könnten."*

Auf einmal erschrak die Danni Dame, als sie durch die Gassen zog, um ihren Neffen zu suchen, da jemand hupte. Es war Emilia. Sie fuhr dichter heran und funkte auf der nur für Maschinen hörbaren Frequenz: „Hey. Ich wollte dich nicht erschrecken, aber ich sah, dass du dich vom Acker machst und wollte nachsehen, ob alles in Ordnung ist. Gibt es wieder Streit mit deinem Mann Alfred?" Lillijetta ließ ihre Karosserie mit ihren Stoßdämpfern einmal auf und abfallen und atmete somit tief ein und aus. Als sich ihr Schock gelegt hatte, sprach sie:

„Ach herrje. Ich dachte kurz, wir würden doch erwischt. Ist schon sehr riskant, dass wir uns so frei bewegen, nur weil wir glauben, dass die ganze Stadt auf Urlaub ist. Nein, keine Sorge. Zwischen meinem Lebensgefährten und mir ist alles beim Alten. Glaube ich zumindest. War bis vor kurzen zumindest noch so und selbst, wenn es nicht so wäre, dann ist es nun zweitrangig.

Emilia! Unser Menschenjunges ist schon wieder verschwunden. Was ist, wenn jemand hinter ihm her ist? Was tun wir dann?! Ich kann nicht zulassen, dass dem Jungen etwas passiert!" Lillijetta verlor nun komplett die Fassung. Emilia stieg aufs Gas und fuhr vor sie, parkte sich Schnauze zu Schnauze ein und sprach: „Hey. Liebes. Der Bub ist vierzehn Jahre alt. Das ist normal, dass diese Pubertierenden auf Rückzug sind. Glaub mir, wenn jemand hinter ihm her wäre, würden wir es doch mitbekommen. Wir sind alle vorsichtiger geworden, seitdem das mit Neela und Jay passiert ist. Wir achten viel mehr darauf, sind besser vernetzt als je zuvor, da wir die Menschen auf unserer Seite haben und sogar meine Generation und Neuere werden aufgrund dessen mehr gelehrt und geschult. Jeder Neuankömmling in jeglicher Stadt auf der ganzen Welt wird auf solche oder andere Situationen einstudiert. Sogar der internationale Auto-Codex wurde dank unserer Soulu mit dem der Flugzeuge gemischt und weitergetragen. So, dass alle den ihrigen, seien es Flugzeuge, Autos oder Schiffe, anpassen können! Was soll da denn bitte noch schief gehen?"

Lillijetta horchte jedem Wort genau zu, aber ihr Motor war so sehr geprägt, dass sie folgendes zurückfragte: „Aber was ist, wenn es dort passiert, wo man nicht funken, melden oder gar eingreifen kann? Ich mein, immerhin handelt es sich hierbei um Teenager und auch wenn deren Hormone gerne einmal zulassen, dass das Hirn und somit das eigenständige Denken versagen, kann man sich darauf nicht verlassen. Soll heißen, was ist, wenn die Raudies von Lio so intelligent sind, dass sie wissen, wie sie es zu machen haben, ohne dass es Zeugen gibt, die melden *könnten*? Außerdem haben wir es eben mit einem Jugendlichen zu tun. Die sind bekanntlich oftmals nicht die großen Redner und wir Erwachsenen sind somit vielleicht auch, wenn es Ansprechpartner gibt, nicht jene welche, die sie sich für eine Konversation aussuchen."

Emilia verstand, was ihre beste Autofreundin damit sagen mochte, dachte kurz nach und erwiderte: „Okay. Ja, da hast du recht. Aber um dich jetzt einmal herunterzuholen, möchte ich hinzufügen, dass wenn es um Gewalt geht, würde man es bei ihm doch sehen? Verstehe mich jetzt bitte nicht falsch, aber wäre er so dunkel wie unsere Neela, dann würde es womöglich schwieriger, aber er ist relativ hellhäutig. Da würde das eventuell mehr auffallen oder denke ich nun verkehrt?! Er trägt fast nur Cargo Hosen und kurze Baseball-Shirts. Du weißt schon, die mit den farbigen Ärmeln, sobald es zehn Grad über den Gefrierpunkt hat. Wenn er dann auch noch mit ärmellosen Shirts und noch kürzeren Hosen herumläuft, müsste man es doch sehen?! Vor allem wenn Sonnenlicht darauf scheint, oder? Außerdem würde es unser*e Auto_R*in, doch nicht zulassen, dass schon wieder das Gleiche passiert, oder? Ich meine, ja, das machen viele, die einen Film drehen, dass es immer um das gleiche Schema geht."

Lillijetta: „Woher soll ich das denn wissen? Wir sind gerade mal bei der elften Szene! Das werden die LeserInnen und wir, schon früh genug erfahren."

Es klang nicht all zu dumm, was Emilia sagte, auch wenn sie sich selbst nicht ganz glauben konnte, da Lillijetta's Aussagen auch ganz plausibel klangen. Die Danni und die Suno Dame überlegten wild umher und tauschten sich aus, doch dann wurde ihr Brainstorming von einer menschlichen Stimme unterbrochen. Diese Stimme klang sehr ernst, als sie sagte: „Was machen zwei Menschen verlassene Autos Schnauze an Schnauze hier mitten auf der Straße?"

Szene 12
„Erwischt"

Die Damen mussten sich so zusammenreißen, dass es ihre Stoßdämpfer vor Schreck nicht bis zum Anschlag auf ihre Räder
zusammenzog, ein „Huster" aus ihrem Auspuff entfleuchte
und ein Lichtblitz aus ihren Scheinwerfern kam. Umgangs-
sprachlich könnte man somit auch behaupten, dass den glänzenden Damen gerade der Kofferraum auf Grundeis ging, sie
ihre Arschbacken zusammenkneifen mussten und sie sich vor
Angst fast anmachten. Durften sie nur nicht, da sie die Stimme
im ersten Moment weder erkannten noch analysieren konnten, da ihnen diese auch nicht bekannt vorkam. „Erkennst du
die Stimme, Emilia?", fragte unsere Lillijetta. „Nein, keine
Ahnung. Siehst du ihn durch deinen Rück- oder deine Seitenspiegel?", fragte die Suno Dame zurück, da der Mensch sich
hinter dem Danni befinden musste. Lillijetta atmete auf der
nur für die Autos hörbaren Frequenz durch und ergriff allen
Mut, um über ihre Spiegeln nachzusehen. Plötzlich rief die
Lebensgefährtin von Alfred laut: „Scheiße, du ungezogener
Bengel! Du hast uns einen Schrecken eingejagt! Findest du es
witzig, dass deine mechanischen Tanten mitten auf der Straße fast Öl verlieren?!" Der von Lillijetta identifizierte Unbekannte war also niemand anderes als das Menschenjunge Lionel, der sich gerade vor Lachen nur so krümmte. „Ja, ehrlich
gesagt finde ich das extrem witzig! Habt ihr meine Stimme
echt nicht erkannt? Das heißt, wenn man seine Stimme bei
euch verstellt, dann habt ihr null Plan? Das muss ich mir für
die Zukunft merken. Finde ich äußerst interessant und witzig", schoss es nur so aus dem Mund des Teenagers. Emilia
empörte sich ebenso und sprach mit leicht pikanter Stimme:
„Witzig, witzig. Das wirst du noch bereuen du Brut deiner
DNA! Wen wunderts, dass du so ein gehässiger, verschmitzter
kleiner, ungezogener Bursch bist. Wenn man einberechnet,

dass deine Mutter Neela ist und dein Vater von einem Konrad Skimen abstammt. Das wäre, als würde man einen Danni mit einem Suno kreuzen. Die Ausgeburt des Bösen und gehässig Gemeinen! Naja, aber dafür mit gutem Herz und ein wenig sozialer als man vielleicht annehmen würde."

Lillijetta war etwas verdutzt und meinte: „Ähm. Wow. Du hast uns gerade alle in weniger als einer Minute beleidigt. Respekt, Schwester! Muss ich dir lassen. Und ich dachte Lionel wäre unser ‚Meister‘ der boshaften Kommentare. Vielleicht sollten wir uns mal alle duellieren diesbezüglich. Vielleicht geht die Miss Wahl des Zynismus und des Sarkasmus dann doch eher an dich." Emilia grinste mit ihren Bäckchen, indem sie die Lichter seitlich an ihrer Karosserie aufleuchten lies und bedankte sich sehr freundlich bei ihrer Autoschwester: „Mhm, danke. Das war gerade Politur für meine Karosserie! Aber eine Frage hätte ich dann doch. Bin ich für dich bloß eine Autoschwester?" Lillijetta wollte eben gerade darauf antworten, aber die „Ausgeburt des zynischen und sarkastischen Bösen" unterbrach ihr Gespräch erneut mit: „Nein, ernsthaft. Nur weil hier fast keiner ist, erklärt das nicht euer Dieselkränzchen, hier mitten auf den Fahrstreifen. Ihr habt euch hier quer abgestellt und plaudert, auch wenn nicht für Menschen hörbar. Falls aber jemand kommen sollte, der dann nicht ich wäre, dann hätten meine Großeltern und Eltern ziemliche Probleme oder könnten zumindest welche bekommen. Nicht zuletzt, könntet ihr eins bekommen oder für gewissen Idioten auf diesem Planeten sogar zu einem werden. Nichts für ungut, aber es gibt Menschen, die glauben nicht an die Wissenschaft. Stellt euch vor, die begegnen dann eurer Sippe von Maschinen! Die würden wahnsinnig werden!"

Emilia: „Es gibt Menschen, die nicht an Wissenschaft glauben?"

Lio: „Ja. Tatsache."

Emilia: „Wie sind die denn auf die Idee gekommen? Naja. Vielleicht haben die das ja im Internet gesucht auf ihren sprechenden Smartphones."

Lio und Lillijetta begannen zu lachen und der Teenie führte fort: „Ja. Stellt euch mal vor, wir hätten eine Pandemie oder so einen Dreck! Wir wären voll am Arsch."

Aaron: „Nein. Irgendwann wäre das eine selektive Auslese, sobald Impfstoffe entwickelt werden, die 100 % und auch die Risiko-Patienten schützen. Ach, und mit wem telefonierst du denn?"

Lio: „Was zum Suno!"

Szene 13
„Synonym"

Emilia tauschte sich mit Lillijetta auf der für Menschen nicht hörbaren Frequenz aus: „Suno ist echt ein Synonym für alles jenseits und von Gut und Böse geworden." Der, für die Autos noch Unbekannte legte seinen Arm um Lionel und sprach: „Hey, mein Freund! Da du mich gerade nur schockiert ansiehst, nehme ich einmal an, dass du nicht mitbekommen hast, was ich dich gefragt habe und frage einfach nochmal. Mit wem telefonierst du? Störe ich dich bei irgendetwas und ganz nebenbei erwähnt, wieso stehen da zwei so hübsche Protzmaschinen mitten auf der Fahrbahn?"

Lillijetta: „Er hat uns schön genannt!"

Emilia: „Schleimer!"

Unser Teenager kam nun etwas ins Stottern und versuchte sich mit nervöser und zeitgleich sprachlos schockierter Mimik aus der Situation heraus zu manövrieren. Auch das Menschenjunge Lionel wusste, dass dies sehr schiefgehen könnte, sollten er, seine Familie und die Autos auffliegen. Er sah immer wieder die Autos und dann Aaron an und begann mit dem ersten Manöver für die Mission „Lass jetzt bloß nichts und niemanden und schon gar nicht dich auffliegen": „Ich. Also. Ich habe meinen Vater gefragt, ob er denn nicht diese zwei unglaublich schönen Protzmaschinen vielleicht Schnauze an Schnauze mitten auf der Fahrbahn parken könnte. Also. Für … für ein Fotoshooting! Welches ich machen möchte!" Die Autos wurden somit über ihren Part in der Geschichte informiert. Emilia funkte mit Lillijetta die gleiche Nachricht über alle Autos hinweg, so dass die Tamanna -Skimens informiert werden konnten.

Der ein Meter achtzig große, kastanienbraune Lockenkopf mit braunen Augen, auch Aaron genannt, sah unseren Lionel etwas verdutzt an und meinte: „Okay. Ja. Eh cool. Aber wieso stotterst du so? Telefonierst du mit wem bestimmten? Ich kann auch wieder gehen. Ich dachte nur, ich besuch dich kurz, weil, naja, wir wollten doch noch über etwas reden. Du weißt schon … darüber, ob … also wegen der Jungs in der Schul –" Aaron wurde lautstark von unserem ein Meter acht-undsechzig großen Lio unterbrochen mit: „JETZT NICHT! Ich meinte, sorry, aber die Gegend hier ist äußerst hellhörig. Wir sollten das nicht hier klären. Eher in Räumen, wo man uns nicht, vielleicht ungewollt, belauschen kann? Verstehst du, was ich meine? Ach, und ich telefonierte mit meinen Tanten. Über mein … Headset, was hier in meinem Ohr ist … Siehst du? Genau hier, in meinem rechten Ohr." Unser Teenager mit den schwarzen, glatten, kurzen Haaren und dunkelbrau-nen Augen fuchtelte immer wieder mit seinem Zeigefinger zu seinem Ohr, um auf sehr subtile Art und Weise die Beweis-führung passend zu seinem Alibi zu präsentieren. Aaron ver-stand das eher weniger, versuchte es aber dennoch zu Kenntnis zu nehmen und fragte: „Geht's dir gut? Brauchst du Wasser oder so?" „Ja, Wasser! Das, klingt super. Uhm. Ja. Lass uns hier weg und in den Park gehen. Da gibt es einen Brunnen. Der hat Wasser! Gute Idee. Du bist so schön … KLUG! Du bist so schön klug, Aaron. Kumpel. Freund. Kollege. Wasser. Wir wollten Wasser. Lass uns gehen. Einfach ganz weit weg von hier. Mach dir null Sorgen um die Autos oder um mich. Die Autos werden abgeholt und du … ja, du holst mich ab und wir gehen jetzt zum Brunnen. Wasser trinken", sprudel-te es aus unserem Jay aus welchem Grund auch immer sehr holprig heraus.

Lillijetta: „Was war das denn bitte?"

Emilia: „Also. Ich glaube wir könnten noch so eine, weit in die Zukunft reichende Informationstechnologie haben, aber das … war jetzt schon sehr verschlüsselt. Gilt das noch als Jugendsprache?"

Lillijetta: „Keine Ahnung, aber irgendwas passt mir immer noch nicht. Welche Jungs in der Schule? Wieso will er dabei nicht abgehört werden? Oder unabsichtlich belauscht oder wie man das halt nun formulieren will, dass die Datenschutzbedingungen auch passen."

Emilia: „Ja. Das ist auch interessant, aber eines muss ich zugeben. Der ist irre süß, dieser Kerl. Der Größe nach zu urteilen, kann der auch nicht mehr ganz unter fünfzehn Jahren sein. Ich tippe auf knappe siebzehn, was nicht so schlimm wäre, weil unser Lio bald fünfzehn wird."

Lillijetta: „Ernsthaft? Kannst du bitte aufhören, alles gleich bespringen zu wollen, dass nicht bei drei in dir drinnen ist?! Oh, du meine Güte! Das klang verwerflicher, als ich es meinte! Aber egal. Hör zu, das ist erstens ein Mensch und zweitens ein Teenager! Was zum Suno kompensierst du da bitte in dir? Ups. Jetzt sag ich das auch schon."

Emilia blickte ihre maschinelle Genossin an und antwortete ihr ehrlich, auch wenn sehr kurz: „Vieles."

Szene 14
„Abgeholt"

„Meine Damen, was wird das denn bitte, wenn es fertig ist?", fragte der Airline Chef Konrad Skimen berechtigt, der seine Schwiegertochter Neela im Schlepptau hatte. Emilia atmete erleichtert auf, als sie Jays Frau und nicht ihn selbst entdeckte: „Wem auch immer sei Dank, dass du nicht mit Jay gekommen bist. Nichts gegen deinen Sohn, aber nur weil jemand den Führerschein hat, heißt dies noch lange nicht, dass er ein guter Fahrer wäre! Bevor ich zu meinen noch Besitzern kam, fuhr mich so ein komischer, selbständiger Informationstechnologe. Er gab überall an, dass er mich selbst um sein verdientes Geld erstattet hätte. Echt lächerlich, wenn man bedenkt, dass ich auf den Namen seiner Eltern lief und er mich trotz Selbstständigkeit genau eben nicht selbst gekauft hatte. Der meinte auch, dass er ein guter Autofahrer wäre, aber der hat einen Beinaheunfall nach dem anderen gehabt. Mir tat seine führerscheinlose, damalige Freundin leid. Hätte ich da nicht eingegriffen und ihr zugeflüstert, dass dies und jenes bald geschehen könnte, wären es richtige Unfälle geworden. Ach, und ich warnte sie auch stets vor, dass dieser Misanthrop wieder verrücktspielen würde. Sie liebte mich, aber sie war froh, als sie ihn verließ. Und was der trans- und homophob war, da wird einem ja übel. Das war ein Mensch, der glaubte, dass Männer besser Autofahren können als Frauen. Umso dankbarer bin ich um Jay, da er weiß, dass er nicht Autofahren kann und unsere Neela, die das übernimmt!" Konrad grinste und Neela lächelte geschmeichelt und verlegen über dieses Kompliment. Der Airline Chef grinste ebenso und sprach: „Na gut, Fräulein Schwiegertochter. Wie es aussieht, wurde gerade die Partnerwahl des ‚Wer fährt nun wen' schon getroffen. Dann bring ich mal Lillijetta nach Hause und du Emilia!"

Gesagt, getan. Herr Skimen Senior stieg in den Danni Wagen und fuhr davon. Neela setzte sich in den Suno, richtete sich Seiten- und Rückspiegel sowie auch das Lenkrad und den Sitz, schnallte sich an und sagte: „Danke, Emilia. Das habe ich gerade gebraucht. Jemanden der mich mal sieht und anerkennt." Emilia war beunruhigt, als sie die Stimme von Neela so etwas sagen hörte: „Miss. Das geht mich wirklich nichts an, aber dennoch, darf ich was dazu sagen oder gar fragen?"

Neela: „Aber natürlich, Süße!"

Emilia: „Ist sie denn derzeit wirklich an der Kippe? Deine Ehe mit Jay? Ich will mich da auf keine Seite stellen, wirklich nicht, aber vielleicht solltet ihr einfach gerade und sehr direkt darüber reden? Mein Bruder Schwabbs hat mir vorhin erzählt, dass euer Sohn Lio wirklich Angst hat, dass sich seine Eltern scheiden lassen könnten. Dass der Besitzer von Schwabbs sein neuer Stiefvater werden könnte."

Neela: „Nein, Emilia. So ist das nicht. Wir schreiben wirklich eher über den Ankauf von Schwabbsi, aber es tut wie gesagt gut, dass mich wer sieht und vielleicht sogar anerkennt. Sei das jetzt Mr. Eis oder du, oder Alfred, Lillijetta, Lionel, Jason, Dekja oder Soulu. Du weißt doch was ich meine, oder? Jay, er hört mir in letzter Zeit gar nicht mehr zu. Versteh mich nicht falsch, aber er ist nur noch mit diesem Autoparadies oder dem Urlaub beschäftigt. Wenn er aufmerksam ist, dann eben nur, wenn es darum geht, dass mir jemand anderer Aufmerksamkeit gibt. Was soll ich denn euer Meinung nach machen? Isoliert nur für Jay existierend versauern? Das kommt nicht in Frage! Ich werde mit ihm reden, da es da sowieso noch etwas gibt, was ich ihm sagen muss. Das dauert noch und zuerst will ich sowieso mit meinem Sohn gesprochen haben. Wo ist der denn überhaupt?"

Emilia: „Dein Sohn ist mit jemanden in den Park zum Brunnen gegangen, wo wir nicht nachfahren konnten. Soweit ich das mitbekommen und analysiert habe, heißt der Bursche Aaron, ist zwischen fünfzehn und achtzehn Jahre alt, hat braune Augen, braun gelockte Haare und ist ziemlich groß. Um die 180 cm."

Neela: „Und was will der mit ihm beim Brunnen?"

Emilia: „Sie wollten irgendwas besprechen. Es dürfte Lio etwas unangenehm gewesen sein, da er diesen Aaron beim wichtigsten Part unterbrochen hat, weil wir sie hören konnten. Wir bekamen nur mit, dass es um andere Jungs in der Schule ging und sie darüber reden wollten. Lionel meinte, dass es wäre ihm lieber wäre, wenn dabei niemand unabsichtlich zuhören würde."

Neela: „Okay? Ja. Dann lassen wir ihm lieber den Freiraum, oder?"

Emilia: „Wie du das möchtest und meinst. Ich kann schwer bei Kindererziehung mitreden. Aber interessieren würde es mich, was die zwei Jünglinge miteinander reden. Ohne jetzt gemein zu klingen, aber hätte die Menschheit nicht gewollt, dass sie gehört wird, hätte sie wohl kaum sprachgesteuerte Sachen entwickelt."

Neela: „Naja. In eurem Fall ist das aber glaube ich weniger Menschenschuld. Vielleicht außerhalb des Buches, aber hier in dem Fall habt ihr Energie in euch, die bis heute unerklärbar ist. Ihr seid anscheinend mehr Seelen mit Gefühlen, als künstliche Intelligenz. Für uns seid ihr das. Wir sehen euch. Wir hören euch. Wir spüren euch. Das hat doch nichts mehr mit Technik zu tun!"

Parallel beim Brunnen im Park von Lux

Lio: „Es tut mir leid, ich brauchte Wasser. Du hast Recht, Aaron. Das was vorhin passiert ist, hat nichts mit dir zu tun gehabt. Zugegeben, irgendwie schon."

Aaron: „Hey. Lio. Es ist alles in Ordnung. Wirklich. Ich kanns verstehen, dass du dich überfordert fühlst. Die Jungs in der Schule haben halt Scheiße geredet. Lass dir das nicht so zu Herzen gehen. Sie will dich, genauso wie du sie. Ich sehe doch immer wieder, wie du sie ansiehst! Du musst nur ein wenig Mut haben! Es wird nichts schiefgehen. Du bist weder verweichlicht noch bist du zu schwach. Du bist cool. Du skatest, du bist ein kleiner Rocker. Du bist rebellisch und stets für Gerechtigkeit und so weiter. Das würde jeder und jede haben wollen."

Szene 15
„Same but different"

„Ja? Meinst du? Immerhin stamme ich von einem Typen ab, der lange Zeit glaubte, dass das Wort Diesel Distel heißt und meinte, Autos bräuchten Disteln zum trinken. Das Schlimme ist, er sagt es heute noch. Wer weiß, wenn ich wie er bin, dann werde ich schwer landen, bei wem auch immer", sagte und fragte Lio diesem Aaron mit nun weiter geöffneten Augen und einem milden Lächeln auf dem Gesicht. Aaron grinste ihn mit einem weit hochgezogenen Mundwinkel an und entgegnete seinem kleineren Freund mit: „Klar! Du bist klug, witzig, gutaussehend, rebellisch, fair, offen, charmant. Passt doch alles, oder?"

Lio: „Wow. Danke dir! Das ist unerwartet, dass es gerade von dir kommt. Du bist der beliebteste Junge in der Schule und dass du dich überhaupt mit mir abgibst, fasziniert mich. Ich mein, du …! Dann ich. Also.

Okay! Weißt du, ich habe mal so einen irren Film gesehen, wo ein Auto das andere jagte. Das war so ein Fantasy-Action Zeug. Recht cool. Da hat eine Autodame ihren etwas unverschämt frechen Bruder gezeigt, dass es Mädchen oder eben Frauen genauso draufhaben wie die männlichen Gefährten. Die eine Szene war am coolsten! Sie trafen sich alle auf einem verlassenen Fluglande und Startplatz. Dort fuhren sie vor allen ein richtig krasses Rennen …" und Lionel erzählte weiter.

Ihr wollt auch wissen, was in diesem angeblichen Film passierte? Na dann passt schön auf und lest.

Vor einigen Jahren, als Emilia und Schwabbsi selbst noch als Teenager galten, krachte es zwischen den zwei Geschwistern gewaltig. Andere Geschwister zanken sich mit Worten oder schweigen sich an, spielen sich Streiche oder rangeln. Doch das war unseren Zweien zu wenig. Emilia litt gewaltig darunter, dass ihr damals pubertärer Bruder, der nur eine kleine Spur älter war als sie, sie ständig hänselte. „Du bist zu schwach, du Mädchen", hörte sie genauso oft wie den Satz „Du wirst deinem starken, männlichen Verwandten niemals die Stirn bieten können". Unglaublich, dass aus Schwabbs so ein liebevoller, wenn auch noch etwas frecher, aber dennoch reifer und etwas weiser Kerl wurde. Doch dies kam nicht von allein. Unsere Emilia weinte immer wieder bitterlich, da sie eines Tages auch glaubte, was ihr Bruder für Stuss erzählte. Sie glaubte es viel zu lange, bis zu einem gewissen Tag. Es war der Tag, an dem sie unserer Danni 07 Dame begegnete. So eine Erscheinung traf sie in ihren Jahren davor nie. Diese Ausstrahlung. Diese Stärke. Dieser Glanz und diese Präsenz. Ihre weibliche, tiefe Stimme. Sie konnte so sanft, aber dann trotzdem so bestimmt klingen. Ihre Scheinwerfer waren so klar und in die Tiefe blickend, aber zeitgleich verrieten sie nichts. So eine offene Gestalt, aber dennoch wirkte sie unantastbar.

Dieser Moment, als diese Frau unserer Emilia einen Blick zuwarf und sie sogar anlächelte, war der Moment, in dem sie wusste, dass sie es sehr wohl schaffen konnte. In diesem Moment wurde in unserer AS 404.6 Dame etwas freigesetzt, dass seither niemals, selbst in sensiblen, emotionalen Momenten nicht aufhörte zu existieren. Es nährte sie von diesem Moment an und gab ihr die Kraft, so vieles zu überstehen. So vieles zu ertragen und niemals wieder mehr, ihren Mut zu verlieren. Emilia ergriff die Chance, fuhr ein paar Meter weiter zu ihrem Bruder Schwabbs und konfrontierte ihn damit.

Emilia: „Hast du gesehen? Und du glaubst, dass wir Frauen nichts können!"

Schwabbs: „Sieh sie dir an und dann schau dich an. Außerdem ist sie eine Ausnahme."

Emilia: „Morgen. Um zehn Uhr. Hier am Flugplatz! Ich werde es dir zeigen, im Namen aller Mädchen und Frauen! Ich werde dich besiegen! Warts nur ab!"

Schwabbs: „Ach Blödsinn. Komm. Lass uns nach Hause fahren, bevor wir erwischt werden. Träum diesen Traum im

Schlaf weiter und lass es gut sein. Ich will nicht, dass du wegen mir heulst. Nicht schon wieder."

Emilia: „Wusste ich es doch, dass du kneifen wirst!"

Schwabbs schaute sie entsetzt an, indem er beide Scheinwerferwischer hochzog, senkte den rechten dann aber wieder als er sprach: „So. So. Du willst es nicht anders. Abgemacht. Wir sehen uns Morgen. Zehn Uhr. Informiere du deine Leute und ich richte es den meinigen aus. Jemand muss mich doch feiern und dich dann trösten." Fest entschlossen fuhr Emilia zurück auf ihren damaligen Stellplatz und informierte ihre Freunde und Freundinnen. Viele von ihnen waren besorgt, dass sie es nicht schaffen würde. Viele dachten zu wissen, dass sie es nicht schaffen konnte und einige wiederum glaubten an ihre „Rebella", aber das war ihr alles egal. Denn für sie war es ein riesiger Durchbruch. Sie hatte es endlich geschafft, an sich selbst zu glauben. Sich zu erinnern, wie tapfer, mutig und stark ihre Seele eigentlich einmal war. Mit einem Lächeln auf dem Kühlergrill schlief unsere junge Emilia ein und freute sich schon irre auf den ersten Sonnenstrahl, der ihre Karosserie berühren würde.

Der nächste Tag

Selbst bei Alfreds und Lionels Rennen waren nicht einmal ansatzweise so viele am gleichen Schauplatz, wie es bei Schwabbsi und Emilia der Fall war. Der riesige Flugplatz war fast bis zur Hälfte mit Autos der verschiedensten Marken, Charaktere und Ausführungen belegt und ganz vorne befanden sich die zwei jugendlichen Suno Geschwister. Da stand aber noch jemand. Na, wisst ihr auch wer? Genau! Hubert, der Polizei-Garmi. Er war wie immer der Schiedsrichter bei jeder Streitigkeit, die in Form eines Rennens ausgefochten wurde. Die Sonne strahlte und anders, als das klare Wetter, waren die Emotionen der Anwesenden, welche nun bald Zeugen eines weiteren, unvergesslichen Rennens werden würden.

Hubert: „Seid ihr bereit?"

Emilia: „Ja, Sir!"

Schwabbs: „Ich war in meinem Leben noch nie so bereit wie jetzt."

In der Menge befanden sich all die unbekannten Autos, aber auch all jene, welche ihr schon sehr gut kennt und im besten Fall sogar in eure Herzen geschlossen habt.

Lionel: „Jason. Sieh genau hin. Das wird dir noch einmal zusätzlich eine Lehre sein."

Jason: „Wie lange willst du mir das eigentlich noch vorhalten?"

Lionel: „Solange bis es keinen Spaß mehr macht, du Vollknopf."

Jason: „Also für immer."

Hubert: „Auf eure Startpositionen!"

Lionel: „Quatsch nicht so viel. Es geht los!"

Jason: „Aber …"

Hubert: „Ready?"

Dieselmotorengeräusche.

Lionel: „Ruhe jetzt!"

Hubert: „Set!"

Die Wettkampf-DuellantInnen heulten mit ihren Motoren auf.

Goliath: „Klappe! Beide jetzt!"

Hubert: „GO!"

Und Emilia begann ihr Rennen mit einem ihrer besten Kickdowns, das sie jemals durchführte, doch was war mit Schwabbs? Dieser hatte ein Startproblem und schoss nun doch gezielt in Richtung seiner Schwester. „Du wirst es nie schaffen. Ich hatte nur einen scheiß Zweig zwischen meinen Rädern", rief er ihr hörbar für alle hinterher. „Ist mir doch egal. Er hat gefragt, ob wir beide bereit wären und du hast mit deinem Motor geantwortet. Pech gehabt", antwortete sie souverän, als sie immer schneller und schneller wurde und ihren Bruder fast wieder abhing. Schwabbs wollte sich diese Blöße nicht geben und beschleunigte dynamisch. Er schoss seiner Schwester mit 350 km/h nach und fuhr nun parallel zu ihr. Emilia betrachtete ihren Bruder durch den rechten Seitenspiegel und rief: „Oh nein!" Sie war kurz davor, ihren gerade dazugewonnen Glauben an sich zu verlieren, doch dann geschah das unglaubliche. Unsere Rebella hörte eine Stimme, welche ihr so vertraut vorkam. Eine Stimme, welche sie unter Abermilliarden identifizieren könnte.

„Emilia! Engelchen, du schaffst das! Schieß, meine Kleine! Ich glaub an dich, du schaffst das!"

„Lillijetta? Lillijetta!", rief sie freudig in ihren Gedanken. In diesem Moment rauschte ein unbändiger Energieschub durch unsere kleine, rote Combidame und sie reagierte schlagartig. *„Dynamic ist das Zauberwort. Dann Kickdown und los!"*, dachte sie sich und weg war die Dame auch schon. Schwabbs sah seiner Schwester mit einem durchdringenden Xenonlicht hinterher und konnte es nicht und nicht glauben. Hatte ihm seine kleine Schwester doch wirklich mit Intellekt, Strategie und fairen Mitteln gerade die Stirn geboten.

Ihr fragt euch vielleicht, was es mit den „durchdringenden Xenonlichtern" auf sich hat. Ganz einfach, unser Schwabbs war schockiert, fassungs- und sprachlos zur gleichen Zeit, als er seiner Schwester nur noch von Weitem blinken konnte, als diese durchs Ziel schoss.

Die Menge jubelte, als sie Zeuge dieses karosseriellen Geschlechter- und Geschwisterkampfes wurde.

Jason: „Ja. Ich hab's verstanden. Es geht auch ohne unfaire Mittel mit Geistesverstand, Mut, Stärke und Strategie."

Lionel: „Sieh an. Sieh an. Du lernst doch tatsächlich. Und dieses Mal musste ich sogar nicht einmal etwas sagen!"

Alfred: „Und es kam sogar niemand zu Schaden. Das ist auch nicht unwichtig."

Lionel: „Das hängt euch beiden ziemlich nach, kann das sein?"

Alfred: „Man nennt es Nostalgie. Das ist jetzt ‚vintage', habe ich mir von meinem Freund Jason, erklären lassen."

Lionel: „Was ist ein Vintage?"

Jason: „Paradoxerweise würdest du als vintage zählen, wenn ich das richtig verstanden habe, aber du bist es nicht."

Lionel: „Weil?"

Goliath: „Hör ihnen nicht zu, mein Freund. Sie verarschen dich gerade. Sie meinen damit nur, dass du nicht hip bist, obwohl du gut bei hippen Menschen ankommen würdest."

Plötzlich hörten sie eine Stimme, die sagte: „Wer hip sagt, ist es nicht."

Lionel: „Was machst du denn da, James Con?"

James: „Na, seitdem ich single bin, muss ich mich ja irgendwie anders beschäftigen und wieso sollte ich nicht auch nostalgisch werden und in alte Muster fallen? Sprich: Autos stalken, mit ihnen reden und ihnen zusehen, wie sie sich ihre Motorhauben einschlagen oder wie in diesem Fall, es sogar ohne Gewalt schaffen."

Lionel: „Hast du was von Neela gehört?"

James: „Ja. Wir hören uns immer wieder, aber sie hat da irgend so einen Typen kennengelernt. Irgendwas mit V oder W … Aber mehr habe ich mir nicht gemerkt. Witzig. Dieses Auto da vorne, sieht seinem sehr ähnlich."

Lionel: „Ähm. Sohnemann? Wieso weißt du, wie sein Auto aussieht?"

James: „Also deine Qualitäten betreffend dem Zuhören haben eindeutig abgenommen. Ich habe dir doch gerade gesagt, dass ich Autos stalke."

Jason: „Wieso zum Teufel werde ich eigentlich immer als der Verrückte hier bezeichnet?! Hört dem jungen Menschenmann doch mal zu! Ich mein, er STALKT AUTOS!"

Lionel, der Jason in seinen Gedanken eigentlich recht gab, wollte ihn aber doch lieber weiter piesacken für seine nervige Art und sprach mit gehässiger Stimme: „Was Autos betrifft, bist du am verrücktesten. Weiters kann man hier doch eine Ausnahme machen und einfach sagen, dass es nicht stalken, sondern recherchieren heißt."

James: „Nein. Ich habe ihn tatsächlich gestalkt. Wieso sollte ich recherchieren?"

Goliath, Lionel, Alfred: „Oi!"

Lionel (dachte sich): *„Das mit dem Sozialem wird er schon irgendwann einmal lernen. Hoffe ich."*

Während sich damals also fast die ganze, gewohnte Truppe unterhielt, fuhr Emilia stolz strahlend und geschmeidig im Comfort zurück zu den Zusehern. Ihrem Bruder Schwabbs hingegen war weder zum Strahlen noch zum Jubeln.

Er fuhr und parkte sich verballos zu Hubert, der gerade verkündete: „Meine Damen und Herren! Wir haben eine glasklare Siegerin und die kommt, wie ich in meinem linken Seitenspiegel erkennen kann, gerade zu uns! Man kann es also auch ohne Zerstörung und Verwüstung von Gegenden, Menschen und, oder Autos schaffen! Ein Hoch auf EMILIA!" Bevor Emilia den Start erreichte, fuhr ihr ein ganz bestimmter Wagen entgegen, lächelte sie liebevoll und stolz an und sprach: „Meine Süße! Ich wusste es doch, dass du es schaffst. Ich bin dir so dankbar, dass du dich allen präsentiert hast. Es braucht in jeder Generation einen, der den anderen zeigt, dass sie es schaffen können! Ich bin stolz auf dich!" Emilia nebelte etwas aus ihrem Kühlergrill, denn ihr Mund war nun offen und sie sprachlos. War das doch einer der schönsten Tage ihres Lebens. Dies von ihrer Lillijetta zu hören, war, als hätte man ihr ein Ticket zu allen glorreichen, paradiesischen Hallen geschenkt, aber da war noch jemand, der ihr etwas sagen wollte: „Schwesterherz?"

Emilia: „Ja?"

Schwabbs: „Es tut mir leid. Lillijetta hat Recht. Jede Generation braucht jemanden, der zeigt, dass man alles schaffen kann. Manchmal braucht die jüngere Generation die Ältere und manchmal, wie in unserem Fall, braucht die ältere die jüngere Generation. Emilia? Ich bin ebenso stolz auf dich und danke dir für dieses Rennen. Es hat mir die Scheinwerfer geöffnet und das Dach gewaschen." Schwabbs und Lillijetta, drifteten nun mit Emilia, sodass ihre Schnauzen im darauffolgenden Stillstand zur Menge zeigen konnten und Schwabbsi rief laut und Stolz erfüllt: „AUF EMILIA! DIE HERAUSFORDE-RIN UND SIEGERIN DIESES RENNENS!"

Oh. Was ist eigentlich bei unseren menschlichen Jugend-lichen Aaron und Lionel in der Gegenwart?

Aaron: „Da hieß ein Auto, Schwabbs? Mein Dad nennt seines auch so."

Lionel (sichtlich irritiert): „Echt? Arger Zufall! Wie dem auch sei. Auf was ich eigentlich herauswollte ist, dass es dieses Glück doch nur im Film gibt, oder? Dass jemand der auf einer höheren Stufe als der andere ist, mit dem Unteren abhängt …"

Aaron: „Scheiß doch auf den Status, wie du es sonst tust. Das hat dich noch nie interessiert. Du bist doch immer der, der auf der gleichen Augenhöhe mit egal wem redet. Außerdem, wer jemanden als einen Unteren deklariert, dann kann man oder sollte man den- oder diejenige vergessen. Man sollte sich immer, beruflich, gesellschaftlich und privat, Status hin oder her, auf Augenhöhe unterhalten können. Ganz ehrlich, Lio. Verlangt jemand von dir, dass du deine Meinung runterschlu-cken sollst, nur weil er Lehrer oder Direktor oder irgendein Erwachsener ist, dann sagst du immer was?"

Lio: „Das erwachsen Sein, nichts mit der Unterdrückung von Kinder- und Jugendstimmen zu tun hat."

Aaron: „Also, wer kann, wenn er sich zusammenreißt und die Arschbacken zusammenkneift, jedem seine Liebe gestehen?"

Lio: „Vom Mut her vielleicht ich? Aber was die Erfolgs-chancen betrifft DU!"

Die Jugendlichen fühlten sich sicherer als sie waren, denn von Weitem wurden der Sohn der Tamanna-Skimens und Aaron gesichtet. Dieser Mensch hielt offensichtlich nichts da-von, anderen Menschen ihre Privatsphäre zu lassen. Er kam auf Aaron und Lionel zu, stellte sich vor sie und sprach: „Na, ihr Verlierer? Was macht ihr zwei da, Mutterseelen allein, ro-mantisch beim Brunnen?" Die zwei Freunde fokussierten den

Menschen, der diese Worte sprach und als sie ihn erkannten, schnauften sie nur entnervt aus. Anscheinend hatte der gleichaltrig Wirkende noch nicht genug gestänkert und fühlte sich gezwungen, noch eins draufzusetzen: „Aaron, wenn du mit dem Tamanna-Skimen Versagersohn von Vater Versager abhängst, dann wundert es mich nicht, dass dir das Gleiche wie ihm nachgesagt wird."

Lio sah zuerst diesen Typen und dann seinen, schon ein Meter achtzig großen, bald siebzehnjährigen Freund an und sprach im leisen, etwas resignierten Tonfall: „Du kannst ruhig mit ihm mitgehen. Du brauchst dich nicht mit mir abzugeben. Wirklich. Alles gut. Ich nehme dir das nicht böse." Aaron blickte Lio nun etwas tiefer in seine braunen Augen, zog seine linke Augenbraue hoch, knautschte seine Lippen zusammen und seine Stimme wurde nun etwas bissiger. Er flüstere Lio zu: „Jetzt sieh mal ganz genau hin. Das hast du jetzt davon!" Der fast Siebzehnjährige drehte sich mit seinem ganzen Körper zu dem anderen Burschen, stellte sich mit aufgeplusterter Brust vor ihn hin und sprach zielsicher: „Jetzt hör mir mal zu, Nathan Dick! Dein Name allein ist schon Programm! Da ich nicht nur davon ausgehe, dass deine Englisch Kenntnisse beschissen sind, sondern ich das mit Sicherheit weiß, übersetzte ich es dir mit einem, für dich sicher unlösbaren Rätsel! Nur weil dein Name Programm ist, heißt das noch lange nicht, dass du dich hier oder wo auch immer aufführen musst wie dein Nachname! Hast du mich verstanden? Lass mich raten. Hast du nicht. Verschwinde hier. Ich hänge ab, mit wem ich will, wann ich will und aus welchen Gründen auch immer. Lio ist mein Freund und ich lasse nicht zu, dass hier irgendjemand jemanden weh tut, den ich mag! Also lauf oder ich setze meinen Vater den Anwalt auf dich an, hast du das jetzt kapiert?" Als hätte die Ansage nicht gereicht, spannte Aaron seine Muskeln an und zuckte mit seinem Oberkörper als Angriffsgeste nach vorne.

Nathan rannte. Er rannte so schnell er konnte und rief: „Es tut mir leid. Es kommt nicht mehr vor, versprochen!"

Szene 16
„Irre"

Die Ansage von Aaron war für unseren Lionel so derartig überraschend, dass er gefühlte zwei Minuten lang mit offenem Mund und aufgerissenen Augen starrte, bis er letztendlich doch Worte fand, welche sich verbalisierten: „Das war ja der Wahnsinn! Aaron? Wie hast du das denn bitte geschafft? Wusstest du, dass er wegrennen wird? Hey. Aaron. Möchtest du vielleicht noch zu mir? Wir könnten in der Einfahrt abhängen."

Der noch Siebzehnjährige lächelte liebevoll und meinte: „Ja. Gern. Lass uns schon mal in deine Richtung. Es wird dunkel und jetzt hatten wir Glück, dass es nur dieser Dick war, aber wer weiß, wer sich hier noch rumtreibt, wenn es dunkel wird. Ach, und Hunde, die bellen, beißen nicht."

Lionel: „Die Hunde meines Vaters vor über circa zwei Jahrzenten, die bissen doch schon sehr. Sie hätten ihn fast umgebracht, wenn ihm nicht meine Onkel, meine Großeltern, meine Mutter und meine, damals nur eine Tante geholfen hätten!"

Aaron war nun sichtlich verwirrt und fragte: „Wie? Was? Was waren das bitte für Hunde? Das muss ja eine dreiköpfige Bestie gewesen sein. Aber hey. Cool, dass eure Familie so zusammenhält und natürlich auch toll, dass deinem Vater nichts passiert ist. Immerhin hätten wir uns sonst nicht." Lionel schluckte und starrte seinen Freund nun mit ungläubigem Blick an: „Wie jetzt? Du bist froh, dass meinem Vater nichts passiert ist, weil wir uns sonst nicht hätten?" Plötzlich hupte jemand sehr laut und rief: „Lionel?! Kommst du dann bitte? Es wird dunkel und wir wollen nicht, dass unserem süßen, kleinen Schatz etwas passiert!" Lionel blickte entnervt und beschämt durch die Gegend und rief: „Ja, ich komme schon, aber hört auf mich so zu nennen, sonst fliege ich allein in den Urlaub. Ohne euch. Außerdem, ich bin nicht allein, also benehmt euch bitte alle, so wie es in einer normalen Welt auch wäre!" „Ja. Ich sage es ihnen, mein zuckersüßes Knuffelhäschen. Vergiss nicht, wir fliegen Morgen! Hast du denn deine Lieblingskuscheltiere dabei? Mr. und Mrs. Lumpfi?", hörte man die Stimme sagen. „Meine Güte! Ja! Und jetzt lass mich in Ruhe!" Lionels Wangen liefen jetzt schon rot an vor Schamgefühl oder war es Fremdscham? Ist in diesem Alter immer schwer zu sagen, was genau zuträfe. Am öftesten wäre aber beides richtig.

Aaron: „Wer war das denn und wieso musst du denn extra darauf hinweisen, dass sie sich normal benehmen sollen wie in einer normalen Welt? Ach und, mach dir nichts draus. Die Lumpfis werden nie uncool."

Lionel: „Oh. Ähm. Das war mein Großvater, Konrad. Er bringt das meistens, wenn er glaubt, dass ich mit Mädchen unterwegs wäre, damit er mir die Tour vermasselt. Wieso sie sich normal benehmen sollen? Ach, das ist bloß ein Running Gag. Wir sagen immer, dass wir irre wären, aber das stimmt gar nicht mal so. Momentmal, du magst die Lumpfis immer noch?"

Aaron: „Ja. Anscheinend kannst du im Grundsatz nicht glauben, dass ich etwas mag, was du magst. Lio? Ihr fliegt morgen weg? Wir auch! Wohin geht's denn bei euch?"

Szene 17
„Das darf nicht wahr sein"

Saaggasse 48. Gartenanwesen

„Wow!", gab Aaron Lionel seinen faszinierten Zustand preis. „Was denn?", fragte ihn unser Teenager. „Das ist dein Zuhause?", fragte er ihn verdutzt. „Naja. Genau genommen teilen sich mein Vater und sein Vater die zwei aneinandergrenzenden Grundstücke. Opa wohnt hier und meine Eltern und ich genau nebenan. Es sind insgesamt nun acht zusammengehörige Grundstücke, da meine Eltern und Großeltern ja dieses Projekt namens Autoparadies haben", beantwortete Lio Aarons Frage. „Wenn man schon vom Teufel spricht", murmelte Lionel nun, da Konrad, Priya, Neela und James geradewegs auf sie zu steuerten.

James: „Na sieh einer an! Mein Sohn hat jetzt genauso viele Freunde wie ich in seinem Alter!"

Lio: „Oh. Nein."

Neela: „Ach Schatz. Lass die zwei in Ruhe. Moment mal, Aaron?!"

Aaron: „Mrs. Neela! Schön dich zu sehen. Du bist also die Mutter von Lionel?"

Konrad: „Ihr beide kennt euch?"

Neela: „Ja doch! Das ist der Sohn von Herrn Eis."

James: „Das darf nicht wahr sein …"

Priya gab ihrem Sohn einen leichten Tritt auf den Fuß und flüsterte ihm bissig ins Ohr: „Der arme junge kann nichts dafür, von wem er abstammt!"

Priya: „Wie ich mich freue, dich kennenzulernen! Lionels Vater und ich werden nun schnell die Autos unseres Paradieses abstellen und dann würden wir dich *alle* herzlichst gerne zum Abendmahl einladen in der Hoffnung, dass es für Lionels Vater nicht das Letzte ist!"

Aaron war sichtlich überrumpelt mit so viel aktiver Präsenz, obwohl sie doch nur in der Einfahrt abhängen wollten. Paradox zu diesem Gefühlszustand erfreute sich der Gast dennoch sehr über die Einladung zum Abendessen: „Ja, danke vielmals. Sehr gern würde ich zum Abendessen bleiben. Ich müsste nur kurz meinem Vater Bescheid geben."

Neela: „Ach was, das mache ich schon. Er sagt sicher nicht nein."

Konrad: „Wie ich sehe, hätte ich dir gar nicht die Tour vermasseln müssen. Solange ihr euch schützt, wird wohl nichts passieren können. Ach, und Aaron, eins noch. Wenn, warum auch immer, du denkst, dass irgendeines der Autos spricht oder sich komisch benimmt, das bildest du dir nur ein. Kann schon mal passieren, wenn man sich zugedeckt von so vielen Autos befindet, dass man etwas panisch wird. Das ist vollkommen normal und keinen Anruf bei der Polizei oder sonst wem wert, okay Kumpel?"

Lio: „Opa!"

„Was denn?!", fragte der eben Ausgerufene, zwinkerte dem Gast zu und klopfte ihm auf die Schulter, drehte sich Richtung Eingang des Hauses und ging geradewegs zu diesem. Neela erfreute sich lautstark und teilte diese Freude auch sofort: „Oh, Aaron. Dein Vater ist ein Held. Du darfst sogar bei uns nächtigen. Er würde dann selbst, nach der Arbeit mit Schwabbs zu uns kommen, wenn du das möchtest!" Lionel wurde bleich und fragte seine Mutter, ob sie dann bitte mit ihm sprechen würde, wenn sie denn mit dem Essen fertig waren. „Klar, mein Engel. Für dich nehme ich mir doch immer Zeit! Nun auf ins Haus. Es kühlt gerade etwas ab und wir wollen uns doch nicht verkühlen vor dem Urlaub."

Aaron wurde zum Zuseher, der dem Anschein nach nicht wirklich wusste, was er von diesem Stück halten sollte. Das Einzige was er herausbrachte war: „Okay. Das deine Mom von dem Auto meines Vaters redet, als wäre es ein Freund von ihr, ist interessant. Das dieses Auto Schwabbsi heißt, ist mir bekannt, aber der Spitzname Schwabbs war mir neu. Generell, kann es sein, dass deine Familie Autos sehr liebt?" Lionel sah seinen Kumpanen an, obwohl er gerade etwas entdeckte und daher dezent abgelenkt wurde, daher fiel auch ihm nicht mehr ein als: „Ja. Witzig. Vielleicht verstehst du jetzt, wieso ich das mit den Irren gesagt habe. Komm schon, geh meiner Mom schon mal nach, ich muss nur kurz was mit jemanden besprechen." Aaron sah ihn zum vermehrten Mal verdutzt an und tat dann aber doch, was ihm gesagt wurde. Eine Kleinigkeit musste er aber loswerden: „Okay. Ja. Mache ich, auch wenn ich hier niemand Menschliches sehe, mit dem du nun reden könntest. Bis gleich, nehme ich mal an."

Szene 18
„Blinker setzen"

So baldig wie die Luft rein war, da alle im Haus waren, die ins Haus sollten, stürmte unser Lionel auf die auf der rechten Seite geparkten Autos zu. Der Teenager befand sich nun zwischen den Autos in der offen gelassenen Garage und den Autos, die ohne Dach über dem Dach geparkt waren und begann seine Standpauke: „Was soll das?! Wollt ihr Verrückten ihn testen? Jetzt bringe ich endlich mal jemanden nach Hause mit und ihr meint euch aufführen zu müssen? Glaubt ihr, ich sehe das nicht, wenn ihr mit euren Scheibenwischern hin und her wischt oder eure Stoßdämpfer auf und ab und links und rechts wippt, als würdet ihr in einem 90er Jahre Gangstarap Video twerken? Und was soll dieses Herz, was ihr auf eurem Hightech-Bildschirm angezeigt habt? Es hat im Glas des neuen Garagentores reflektiert, ihr Vollidioten und Idiotinnen! Natürlich reflektiert das, wenn es schräg offensteht! Die meisten von euch, kenne ich nun fast fünfzehn Jahre! Ihr könnt mir nichts vormachen. Ich kann euch spüren, wenn ihr auf eurer Frequenz plaudert und glaubt den neuesten Gossip breittreten zu müssen! Hört sofort auf!" Plötzlich gingen alle Lichter sowie auch Bildschirme aus, jeder Scheibenwischer hinunter und jeder Stoßdämpfer in den Comfort-Zustand. „Was soll das denn jetzt?! Seid ihr irre? Eine verdammte Entschuldigung wäre doch zumindest angebracht oder nicht?!", empörte sich der Teenager nun über das Verhalten der Autos.

„Das meinte dein Großvater also. Verstehe. Ist nicht schlimm. Mein Vater ist Psychologe. Der kann dir oder vielleicht auch wen anderen in deiner Familie jemanden empfehlen. Oder er nimmt dich zu einem Freundschaftspreis zu sich in die Therapie", hörte das Menschenjunge seinen Gast sagen. „Scheiße. Okay. Ähm. Hör zu Aaron … ich kann das, was du gerade gesehen hast, erklären. Wobei, momentmal. Sagtest du nicht, dass dein Vater

Anwalt wäre?", dämmerte es dem Jungen. „Nein. Also. Ja, das sagte ich, aber ich habe gelogen, damit Nathan verschwindet. Mein Dad ist Psychologe. Lionel. Du musst mir gar nichts erklären. Es ist schon in Ordnung. Vielleicht hätte ich jetzt auch nicht so frech sein dürfen. Finde es ehrlich gesagt ziemlich interessant, wie deine Familie einfach glaubt, dass ihr die Einzigen wärt, welche die Existenz dieser Energien kennen."

Lionel blickte Aaron nun sehr verblüfft an und fühlte sich wie gelähmt. Er setzte sich auf den Boden und starrte den Asphalt eine Weile an. Sein Gast gesellte sich zu ihm und schwieg die ersten paar Runden mit ihm mit.

Nach einer Weile des Schweigens brach Aaron das seinige zuerst. Er legte seinen linken Arm um Lionel und schnaufte. „Es wird alles wieder gut, Lionel. Das ist unser Leben. Inmitten von vielen irren Menschen sind wir ebenso inmitten von Energien, welche uns begleiten. Seitdem ich das weiß, versuche ich nach diesem Motto zu leben: ‚Man sollte an das Unglaubliche glauben, dann schafft man es oder man ist weniger überrascht.'" Lionel schaute ihn etwas ungläubig an und erwiderte: „Echt? Mir wurde beigebracht, dass man in alles ohne Erwartungen hinein sollte. Dann ist man entweder nicht so enttäuscht oder traurig oder man freut sich umso mehr, wenn etwas großartiges passiert." „Jungs! Geht da von der Einfahrt weg, ich will euch ungern überfahren. Kommt nicht so gut in meiner Biografie als Psychologe, wenn ich zwei Kinder mit einem Bonzen-Suno überrolle", hörten die Jungs nun. Sie waren so sehr in ihr Gespräch und die Situation vertieft, dass sie den lauten Diesel nicht einmal registrierten. Die Jungs standen vom Boden auf und gingen zur Seite, sodass Aarons Vater einparken konnte. Im Gegensatz zu den zwei Teenagern hörten James, Neela, Konrad und Priya den Wagen in die Einfahrt fahren, öffneten die Haustüre und warteten. Gespannt warteten sie darauf, dass der Vater des Gastes ausstieg. Auch unser Teenager Lionel war gespannt, den besten Freund seiner Mutter endlich einmal kennenzulernen, auch wenn er dem Ganzen etwas skeptisch gegenüberstand.

Szene 19
„Eis. Eis."

Der schwarze Suno AS 404 war geparkt und die Fahrertüre öffnete sich.

„Oh, nein. Das. Das ist jetzt aber ein schlechter Porno!", empörte sich James mit entnervtem Blick und dazu passender Stimme. Er verdrehte die Augen und blickte seinen Vater und Airline Chef an. „Ja, mein Sohn. Spätestens jetzt kann ich dich verstehen. Das ist jetzt wirklich alles andere als ,groovy'", gab er seinem Sohn, zugegeben nicht wirklich motivierenden, Zuspruch. Was ich als Auto_R*in ebenso zugebe ist, dass er sich den Satz „Junge, Junge, ich bin froh, dass ich nicht in deiner Situation bin!" sparen hätte können. Oder ich mir? Immerhin schreibe ich das ja. Egal. Das ist verwirrend. Zurück zum Eigentlichen. Der von James personifizierte und als schlecht „deklarierte Porno" stieg also aus seinem Auto. Der eifersüchtige Ehemann von Neela nahm das alles in Zeitlupe wahr, obwohl die Uhren in Lux ausnahmsweise sogar halbwegs normal liefen. Der ein Meter neunundachtzig große, helles, kastanienbraunes Haar und einen Vollbart besitzende Mann stieg also in Jays Wahrnehmung in Zeitlupe aus. „Oh und wie dieses beschissene Hemd spannt", nuschelte James nun vor sich hin. Mit einer sehr hohen und kindischen sowie auch zickigen Stimme äffte er diesen Mann nach, obwohl er weder seine Stimme noch seinen Charakter kannte: „Äh. Äh. Äh. Ich bin Mr. Sexy Valentino. Äh. Äh Äh. Mr. eiskalte Schönheit aber dennoch heiß. Äh, Äh, Äh. Meine Oberarme sind so muskulös, dass mir mein Hemd leider viel zu klein ist. Äh, Äh, Äh, du kannst meine Bauchmuskeln durch mein sexy weißes Unterhemd sehen und zählen, die sieht man nur deswegen, weil ich ein paar Knöpfe offen habe. Äh. Äh. Äh. Ich musste mir einen Suno Combi kaufen, damit meine sexy breiten Schultern genug Platz darin haben. Äh. Äh. Äh. Ooooh. Jetzt wackle ich mit meiner fast schulterlangen, schönen Haarpracht hin und her, obwohl da ganz viel Superkleber drinnen ist, damit die Frisur sitzt. Oh, und damit ich cool bin, trage ich anscheinend noch coole schwarzweiße Skaterschuhe. Passend zu meiner schwarzen, enganliegenden Jeans mit Nietengürtel. Naaa ganz toll, Tattoos und Piercing hat der auch noch. Was ist das? Mr. Perfekt?!"

„Herr Eis, Valentino", hörte er plötzlich jemanden sagen und wurde aus seiner Illusion herausgerissen. Als unser Jay Skimen wieder in der Lux Realität ankam, bemerkte er, dass eine große Löwenpranke in seine Richtung gestreckt verharrte. „Herr Skimen? Geht's Ihnen gut? Brauchen Sie etwas?", fragte Valentino zuvorkommend. Jay sah ihn entgeistert an und dachte sich nur noch schnell: „Jetzt ist der auch noch zuvorkommend? Sein Ernst? Und höflich? Dieser Typ nervt mich. Der wäre sogar mein feuchter Traum. Wie soll ich gegen den denn ankommen? Die Damen und Herren, die mit ihm das Vergnügen haben, kommen sicher auch sehr schnell bei ihm." Als er seinen Gedankengang vollendet hatte, reichte auch unser Jay dem Vater des jungen Gastes seine Hand, just in dem Moment, in dem Herr Eis wieder sagte „Freut mich, Sie kennenzulernen. Ich bin Valentino Bartolomeo Eis. Besitzer von Schwabbsi, Vater von Aaron und der beste Freund von ihrer bezaubernden Ehefrau." starb unser Jay Con innerlich an Schmerzen, da der Händedruck einer der festesten war, die er je bekommen hatte. Er hielt die Luft an, um keinen Schmerzenslaut von sich zugeben und presste daher sehr „unauffällig" „Freut mich. Ich bin James Skimen. Der Ehemann von Neela und der Vater von Lionel." aus seinen Lungen.

Ihr fragt euch zurecht, was die anderen in diesem Moment dachten. Pauschalisieren kann ich euch das aber nicht. Es war eher ein Cocktail an Emotionen. Da hätten wir zum einen peinlich berührt. Fremdscham. Enttäuschung. Irritation. Verwirrung bis hin zur Resignation. Ja. Ich glaube, das beschreibt im Großen und Ganzen die Emotionen in den Personen und Maschinen sowie auch die Gestiken und Mimik der Anwesenden ganz gut.

Szene 20
„Baby"

So wie sich die Situation, welche sich gerade eben noch am Grundstück der Skimens abspielte, beruhigte, nahmen fast alle menschlich Anwesenden bei Tisch Platz. Fast alle. Lionel und Aaron waren noch einen kleinen Moment in der Einfahrt geblieben. Es war ein interessantes Bild, die zwei Teenager bei den jeweiligen Autos zu beobachten. Lio stand bei seinem Namensvetter, dem Lionel Suno A82. Aaron hingegen stand bei seinem Gefährten Schwabbs, dem Suno AS 404.

„Viel Glück und viel Spaß", wünschte Onkel „altes Blech" seinem Neffen. Aus welchen Gründen auch immer wünschte Schwabbs seinem Schützling Aaron dasselbe und sprach ebenso mit einer sanften, sonoren Stimme: „Viel Glück." „Lass uns reingehen. Ich habe schon großen Hunger", sagte Menschenjunges Lio zu seinem Gast. Dieser streichelte Schwabbsi noch einmal über die Motorhaube und ging seinem Freund hinterher. Ein letzter Blick zurück für den Abend und Aaron sprach leise und sanft: „Danke."

Bei Tisch

Da saßen sie nun alle vor einem reichlich gedeckten und mit vielen Köstlichkeiten gezierten Tisch. Konrad, Priya, Neela, James, Lionel, Aaron und Valentino. Die Stimmung im Haus war leicht drückend, aber wegen was denn eigentlich? Es schien, als hätten gewisse Parteien miteinander, aber auch untereinander unausgesprochene Themen, welche vielleicht doch relevant für einen druckabbauenden Effekt gewesen wären. Unser James fokussierte Herrn Eis immer wieder und dazu noch zu lange. Neela warf ihrem Ehemann deswegen immer wieder Blicke zu, welche nichts anderes hießen als „Hör auf mit dem Blödsinn!"

Konrad schaute immer wieder seinen Sohn an, weil er interessiert war, wie er denn mit der Situation umgehen würde. Aber auch Priya und Konrad blickten sich stetig an, da auch ihnen der Moment, als der Airline Chef den Namen des besten Freundes vergaß und dass obwohl ihr einziges Kind nach diesem benannt war, immer noch unangenehm war. Valentino blickte immer wieder mit zusammengedrückten Lippen zu seiner besten Freundin, da er sich äußerst unwohl dabei fühlte, von ihrem Ehemann beobachtet zu werden. Herr Eis betrachtete aber auch immer wieder die zwei Teenager. Vorallem seinen Sohn und nickte ihm immer wieder zu, als würde er ihm mitteilen wollen: „Nun mach doch. Trau dich endlich."

Vor dem Haus

„Hörst du was?", fragten alle seitlich geparkten Autos Schwabbsi auf der Auto Frequenz. „Nein. Sie haben zwar die Fenster zum Esszimmer gekippt, aber es ist mucksmäuschenstill. Moment. Ich stelle mein Mikrofon lauter und sende die Audiodaten über die Frequenz, falls sich doch etwas tun sollte. Dann können wir alle mithören." „Gute Idee", erfreuten sich die anderen Vierräder. „Oder soll ich doch einen Gruppenanruf starten auf der Autofrequenz? Dann kann Soulu auch mithören. Soweit ich weiß, fliegen die Morgen alle gemeinsam in ihr nach Lorelia?!", fragte und sagte Schwabbsi. „Noch viel besser!", hörte man es auf der für Menschen nicht hörbaren Frequenz, woraufhin unser Schwabbsi zum Gruppenanruf einlud.

Im Haus

Dem Teenager der Tamanna-Skimens reichte diese Atmosphäre nun endgültig. Er stand von seinem Stuhl auf und sprach lautstark und hörbar entnervt: „Okay, wenn niemand der hier anwesenden Erwachsenen meint, dass dieses Essen eröffnet ist, dann eröffne ich es eben. Es gibt, wie ihr seht einen grünen Salat. Einen Bohnen-Mais Salat. Indisch gewürzte Hähnchen Filets, american Chickenwings, Bratkartoffeln, Reis und Saucen jeglicher Art. Weißes und Naan-Brot. Was wollt ihr? Ihr reicht mir jetzt einfach alle euren Teller nacheinander und sagt mir, was ihr wollt und ich klatsche es euch darauf oder ihr nehmt euch einfach wie selbstständig Erwachsene, was ihr wollt! Also Baby, was willst du?"

„Baby? Wen nennst du hier Baby?", fragte James seinen Sohn. „Mom! Ich nenne Mom so. Weil …", versuchte Lionel sich gerade aus dem eigen fabrizierten Wirrwarr herauszufinden. „Oh, hast du es James schon gesagt?", fragte Valentino Neela. „Nein, Valli!", rief sie mit aufgerissenen Augen. „Shit", sprach ihr bester Freund. „Mir was gesagt?! Neela?!", wollte James aber jetzt berechtigterweise wissen.

Vor dem Haus

„Jetzt geht's ab. Wollen wir Wetten abschließen, was zuerst passiert?", konnte sich Auto Lionel nicht mehr verkneifen.

Im Haus

James stand nun auch von seinem Stuhl auf und sprach ausnahmsweise auch einmal mit einer kräftigeren Stimme: „MIR WAS GESAGT?! WARUM BABY? NENNST DU DIESEN MR. EIS BABY?! Na warte, du …" James Cornelius beugte sich über den Tisch und zog Herrn Valentino an seinem Kragen zu sich. In diesem Moment stand Konrad auf und …

Vorm Haus

„Oh. Oh. Scheiße. Wir können nicht ins Haus reinfahren, um sie auseinander zu halten. Die würden uns umbringen!", wurden nun auch jetzt die Autos ganz aufgeregt!

Im Haus

„Konrad, tu doch was!", rief Priya vor Verzweiflung über das Verhalten ihres Sohnes. Die Teenager sahen sich und dann wieder die Erwachsenen an und ihre Augen wurden immer größer und größer. James rüttelte noch einmal am Kragen von Valentino Bartolomeo Eis und verwarnte ihn ein letztes Mal. Neela brachte sich hinter den Stühlen an der Wand in Sicherheit und schrie: „Lass ihn los, er hat nichts mit mir! JAMES!"

Nun sah Lionel auch den Schrecken seiner Mutter in ihren Augen und er wusste er musste bald handeln. James Faust zuckte immer mehr und mehr und Valentino meinte, es wäre psychologisch sinnvoll, Jay zuerst schlagen zu lassen oder wieso reagierte er nicht?

„VALENTINO! LETZE WARNUNG! WARUM MUSS MIR MEINE FRAU IRGENDWAS VON EINEM BABY ERZÄHLEN? BIST DU JETZT IHR BABY?!"

Konrad nahm seine Ehefrau und die Schwiegertochter an den Händen und wollte sich gerade noch die Jugendlichen schnappen. Als er Aaron schon an der Hand hatte und sich Lionel gerade schnappen wollte, hörten sie alle, Autos, Flugzeug und Menschen, nur noch James Stimme, welche „Ich zähle bis drei" sagte. „Also, Mr. Perfect. Eins – Zwei – Dr –"

„ICH BIN SCHWUL!"

Und Herr Valentino Eis war frei.

Nun waren alle Augen auf den Menschen gerichtet, der sich soeben geoutet hatte. Wer? Das bleibt vorerst ein Geheimnis. Dieses „Geheimnis", sprach weiter: „So, jetzt ist es draußen. Pfuh. Muss schon sagen, nun geht es mir wirklich besser. Hat noch jemand Hunger? Wir brauchen Stärkung, immerhin fahren und fliegen wir Morgen in den Urlaub. Also. Kommt ihr wieder her? Was sehen mich denn alle jetzt so an? Ist doch nichts Schlimmes dabei. Ja, ich bin schwul. Weiter? Können wir jetzt bitte essen? Glaubt mir Leute, ich habe mir das auch anders vorgestellt als so. Aber das unglaubliche, an das glaube ich. Also. Kommt. Seid lieb und brav und setzt euch. Das Essen wird doch kalt." Und sie hörten alle auf ihn. Es nahmen alle Platz und nahmen sich etwas zu essen und so aßen sie. Etwas schweigsam, aber sie aßen.

Anders als im Haus war vorm Haus im Autofrequenz Gruppenanruf niemand still und schweigsam. Im Gegenteil. Sie jubelten alle. „Guter Junge!" war unter anderem zu hören.

Szene 21
„Frei"

„Sie haben sehr gut gekocht, Fräulein Neela", sagte Aaron. „Danke Ihnen für die Einladung. Ich hatte schon so einen großen Hunger und dann wird man so gut verköstigt", fügte der noch Sechzehnjährige hinzu.

„Ach, du Charmeur. Ganz dein Vater", antwortete sie. „Irgendwie ist die Stimmung hier immer noch etwas merkwürdig. Würde es die Situation auflockern, wenn ich auch mal erwähne, dass ich bisexuell bin?", sprach Konrad locker und flockig bei Tisch aus. „Du bist was?", fragte seine Ehefrau Priya nichtsahnend. „Wirklich jetzt, Opa?", fragte sein Enkelkind. „Ja. Wirklich. Was ist daran jetzt so unglaubwürdig? Ach, und liebste Ehefrau. Wer weiß da etwas nicht über den anderen? Ich hatte auch in jungen Jahren eine heimliche Liaison mit einem Mann. Er hieß Johnny. Heißer Amerikaner. So jung und wild und frech. Ein richtiger Systemrebell und er liebte meine Pilotenuniform und ich seine Rock 'n' Roll Art und die, sich auch so zu kleiden. Einfach herrlich", plauderte Skimen Senior aus. „Also wenn das schon so Thema ist, dann sage ich auch, dass ich auch so meine Erfahrungen gemacht habe, als ich von James getrennt war", outete sich nun auch Neela.

Lio: „Warte mal, was? Du warst von Dad getrennt?"

Neela: „Ja. Ich wollte mal was ausprobieren. Mich finden. Ist selten, dass die Jugendliebe auch die Liebe ist, die man heiratet. Ich hatte das Glück, dass ich es durfte. Aber die Erfahrungen waren dennoch sehr gut."

Konrad: „Ich glaube, ich spreche im Namen meiner Frau und mir, wenn ich dir sage, dass wir alle froh waren, als du ihn trotzdem noch genommen hast. Siehst du James. Du brauchst gar keine Sorgen haben, ob sie dich wirklich liebt. Sie hat die Luft draußen geschnuppert und wollte trotzdem in den Ehekäfig zurück."

James: „Ja. Es tut mir leid, Valentino. Ich wollte dir keine verpassen. Außerdem hätte ich mir sicher meine zarten Finger an dir zerbrochen."

Valentino: „Ist schon gut und vergessen. Ich kann dich verstehen, dass du um so eine Frau kämpfst. Aber das musst du nicht mehr. Sie hat sich damals für dich entschieden und gut wars. Euer Sohn ist ein Prachtkerl. Meiner ebenso. Also wars doch gut, wie es passierte. Von Vater zu Vater gesprochen. Egal wie viel Dreck man mit seinen Kindern durchmacht, man würde es gegen nichts und niemanden eintauschen. Zumindest nicht ernst gemeint und für immer."

James: „Ja. Das mag stimmen. Aber was hast du gerade gesagt? Sie hat sich damals für mich entschieden?!"

Vorm Haus

„Jetzt geht das schon wieder los. Die Nacht wird lang, wenn das nicht bald beendet wird", äußerte sich Emilia.

Im Haus

„Na gut, ich zeige den Eis nun ihre Schlafgemache und wecke euch alle dann morgen Früh zum Frühstück", sprach Neela ziemlich hektisch in der Hoffnung, dass man diesmal den Funken früher ausgedämpft hatte.

Szene 22
„Guten Morgen und Abflug"

„Einen wunderschönen guten Morgen, geliebter Engel", sprach unsere Neela, strahlend, weil sie heute endlich den Flug antreten würden, auf welchen sich alle schon riesig gefreut hatten. „Guten Morgen, Schatz", erwiderte ihr Ehemann und gab ihr einen Kuss. Voller Elan stolzierte seine Ehefrau und Mutter seines Kindes in Richtung von Jays altem Jugendzimmer und weckte auch ihren Sohn mit einem Kuss auf die Wange auf. „Guten Morgen, mein Sohn! Auf, auf! Das Frühstück wartet schon. Frisches, noch warmes Gebäck vom Bäcker! Eine gute Eierspeis, Waffeln und selbstgemachte Aufstriche! Wie ich mich freue, Kind! Es wird unglaublich werden, nach so langer Zeit endlich wieder ans Meer zu fahren!", sprudelte es nur so aus Neelas frischem Gemüt heraus.

Als sie im Gästezimmer der Familie Eis eintrat, fand sie nur den Vater von Aaron auf, als er sich gerade mit nicht bedeckten Oberkörper und noch offenem Gürtel ein T-Shirt aus seiner teils schwarzen, aber auch schwarzweiß karierten Sporttasche suchte. „Um Sunos Willen", sagte sie, hielt sich die rechte Hand vors Gesicht und drehte sich sicherheitshalber noch einmal um. Unser Valentino grinste milde und verschlafen in ihre Richtung und sprach: „Nur keine Bange. Am Strand wirst du mich in Badehose sehen, bevor ihr mir mein Auto wegnehmt."

Neela (immer noch mit dem Rücken zu ihm gewandt): „Wo ist denn dein Sohn und wieso seid ihr schon wach? Ich wecke doch gerne Menschen, wenn ich mich freue."

Valli: „Süße. Jetzt beruhig dich. Ich weiß, es war nicht gerade intelligent von mir das gestern zu deinem Mann zu sagen. Du weißt schon. Den Teil mit, du hast dich für ihn entschieden."

Neela: „Okay. Ich hatte eigentlich gute Laune, also bitte nimm sie mir nicht. Ja. Das war vielleicht wirklich nicht von Vorteil. Ich mein, jetzt mal ehrlich. Du hast Minuten davor fast eine kassiert von meinem Ehemann und dann schießt du, obwohl sich die Lage gerade eben beruhigt und dich ein Outing gerettet hat, mit so einer Message? Dein Ernst? Lassen wir das. Egal. Hoffentlich wird der Urlaub ruhig. Noch habe ich die Hoffnung nicht aufgegeben. Wo ist Aaron?"

Valentino: „Aaron ist unter der Dusche. Er ist, kurz bevor du ins Zimmer kamst, ins Badezimmer verschwunden. Und wieso wir schon wach sind? Ich bin Vater. Ich habe auch Skills, auch wenn das jetzt unter anderem heißt, dass ich, wenn ein Urlaub geplant ist, mein Kind rechtzeitig wecken kann."

Neela: „Oh. Ja. Natürlich. Ich wollte deine Vaterqualitäten nicht in Frage stellen. Verzeih, wenn das so rüberkam. Ach, und Valentino, hör auf mich Süße zu nennen."

Valentino: „Das fällt dir erst jetzt auf? Wie dem auch sei. Ich ziehe mich nur noch schnell an, richte mich zurecht und komme dann."

Neela: „Sag doch bitte erscheinen."

Valli: „Ok. Wow. Seit wann bist du so verklemmt? Zwickt der Ehering? Von mir aus."

Neela: „Danke."

Valli: „Ich erscheine dann kommend."

Neela traute ihrem Gehörsinn nicht recht und sprach nun genervt: „Boah! Valentino! Reiß dich zusammen!"

Vorm Haus

„Na, ihr hübschen lieblichen Autos?!" Bald geht's los! Habt ihr denn alle noch im Bewusstsein, in was mein Mann und ich euch geschult haben? Ihr wisst schon, der Umgang im Urlaub", erkundete sich Priya nun bei ihren blechernen Freunden. „Ja. Haben wir. Hast du denn noch in Erinnerung, dass diese ‚Energie in Maschinen' Sache nichts mit Autodrom Mobilen zu tun hat? Oder müssen wir dich bald wieder von einer, ‚Priya kommt bald in die Klapsmühle' Situation befreien?", fragte unser karosserieller Lionel seine Teilbesitzerin zurück. „Nun wirklich, Misses Skimen. Nimm uns das nicht böse, aber du versuchst jedes Mal, in welchen Gegenständen auch immer diese Energie zu finden und glaubst weder uns noch Soulu noch deinen menschlichen Gefährten, dass dies nicht ganz so stimmt, wie du es dir wünscht", mischte sich Jason ein und hängte weiters an seinen Satz an: „Ich mein. Ich dachte immer, ich bin nicht der Hellste, aber du stellst dich auch manchmal etwas dümmlicher an, als du in Wahrheit bist." „Das nenne ich mal Selbsterkenntnis!", rief nun Konrad aus. „So, ihr frechen Arschgeigen! Langsam bin ich froh, dass ihr bald abgeholt und ins Flugzeug verladen werdet! Dann ist endlich mal Sendepause!", empörte sich Priya nun. Konrad blickte seine Ehefrau an und sprach, als würde er ihr ganz behutsam etwas Heikliges mitteilen wollen: „Naja. Also. Wenn man genau ist …" und dann wurde er unterbrochen von Lillijetta: „Genau genommen nicht. Da Soulu mit uns verbunden ist, wird man den Haufen Blechhirnis auch noch im Cockpit hören! Soweit wir wissen, bist du ja auch im Cockpit bei Konrad. Soll heißen, solltest du wirklich Ruhe von den Lustigen wollen, empfiehlt es sich in der Passagierkabine Platz zu nehmen. Wobei. Nicht mal da." Emilia ratterte vor Lachen. Unsere rote Suno Dame AS 404.6 hatte ein ganz bestimmtes Lachen. Es klang bei ihr eher wie ein Getriebeschaden. Dennoch bezauberte sie alle hinterher, nachdem Anfangs alle erschraken, weil sie zu Lachen begann. Immer noch lachend wollte sie ihr Öl dazu geben und meinte: „Aber ihr wisst auch, dass wir uns alle mit den Bildschirmen in der Fahrerkabine verknüpfen oder gar eine Life-Schaltung per Video durchführen können, oder?" Priya gefiel der Verlauf des Gespräches ganz und gar nicht, also sagte sie empörter als vorher: „Wenn ihr das macht, ihr gemeinen PKWS, dann spielt es was, sobald wir in Lorelia angekommen sind!"

Wem auch immer sei Dank, dieses Gespräch wurde von unserer Neela mit: „Kommt ihr dann bitte frühstücken? Es wird sonst alles kalt", unterbrochen.

„Ja. Ganz gleich, Schwiegertochter! Wir geben dem Fahrer nur noch die Schüssel und alles was er braucht, um diese frechen Plaudertaschen, die mich bald in den Wahnsinn treiben, zu verladen und dann kommen wir. Kann sich nur noch um Minuten handeln!", antwortete Priya der Gattin ihres Sohnes.

„Aber, dass wir dann auch mal Ruhe von der alten Schrulligen haben, sollten wir auch einmal mitbedenken", sprach Alfred nun mehr als nur hörbar aus. Der Blick, welchen er von Priya kassierte, war unbezahlbar, aber auch ziemlich tödlich, wenn diese wirklich töten könnten.

Szene 23
„Der Frühstückstisch"

Als sich endlich alle bei Tisch versammelt hatten, wurde auch schon los schnabuliert. „Mhm, lecker!" oder „Oh wow. Endlich mal wieder ein warmes, frisches Frühstück" konnte man bei Tisch vernehmen. Neela strahlte wieder bis über beide Ohren, da sie es liebte, ihren Mitmenschen eine Freude zu machen. Während sie ihr Brötchen mit Mayonnaise, Kaviar, Leberstreichwurst und Essiggürkchen verdrückte, blickte sie lächelnd durch das von der Sommersonne geflutete Esszimmer und genoss jeden Moment. Es erfüllte sie richtig und das obwohl gestern noch genau in diesem Raum Panik von statten ging. Plötzlich überkam sie diese unbändige Freude und sie gab ihrem Ehemann rechts von ihr einen dicken, fetten Kuss. James erwiderte diesen und fragte dann erfreut und perplex zeitgleich: „Oh. Mhm, wofür war der denn?" Sie grinste ihn überwältigt an und meinte: „Babe. Schau dir an, was wir alles haben. Wir haben so viel aufgebaut und erschaffen! Ich bin so derartig verliebt gerade. In dich. In unser Leben. Unsere Ehe. Unser Kind. Unsere Vergangenheit, Gegenwart und Zukunft. Ich fasse es kaum!" Unser James sah seine Jugendliebe an und strahlte mit ihr. Er sah sich ebenso um und dann wieder auf sie, doch etwas irritierte ihn, denn als er auf ihr belegtes Brötchen schaute, musste er doch nachhaken: „Schatz! Das ist ja unglaublich schön, wie du strahlst! Ich hoffe nur, wenn dein Essen im Magen ist, dass sich dieser Überdruss nicht in Übelkeit wandelt." „Was? Wieso? Ist doch voll lecker. Oh! Ich könnte mir noch ein hart gekochtes Ei drauflegen. Ja! Das mache ich", sprach sie. Aaron griff zu einem weichen Ei (einem, nicht seinem weichen Ei, liebe LeserInnen). „Shit", rief er aus. „Jetzt ist es mir hinuntergefallen. Tut mir leid, Herr und Frau Skimen. Ich wollte keinen Schmutz machen." „Oh nein", rief Neela. „Alles gut. Wirklich. Der Schmutz ist doch völlig egal.

Was viel trauriger ist, ist, dass du nicht bekommen hast, was du wolltest!", führte sie fort.

„Mom? Weinst du?", fragte der Sohn der Tamanna-Skimens. „Ja! Siehst du nicht wie traurig das ist? Da will jemand etwas gutes essen und Aaron hätte sich das so verdient und dann fliegt es ihm hinunter und es geht kaputt!", nun brach die Emotion völlig aus der Mutter von Lionel heraus. „Ach. Neela. Ist doch alles gut. Es gibt ja noch andere, die er haben kann. Also Eier. Also. Zum Essen versteht sich", versuchte der Vater von Aaron die Lage wieder zu beruhigen.

Konrad und Priya kam diese Situation mehr als bekannt vor und sie trösteten Neela, als sie sie vom Tisch weg baten, um mit ihr ein Wörtchen zu reden.

Szene 24
„Positiv"

Vor dem Haus

Der LKW, auf dem fast alle Autos nun verladen, aber noch nicht alle befestigt und gesichert waren, stand mit der Monteurin und Chauffeurin noch vor der Einfahrt der Saaggasse 48. Konrad und Priya stellten sich einstweilen vor ihre Schwiegertochter und die Befragung konnte auch schon losgehen.

Konrad: „Liebes? Hast du uns irgendwas zu sagen?"

Neela: „Nein? Was denn? Ach, doch!"

Priya: „Na, geht doch!"

Neela: „Ich würde dann ganz gerne noch durchgehen, welche der Autos nun mitkommen und welche wie lange bleiben und so weiter!"

Priya: „Kleines? Ist das alles, was du mit uns eventuell besprechen musst, kannst, sollst, darfst? Gibt's da nicht vielleicht etwas, das du vielleicht noch nicht mal deinem Dussel von Ehemann gesagt hast, was du gerne aussprechen möchtest?"

Neela: „Nicht wirklich. Außer, dass … [Neelas Stimme klang nun wieder etwas weinerlich] … Es brennt doch schon sehr auf der Seele und im Herzen, dass wir Emilia und Schwabbs immer noch nicht ganz bei uns haben. Ich liebe diese zwei so sehr und sie gehören doch zur Familie! Dass wir Fredi und Lillijetta abkaufen konnten, ist ja wirklich unglaublich toll. Aber ich will nicht, dass irgendeines, dieser süßen, kleinen, unschuldigen Puppeles glaubt, dass wir sie nicht alle gleich liebhaben. Wir haben alle gleich lieb. Ohne sie wäre unsere Welt so langweilig und leerer. Ich könnte nicht mehr ohne sie. Oh! Konrad, Priya, es tut so weh. Ich will nicht, dass sie glauben, dass wir sie nicht liebhaben!"

Skimen Senior sah seine Gattin verwundert, aber auch nicht wirklich überrascht an und versuchte es auf eine andere Art. Er nahm seine Schwiegertochter in den Arm und sagte mit seiner tiefen beruhigenden Stimme: „Liebes. Nun beruhig dich doch. Sie wissen alle, dass wir sie furchtbar liebhaben, auch wenn sie uns manchmal sehr auf die Nerven gehen, aber sie wissen, dass wir sie über alles lieben. Versprochen." Neela blickte wieder etwas lächelnd zu ihrem ein Meter zweiundneunzig großen Schwiegervater auf und fragte: „Soulu auch? Wir lieben Soulu auch! Alle. Egal ob Auto oder Flugzeug. Wir lieben sie auch!" Konrad grinste, da er es doch etwas süß fand, wie unbeholfen sie gerade wirkte und bestätigte ihr: „Ja. Natürlich. Auch unsere Soulu weiß, dass wir sie lieben. Genauso wie die anderen." Plötzlich änderte sich seine Stimme, von behutsam sanft zu etwas nachbohrender: „Also. In der wievielten Woche bist du?" „Schatz!", rief Priya und schnalzte ihrem Ehemann mit ihren Fingern leicht auf den Brustkorb. „Du hast es so gut gemacht und jetzt dieser Tonfall!", beschwerte sich seine Gattin. Neela stand mit offenem Mund und Kaviar zwischen den Zähnen vor ihren Schwiegereltern und fragte: „Ihr wisst es?"

„Für wie dumm, hältst du uns eigentlich?", fragte der Airline Chef berechtigt zurück. „Süße, ich bitte dich. Deine Kulinarik ist wirklich verwerflich und unter Frauen gesagt, du hast auch ein bisschen zugelegt Schätzele, und du heulst, weil jemanden das Frühstücksei heruntergefallen ist! Deine Stimmungsschwankungen, müssen wir nicht noch ausdrücklicher beschreiben, oder? Also. Ist doch schön, wenn wir nochmal Großeltern werden und Lio wird sich auch damit abfinden, ein Geschwisterchen zu bekommen. Weißt du denn schon, was es wird?!", brach es aus unserer Priya heraus. Neela staunte, aber fühlte sich dezent bedrängt und unter Druck: „Ich weiß noch gar nichts. Nicht einmal, ob ich denn schwanger bin. Denn wenn ich es bin, fühlt es sich diesmal irgendwie anders an als bei Lio! Die einzigen Schwangerschaftstests die nicht mal ich, sondern ihr durchgeführt habt, sind die Analysen, welche ich von Schwabbs gestern und euch gerade eben bekommen habe! Meint ihr denn, ich wäre schon so weit, dass man wüsste, was es wird? Oh. Ich glaub, dass wird mir gerade zu viel. Ich muss mich übergeben."

Konrad richtete sich auf, sah die zwei Damen an und war entschlossen zu handeln: „Na gut. Ich fahre noch schnell in die Apotheke, ein paar Schwangerschaftstests holen, auch wenn diese in Wahrheit nicht einmal mehr nötig sind. Wäre sinnvoller, sich das Geld zu sparen und gleich zum Gynäkologen zu fahren, um einen Ultraschall zu machen. Aber ich will *dir* dieses Erlebnis von einem positiven Schwangerschaftstest nicht nehmen und ehrlich gesagt will ich *mir* es nicht nehmen lassen ‚Ich hab's dir doch gesagt' zu sagen. Ach, und besser ich fahre, da es auffällig wäre, wenn ihr das gemeinsam machen würdet. Geht also schön rein und tut so als wäre nichts." „Geht klar, Kapitän Skimen!", sprach Neela immer noch etwas überfordert.

Szene 25
„Große Ladung"

Da sich all jene, die den Urlaub antraten bis auf Lionel, Schwabbsi und Goliath auf dem LKW der Marke „Ladies" befanden, konnte die Fahrt auch schon losgehen. Die Fahrerin, Fräulein Latita Rosenberg richtete sich noch schnell alles griffbereit, sodass der Fahrt zum Flughafen namens „Karem" befindlich im Stadtteil „Kardem" in „Partede" auch nichts mehr im Wege stehen konnte. Die Lastkraftwagenfahrerin Latita Rosenberg sang mit ihrem Radio mit, während sich unsere Räder besitzenden ProtagonistInnen unterhielten.

Emilia: „Meine Güte. Mir ist ja jetzt schon langweilig!"

Lillijetta: „Mir ehrlich gesagt auch. Warum können wir nicht selbstständig dorthin fahren? Dann müssten wir nicht mit Alfred, Jason und Dekja mit."

Alfred: „Danke, Schatz. Ich liebe dich auch."

Lillijetta: „Verdammt ja, ich dich doch auch, aber genau deswegen will ich mal wieder etwas getrennt fahren, damit dies auch so bleibt!"

„Ärger im Paradies?", fragte eine noch nicht bekannte Stimme auf der Frequenz.

Emilia: „Vielleicht, weil wir uns eben nicht mehr im Autoparadies von den Skimens befinden. Darf man fragen, wer diese überaus nette und sexy Stimme ist, die sich hier gerade in ein eigentliches Privatgespräch einmischt?"

„Oh. Danke vielmals und verzeiht, ich wollte mich nicht einmischen, aber auch mir ist manchmal etwas langweilig. Als LKW erlebt und sieht man viel, aber irgendwie ist es fast immer das Gleiche und nicht wirklich etwas Neues. Die meisten Autos, die auf meiner Ladefläche mitfahren sind auch sehr, sagen wir einmal fad. Die reden kaum und wenn sie reden, dann oft nur über Belangloses. Ihr klingt hingegen witzig, da überkam mich das Gefühl, es zumindest mal wieder versuchen zu müssen, mich einzubringen. Mein Name ist übrigens Sergio-Diego. LKW der Firma Ladies und meine treue, loyale Fahrerin und Besitzerin heißt Latita Rosenberg. Freut ihr euch schon auf den Flug? Ich werde dann verschifft nach Lorelia, damit ich euch auch wieder einsammeln kann. So wurde es mir mittgeteilt."

Emilia: „Mhm. Sergio-Diego. Der Name ist fast so sexy wie die Stimme. Ich könnte dir stundenlang zuhören. Ich heiße übrigens Emilia und ich bin single."

Nun war auf der Frequenz ein lautes Würgegeräusch zu hören, da nicht nur Lillijetta etwas genervt von Emilias Anbaggerungsversuchen war. „Das klappt doch eh nie", sagte unser Jason, Suno 179.

Sergio-Diego: „Oh. Danke. So viel Komplimente von so einer schön glänzenden roten Suno Dame. Was für ein erfreulicher Zufall. Ich bin ebenfalls single! Wäre die Dame abgeneigt, sich mit mir in Lorelia zu treffen? Es würde mich äußerst freuen, Emilia."

Dekja: „Als würde das funktionieren … Netter Versuch Sergio, aber Emilia ist nicht so leicht zu …" (Der Wolve wurde unterbrochen.)

Emilia: „Klar gerne. Sehr gern. Wann? Wieso warten bis Lorelia? Wir könnten uns dann bei einer Raststation vergnügen. Also. Ich meinte, unterhalten! Ach, und Dekja, du Pfosten. DU hast dir mal gar nicht anzumaßen, ob jemand leicht zu haben ist oder nicht. Frechheit. Soll ich dir wie meinen Bruder mal den Kopf waschen? Bei euch Männern ist es okay, dass ihr gleich jede aus Verzweiflung nehmt, oder wie?"

Dekja: „Ja. Nein. Du hast zum Teil Recht. Es ist unfair und anmaßend so zu urteilen. Ich nehme es zurück und entschuldige mich dafür. Aber jeden Mann gleich in den Topf zu werfen, ist auch nicht in Ordnung!"

Jason: „Und nur so nebenbei, Fräulein Autobaggerin, du hast dich gerade selbst in den Reifen gestochen, als du meintest, dass es bei Männern okay wäre, wenn sie gleich jede aus

Verzweiflung nehmen. Dann heißt das nämlich rückschlüssig, dass du unseren Sergio aus Verzweiflung nimmst und er ein Jeder ist."

Emilia: „Oh. Ja. Das. Upsi. Das tut mir leid. Ihr habt Recht. Nicht jeder Mann ist gleich und wir Frauen genauso wenig. Gleichberechtigung ist keine Einbahnstraße. Und … Sergio ist auch nicht jeder."

Lillijetta: „Wir haben uns jetzt alle wieder lieb und vertragen und tun bitte gemeinsam etwas gegen die Langeweile. Bitte. Danke!"

Alfred: „An was denkst du?"

Emilia: „Wie wäre es mit einem Rennen, Lilli?"

Jason: „Hier auf der Autobahn? Wie soll das denn gehen?"

Lillijetta: „Naja. Wir könnten ja unabsichtlich hinunterrollen."

Dekja: „Geht nicht. Wir sind gesichert."

Sergio: „Genau genommen …"

Plötzlich machte es, ein lautes Klick, dann Klack und dann ein Schnalzgeräusch. „Scheiße, was war das?", erschrak sich Emilia. „Meine Damen und Herren. Ich habe euch entsichert. Eure Reifen sind nun frei", gab Sergio bekannt. „Bist du irre?!", fragte Alfred ganz aufgeregt.

Sergio: „Ihr wolltet es doch so? Oder habe ich was falsch verstanden?"

Lillijetta: „Nein, hast du nicht. Aber wie sollen wir das erklären? Wir werden bestimmt erwischt! Auffälliger geht es doch nicht als ein paar PKWs, die gerade von der Ladefläche rollen und dann nach vorne losfahren! Ach, und wenn Latita dir treu und loyal ist, solltest du es auch sein, denn die könnte wegen uns ihren Job verlieren!"

Sergio-Diego: „Verdammt. Du hast Recht. Moment."

Doch es war zu spät. „Oh nein, wir rutschen. Sie hat zu stark gebremst", rief Emilia.

Und auf einmal ging die Fahrt rückwärts. Unser Sergio konnte nur noch mit seinen Rückspiegeln sowie der Rückfahrkamera beobachten, wie seine Freunde einen Abflug machten und einen warnenden Funkspruch an alle Autos und LKWs im Umkreis funken: **„Achtung. Achtung. Der Ladies Truck Sergio Diego hat eine große Ladung verloren."**

Szene 26
„Abgekommen"

„Ich hab's Leute!", funkte Emilia. „Wir benehmen uns einfach alle komisch und funkgestört, dann schieben wir es auf alle, Latita ist raus und die Menschen werden schon glauben, dass es in Autos einen kollektiven Schaden geben kann!"

Der Auto-Codex war spürbar wie schon seit Langem nicht. Alles was Räder besaß und sich als PKW, LKW oder Bus deklarieren ließ, agierte zusammenhaltend, um ihre Insassen zu schützen. Niemand und auch wirklich niemand, durfte nun einen der LenkerInnen oder BeifahrerInnen handeln lassen. Jedes Manöver von wegen Lenkrad verreißen, bremsen, aufs Gas treten durfte nur zugelassen werden, wenn die auf der Autobahn anwesenden blechernen Gefährten, dies als nicht gefährdend einstuften. Zog einer der LenkerInnen oder BeifahrerInnen nach rechts, obwohl sie nach links müssten, um auszuweichen, mussten unsere Gefährten diesen Vorgang blockieren und selbstständig fahren. Jeglicher Spurenassistent wurde ausgeschalten. Jegliche tote Winkel Warnungen wurden blockiert und der Warnblinker durfte nicht in Funktion genommen werden, außer die Autos, LKWs oder Busse nutzten diesen als Kommunikationsmittel. Die Frequenz wurde so gut wie ruhig und die Autos kommunizierten fast nur noch über ihre Lichter und Geräusche. Dieses Bild war furchtbar zum Ansehen, da jeder Einzelne wusste, seien das unsere Maschinen oder die Menschen, wenn jetzt auch nur einer einen Fehler machte, dann würde es zu einer Massenkarambolage kommen. Autos und ihre Insassen würden verletzt und vielleicht noch Schlimmeres. Es wäre dann also reines Glück, wenn sie alle mit nur einem Schock davonkämen. Unsere treuen und loyalen GefährtInnen, Dekja, Jason, Emilia, Lillijetta und Alfred waren zum ersten Mal in ihrem Leben ohne Lionel, den weisesten aller Bleche, in so einer brenzlichen Lage, aber das war nun auch egal geworden. Jetzt hieß es handeln und hoffen, dass sie die wichtigste Regel und somit die höchste Priorität des Auto-Codex so glimpflich wie nur möglich, präzise, fokussiert und erfolgreich absolvierten.

Die Autos schossen durch die Menge und die unbekannten Karosserien wichen ihnen aus. Auch unser Sergio funkte einen Plan durch. „Hört jetzt genau! Ich fahre so schnell und weit wie mir möglich nach vorne. Sobald ich eine Stelle finde, an der es auto- und menschenleer ist, bremse ich ein wenig ab und werfe meine Ladefläche ab! Ich bremse meine Fahrerin ab und fahr sie, so dicht wie es geht, an die Leitplanke heran und komme ins Stehen. Ihr warnt einstweilen die anderen, dass sie alle langsam vom Gas gehen sollen. Ihr Ladeprodukte fahrt zu der Ladefläche ran und tut so, als würde euch diese ins Stehen bringen! Die anderen haben dann genügend Zeit, um ihre Insassen langsam abzubremsen. Es wird einen verdammt langen Stau geben, aber zumindest keine Verletzten oder gar Tote! Also. Alles auf mein Kommando! Auf drei! Blinkt und hupt mir was, um mir zu zeigen, dass ihr es verstanden habt!"

Die millisekundenlang andauernde Bestätigung für unseren LKW war Gänsehaut bringend. Kollektiv hupten und leuchteten die Autos und LKWs. „Aus dem Weg da vorne! Der Ladies Sergio kommt! Klang schlimmer als gemeint! Aus dem Weg!", brummte der Truck.

Aus der Vogelperspektive konnte man nun beobachten, das alle vor ihm auf die Spur ganz Links fuhren. Während unser Diego mit knapp 333 km/h an ihnen vorbeiraste, hörte er die endgültig verwirrten Insassen durch offene und sogar geschlossene Scheiben schreien: „Was zur Hölle ist denn jetzt los?!" Lillijetta, Dekja, Jason, Alfred und Emilia manövrierten sich nun mit 240 km/h durch das Wirrwarr dieser Autobahn, als plötzlich ein tiefes, lautes, für Menschen hörbares Hupen ertönte. Gar die Vibration, trotz der massiven Reibung am Asphalt, spürte und hörte man noch durchdringend in jeglichem Gefährt.

Da war es! Ihr aller Zeichen!

„Ladies and Gentlemen, bitte alle langsam in die Bremse treten, bis auf meine Lastwagen-Ladungen!", rief Sergio auf der Autofrequenz. Niemand zögerte diesem Ruf nachzugehen. Alle Autos, außer seine eigentlich noch vor kurzem gesicherten und befestigten Autos, stiegen langsam auf die Bremse und unsere Tamanna-Skimen Gefährten stiegen aufs Gas, bis sie auf 360 km/h waren. „Ich kann nicht einmal so schnell!", rief es plötzlich verzweifelt aus Dekja. „Scheiße! Macht alle so weiter!", rief Jason, der mit Abstand der PS-Stärkste und vor allem der Lebensmüdeste von allen war. „Okay, Dekja, aufgepasst. Fahr auf den Pannenstreifen. Ich fahr dir jetzt in den Po", sagte Jason. „Du tust was, bitte?!", erschrak es Dekja. „Och wie süß! Du sagst sogar bitte. Dann mache ich es sogar halbwegs sanft und gerne", konnte sich Jason selbst in so einer Situation nicht verkneifen. „Was hast du bitte vor? Wir haben fast keine Zeit!", rief Dekja immer nervöser aus Angst, dass er derjenige sein könnte, an dem das ganze Manöver scheiterte.

Während unsere anderen nun ein Slalom-Racing absolvierten, indem sie einmal links und einmal rechts und manchmal doppelt links, an den anderen vorbei rasten, tat Dekja, der Muffensausen hatte, wie es ihm von Jason gesagt wurde. „Ich habe meinen Kofferraum voll, Jason. Ich tue was du sagst, aber mein Kofferraum ist voll!", gab er zu verstehen. „Oh, Hübscher. Ich komme jetzt und dann wirst du deinen Kofferraum von mir voll haben. Keine Sorge. Es wird ganz schnell gehen!", waren möglicherweise die letzten Worte von unserem Jason.

Szene 27
„Fehler"

Dekja fuhr am Pannenstreifen entlang und unser Jason fuhr den Slalom zu der Spur, an welcher sein Verwandter ihn erwartete. „Okay. Los geht's. Ich bremse kurz davor ein bisschen ab, dass ich nicht wortwörtlich in dir drinnen stecke und schiebe dich mit meiner Schnauze voran zur Ladefläche", gab er seinen Plan nochmal zu verstehen. Jason bremste und bumste Dekja kurz etwas an den Kofferraum, bis er seine ganzen PS zusammennahm und ihn mitanführte. „Scheiße, das hat funktioniert!", freute sich Dekja unverhofft. „Ja. Es hat funktioniert. Du springst jetzt gleich ein Stück nach vorne, dass wir uns alle zusammen parallel parken können, verstanden? Aber Leute. Nicht zu schön, sonst fällt es auf!", sprach Jason, der anscheinend doch eine Spur reifer geworden war.

Dann war es so weit. Die Autokolonne kam langsam zum Stehen und unsere Autos drifteten auf der Zielgerade in die Schräge, um Halt zu machen. Auf der Auto-Frequenz wurde es still und nur Lillijetta fragte: „Sind alle okay? Karosserien und Menschen? Blinken und hupen, wenn dem so ist."

Die Kolonie blitzte mit ihrer Lichten auf und hupten jeweils einmal. Niemand vermeldete einen Unfall oder ein Unglück. Kurz warteten unsere ProtagonistInnen ab, aber nichts. Es kam keine schlechte Nachricht. Plötzlich jubelten die Räder-Besitzenden auf ihrer Frequenz auf und jedes Auto meldete den Insassen einen **„Board-System-Fehler"**, welcher wie folgt lautete: **„Board-System-Fehler. Bitte schalten Sie den Autopiloten ab und übernehmen Sie ihr Fahrzeug. Dies kann passieren, wenn Sie Ihr Board-System nicht aktualisieren oder die Funkwellen durch andere Frequenzen oder Magnetismus gestört wurden. Wir bitten um Verständnis."** Als sich die Lage etwas beruhigte, stieg die LKW- Fahrerin Latita Rosenberg aus ihrem großen Gefährt und konnte kaum fassen, was sie gerade eben erlebt hatte. Sie ging um ihr Gefährt herum, drehte sich zu ihrer gerade noch auf der Ladefläche befindlichen Ladung, griff in ihre Hosentasche und sprach: „Okay. Eigentlich wollte ich aufhören zu rauchen, aber diese eine Zigarette muss jetzt sein."

Gesagt, getan. Sie stand ihrem eigentlich immer unauffälligem Truck gegenüber und sah ihn gezielt in seine riesigen Scheinwerfer, inhalierte tief und atmete wieder aus. Laut gab sie zu verstehen: „Also entweder werde ich verrückt oder du hast gerade etwas gemacht und dann wieder etwas gemacht, wovon ich bisher nur geträumt habe, Kollege. Ich informiere mal alle, die ich informieren muss und dann fahren wir mit der Ware, von der nur zwei einen Zusammenstoß erlitten haben, einfach weiter zum Flughafen. Ja. So machen wir das jetzt. Und falls ich richtig liege, mit dem was ich mir gerade denke und versuche in meinem verwirrten Kopf zu kombinieren, dann muss ich wohl Danke sagen. Danke Sergio-Diego, für deinen treuen, loyalen Dienst."

Emilia: „Wenn die bloß wüsste, wer dafür verantwortlich ist."

Lillijetta: „Ich sage es nur ungern, aber genau genommen, sind wir Mitschuld. Hätten wir uns nicht beschwert, dass uns langweilig ist, wäre er nicht auf diese waghalsige Idee gekommen."

Dekja: „Das stimmt. Danke, Jason und danke an alle, die diesen Notfallplan aufgestellt haben. Danke, dass ich überhaupt noch Danke sagen kann."

Es waren eindeutig ziemlich viele gemischte Emotionen bei allen beteiligten Vorhanden. Zu viele, um darüber nachzudenken, was sie denn den Tamanna-Skimens und den Skimens erzählen würden. Rausfinden würden die das gewiss, da es schon längst in allen Nachrichten, seien diese im Fernsehen, in den Zeitungen, auf Social-Media oder im Radio, gesendet oder geschrieben wurde.

Szene 28
„Bahnfreigabe"

Flughafen Karem

Während sich auf der Autobahn am Weg nach Kardem eine Situation abspielte, welche kein größerer Kontrast sein könnte zu dem, was sich in Lux abspielte, griff sich unsere Soulu, die Bangana BA 82, gedanklich auf den Kopf, als sie erfuhr, was mit einem Teil ihrer baldigen Fluggäste passierte. „Um Sunos Willen. Ich weiß ja, dass die durchgeknallt sind, aber irgendwie schaffen sie es, sich selbst immer wieder zu toppen. Bin ja gespannt, ob mein Kapitän flugtüchtig ist. Ich bin es zumindest. Ich wurde gecheckt, betankt, innen und außen gesäubert und warte brav auf meinem Parkplatz. Bei dem dichten Sommerflugverkehr ist es kaum möglich, ein Gespräch mit irgendeiner Maschine anzufangen. Entweder warten die nur kurz oder sie werden selbst geputzt und betankt, oder man muss fast Treibstoff erbrechen, weil jemandens Toilette abgesaugt wird. Langweilig ist es schon. Anscheinend so langweilig, dass ich mit mir selbst rede. Gestern war schon anstrengend, wie wird es dann heute? Gestern war es ein bloßes Eifersuchtsdrama, heute spielen die verrückt, die ich bis jetzt eigentlich für normal hielt. Oder zumindest normaler als den Rest. Oh, wie ich dem Radio entnehme, haben sie es geschafft, meine Leute wieder auf den LKW zu verladen und zu sichern. Das heißt, sie müssen bald am Weg sein. Ich frage mich nur langsam, wo denn mein Kapitän bleibt. Entweder steckten sie im selben Stau, der sich nun lösen sollte, oder sie haben eine Bundesstraßenroute genommen."

Als Soulu so vor sich her brabbelte, bekam sie eine Funknachricht über Ecken, in welcher ihr mitgeteilt wurde, dass Lionel, Schwabbs und Goliath sich jetzt erst, also bald, auf den Weg machen würden.

151

„Na endlich", schnaufte sie. „Dann wird das wohl nicht mehr allzu lange dauern."

Saaggasse 48

„Warte Neela, ich nehme dir deinen Koffer ab", sprach Valentino, worauf sie aber nur antwortete: „Nein. Glaub mir, mit dem bin ich verheiratet. Ich ertrage ihn lieber selbst!" „Warum so bissig?", fragte sie der Psychologe in seinem wohl verdienten Urlaub. „Ich? Bissig? Was willst du eigentlich? Meinen Mann bloßstellen, indem du mir meinen Koffer abnimmst? Damit er sich wieder schwach und minderwertig fühlt, und mit dir in einen Konkurrenzkampf geht, den es in Wahrheit nicht einmal gibt?", flüsterte die möglicherweise schwangere Mutter. „Wie bitte? Welche Bloßstellung? Jetzt komm mal klar! Ich wollte dir deinen Koffer nur abnehmen, weil ich sehen kann, dass dein Mann, welcher keinen Grund hat, Minderwertigkeitskomplexe zu haben, deinem Schwiegervater hilft, die Autos zu beladen!", feuerte der Vater von Aaron nun zurück. „Oh. Ja, dann, wenn du immer noch so nett wärst, wäre es wirklich lieb, wenn du mir meinen Koffer zumindest die Treppe hinuntertragen würdest. Ich bin zwar nur schwanger, aber kein Pflegefall. Also das Rollen bis zum Auto würde ich somit auch selbst, ohne fremde Hilfe schaffen", äußerte sich Neela nun mit einem sanfterem Tonfall. Valentino sah seine beste Freundin an und zog seine linke Augenbraue hoch, als er den Koffer aus ihrer Hand nahm. Er musste schlucken, aber sein Gesicht verzog sich kein Stückweit. Als wäre seine linke Augenbraue dort steckengeblieben, wo sie vor dem Schlucken auch war. „Du bist, was?!", fragte er sie. Neela riss ihre Augen auf und schluckte nun selbst. Sie setzten ihre Konversation im gepressten flüsternd–schreienden Ton fort.

Valentino: „Um, zu schlucken, ist es jetzt zu spät!"

Neela: „Aber ich dachte, du weißt es!"

Valentino: „Woher soll ich das denn jetzt bitte wissen? Schatz! Ich bin Psychologe. PSYCHOLOGE – KEIN HELLSEHER!"

Neela: „Ach was! Wenn du Hellseher wärst, wäre uns aber mehr geholfen. Wir schreien uns gerade in einem flüsternden Ton an! Das wäre nie passiert, wenn du hellsehen könntest, denn das ist AUFFÄLLIG! Verdammt! Valli! DU HAST DOCH GESTERN VOR MEINEM EHEMANN GEFRAGT, OB ICH ES IHM SCHON GESAGT HABE! WAS HAST DU DENN DAMIT GEMEINT?!"

Valentino: „Ich habe damit gemeint, ob du ihm gesagt hast, dass wir einmal zusammen waren!"

Neela: „UND DAS FRAGST DU BEI TISCH? VOR MEINEM EHEMANN?! BIST DU DES WAHNSINNS, VALENTINO! WOHER HAST DU DEINE PSYCHO-LOGIE AUSBILDUNG DENN HER?! AUS DEM KAU-GUMMI AUTOMATEN?"

Aaron und Lionel räusperten sich laut und gekünstelt.

Lionel: „Kann man euch helfen?"

Neela: „Ja, Aaron geh mal zur Seite, ich muss da ins Bad. Mir ist übel."

Die immer wahrscheinlichere Schwangere lief ins Bade-zimmer und es verblieben nur noch Aaron und Lionel mit dem leider nicht Hellseher.

Aaron: „Dad? Was war das jetzt? Wieso muss sie wegen dir kotzen?"

Valentino: „Nicht wegen mir. Eher wegen ihrem Mann."

Lionel: „Bitte?"

Valentino: „Nein. Nicht so. Mensch, ich kann mich grad nicht gut ausdrücken. Eure Mutter wird da jetzt noch ein we-nig im Bad bleiben, so wie es aussieht. Lasst uns die Sachen in den Autos verstauen."

Lionel: „WAS? UNSERE MUTTER?"

Valentino: „ZUM SUNO NOCHMAL! Nicht eure Mut-ter. Seine. Nicht seine, deine. Herrgott nochmal. Ihr wisst wer von wem ist, also Abmarsch jetzt. Wir müssen los!"

Die Teenager halfen mit, die restlichen Sachen zu verstauen. Valentino lehnte für eine kurze Pause an seinem Schwabbsi. Zu seiner Pause gönnte sich der Mann eine Zigarette, aber die Ruherechnung hatte er ohne unseren James Cornelius gemacht, denn dieser sah in seine Richtung und pfiff einmal laut.

James: „Na, wo ist meine Frau?"

Herr Eis: „Im Badezimmer im zweiten Geschoß. Sie muss sich übergeben."

Jay: „Wegen dir?"

Teenie Lio: „Dad, wir haben drinnen noch etwas vergessen. Wird ein bisschen dauern. Gebt uns zehn Minuten, bitte."

Die Jungs gingen in das Haus und Mr. Eis, oder wie James ihn nennen würde, Mr. Perfect, schaute ihn mit grantigem Blick an.

Konrad: „Sohnemann. Ich gebe dir jetzt einen Ratschlag, bevor er dir das Gleiche ohne das Wort Rat davor tut. Dieser Mann wirkt so, als wäre er an seiner nervlichen Grenze angekommen. Ich würde jetzt nicht auch noch stänkern."

James: „Wer hat dir denn in dein Haargel gespuckt?"

Konrad: „Okay. Du willst auf dich allein gestellt sein, dann bitte."

Valentino: „Lass es. Ich rate dir, lass es."

James: „Weiß Herr Psychologe nicht mehr, wie man ruhig bleibt?! Doch nicht so perfekt, hä?"

Konrad: „Valentino hat seit gefühlt drei Kommentaren nicht mehr geblinzelt. Seine Augen wurden größer und seine Halsschlagader springt schon fast aus seinem Hals! Junge! LASS ES!"

Priya: „Ich gehe mal nach Neela schauen."

Obwohl der Wind, welchen Priya mit ihrer Bewegung erzeugte, knapp an Valentinos Augen vorbeizog und das eigentlich ein Blinzeln hervorrufen sollte, tat er es dennoch nicht.

James: „Du solltest zum Arzt. Vielleicht suchst du dir eine Supervision."

Dann geschah es. Herr Eis riss die Autotür auf, dämpfte seine Zigarette im Aschenbecher aus, drehte sich zu James zurück, schmiss die Autotür wieder zu und stampfte zielgerade auf ihn los.

James: „Oh, oh. Daaaaad!"

Konrad: „Ich kann grad leider nicht. Ich muss meinem Sohn dabei zusehen, dass er es auf die harte Tour lernt.

Der Psychologe, wohl gemerkt außerhalb seines Dienstes, war an seinem Ziel, welches da James war, der sich vor Schockstarre nicht mehr bewegen konnte, angekommen. Diesmal packte Herr Valentino Jay Con am Kragen und stand Millimeter nah vor unserem 175 großem Autoparadies-Zweitbesitzer, als er mit scharfem Ton durch seine Zähne sprach: „Jetzt hör mir mal zu, du kleiner Idiot. Gestern fasst du mich vor unseren Kindern und den Damen an und demütigst mich! Ich warte hingegen darauf, dass alle den Duellplatz verlassen! Dass dein Vater dir jetzt nicht aus der Patsche hilft, obwohl er nicht einmal drei Meter von dir weg steht, sollte dir ebenso zu denken geben! Ob ich eifersüchtig bin, weil du diese Frau hast oder nicht? Zumindest bleibe ich normal und unterstütze sie. Ich bin der, der ihr zuhört, bei dem sie sich ausweinen kann und der sie zum Strahlen bringt. Eine Frau besitzt man nicht, aber du kleiner, frecher Arsch kannst froh sein, dass sie mit dir freiwillig, obwohl ihr bester Freund alles übernimmt, was du eigentlich als ihr Ehemann zustande bringen solltest, Zeit verbringt und zu dir zurück ins Bett kommt. Wäre es damals anders ausgegangen, dann wärst du heute in meiner Position. Wobei. Nein. Wärst du nicht, denn DU hast nicht mal so viel Sozialkenntnisse, dass du eine Situation oder einen Zustand bei deiner Frau bemerkst, den du sogar schon kennst und miterlebt hast. Vielleicht solltest DU dann einen Psychoanalytiker auf Supervision kennenlernen, damit er nicht nach der ersten Sitzung ein Burnout bekommt und DU die Chance hast, dich irgendwann einmal besser mit MENSCHEN auszukennen als mit deinen vierrädrigen Freunden! Das, mein Lieber sich wie dreizehn benehmender Freund, war nur meine berufliche Meinung. Die private Meinung ist, dass du es dir nicht einmal verdient hast, dich den nochmal werdenden Vater ihres ungeborenen Kindes zu nennen! Kapiert?! Ja. Jetzt kannst du noch so hilflos und erschrocken schauen. Das interessiert mich nicht. Ich bin außer Dienst und werde mir einen wunderschönen Urlaub mit meinem Sohn und meiner besten Freundin machen. Soll ich dir noch etwas sagen? Es ist erbärmlich, dass man einen Konkurrenzkampf führt, den es nicht mal gibt, und dabei ist, seine Frau zu verlieren und das aufgrund bloßen Versagens, anstatt eine wirkliche Konkurrenz zu haben, die es dir eventuell schwer machen könnte! Jetzt reiß dich zusammen, heul dich ja nicht bei ihr und schon gar nicht bei unseren Kindern aus und vermassle es nicht, denn sonst bist du allein daran schuld, dass sie dich verlässt! Dann brauchst du dich wirklich nicht wundern, wenn sie eine andere Person bevorzugt, die sie sieht, anerkennt und für sie da ist."

Unser Valentino ließ von unserem Jay ab und zog von dannen. Das Einzige, was man noch von Jay hörte, war ein lautes Schlucken und die Frage an seinen Dad: „Wieso hast du mir nicht geholfen? Wusstest du, dass er mich nicht schlagen wird?"

Der Airline Chef erwiderte: „Ich habe geahnt, dass er es nicht tun wird. Zugelassen habe ich es aber, weil es nötig war. Das musstest du mal von wem anderen hören. Nicht von mir, deiner Mom und anscheinend auch nicht von deiner Frau oder deinem Sohn. Wir reden seit Monaten immer wieder mit dir. Sogar die Karosserien mischen sich ein, obwohl sie bei sowas bis damals, noch eher zurückhaltender waren. Ganz ehrlich, mein Sohn, vielleicht trägt es ja Früchte, jetzt, wo du es von einem für dich Fremden gehört hast."

Auch wenn man bei Jay allein von seinem Blicken her nie wusste, was genau gefruchtet hatte, sah man ihm an, dass etwas gefruchtet haben muss. Dem entgeistertem, eher traurigen, einsichtigen Blick nach zu urteilen, dürfte etwas Wesentliches, in seinem Kopf hängen geblieben sein.

Szene 29
„Ready for departure"

Immer noch auf der gleichen Stelle stehend, sah Jay die verbleibenden Minuten ins Nichts. Konrad stand mit den Ellenbogen an Lionels Autodach angelehnt da und sah dabei zu, wie es in James arbeitete. Unser James bemerkte nicht einmal, dass ihm nun schon die zwei Teenager, seine Mutter und Ehefrau ansahen, bis seine Jugendliebe etwas zu ihm sagte: „Schatz?" Es riss ihn aus dem vor seinem inneren Auge ablaufenden Film, der ihn durch alle Gezeiten seines Lebens schleuderte, zurück in die Gegenwart: „Ja!" Auch wenn er nun wieder geistig da zu sein schien, war sein Blick immer noch starr. „Baby? Kommst du jetzt? Wir müssen los", sprach Neela zu ihrem Gatten und stellte sich auf die Zehnspitzen, um ihm einen Kuss auf den Mund zu geben. Die eine Hand hatte sie in der Handtaschenschlinge, die andere griff zärtlich auf ihren Unterbauch. Sogar unser James Cornelius Skimen nahm dies nun zum ersten Mal wahr. Er nahm sie zum ersten Mal seit langer Zeit wieder wahr. Er verstand seit langer Zeit wieder einmal, was für ein Glück er mit dieser Frau eigentlich hatte und seine Reaktion auf diesen Gedankenschluss ließ nicht lange auf sich warten. Er ergriff mit beiden Händen die Wangen seiner Frau, sah ihr mit seinem starren, offenem Blick tief in ihre dunkelbraunen, fast schwarzen Augen und küsste sie inbrünstig. Zuerst zärtlich und dann immer intensiver. Sie erwiderte und ließ ihre Tasche fallen, doch plötzlich drehte sie ihren Kopf weg, hielt sich die Hand vor den Mund und rülpste enorm laut. „Oh Gott, es tut mir leid!", rief sie und übergab sich auf dem vorderen Teil des Gartenanwesens der Villa Skimen. „Babe. Es tut mir leid. Ich habe eine kleine Magenverstimmung", sagte sie nicht wissend, dass er ihr kleines Geheimnis schon erfahren hatte. Es zog sich in ihm zusammen und bedrückte ihn genauso, wie es zeitgleich in seinem Brustkorb stach. „So weit ist es also gekommen. So weit habe ich es kommen lassen, dass sie mir eine Magenverstimmung vormacht, anstatt mit mir zu reden? Das wäre früher niemals passiert! Was ist aus mir geworden und warum lasse ich das an ihr aus? Ja. Ich habe es verstanden. Es gibt viele Gründe, weshalb sie mir nicht sagt, dass wir ein Kind erwarten. Dennoch hoffe ich, dass der Grund, dass sie wohlmöglich kein weiteres Kind haben will, nicht mit dabei ist", dachte sich der, wenn es um Maschinen und deren Gefühle ging, als Profi zu Bezeichnende.

Konrad: „Meine Frau und ich nehmen dann Suno 208, Goliath. Wir steigen schon mal ein. Beeilt euch langsam. Soulu wartet schon. Der wurde vor einer Stunde mitgeteilt, dass wir bald schon am Weg seien."

Jay: „Neela, ich glaube, ich sollte mal wieder mit Lionel reden. Intensiv und dringlich."

Neela: „Okay, dann … also, ich kann … dann fahr ich woanders mit."

In der Annahme, dass seine Frau damit seine Eltern meinen würde, nickte er schweren Herzens und sagte: „Okay. Aber ich könnte das auch erst in Lorelia machen."

Neela: „Ist schon okay. Mach das jetzt, dann hast du vielleicht, auch die Chance auf einen schönen Urlaub und wir somit auch. Dein Glück und deine Seele sind mir eben wichtig. Fahr vorsichtig oder lass am besten Lionel fahren. Passt auch euch auf."

Neela beugte sich zu Lionel und gab ihm einen Kuss auf die Motorhaube, stand wieder auf und küsste ihren Gatten nochmal und rief: „Valentino?"

Valentino, der gerade den Proviant in Schwabbs verstaute, fragte: „Ja? Was gibt's?" „Könnte ich mit meinem Jungen bei euch mitfahren?", erkundigte sie sich. „Natürlich! Steig ein!", entgegnete er ihr. „Mom? Wir wollten bei den Großeltern mitfahren. Ist das okay?", wollte Menschenjunges Lio nun wissen. „Uhm, wenn es für Aarons Vater okay ist, dann klar. Wieso denn auch nicht?"

James traute seinen Ohren nicht und rief: „Dad! Wartet noch. Die Teenager fahren vielleicht mit euch mit!" Aaron blickte seinen Vater bis über beide Ohren grinsend an und hoffte auf ein Ja von ihm. Lange dauerte es nicht und auch Herr Eis willigte ein, seinen Sohn im Auto der Senior Skimens mitfahren zu lassen. Die Teenager freuten sich beide, nahmen ihre Taschen aus dem Auto und verstauten diese und sich selbst in unserem Goliath.

James beobachtete die Kinder, als sie in den Suno 208 stiegen und seine Frau, die ihre Taschen aus Lionel nahm, welche sie in Schwabbsi verstaute. Ebenso sah er, wie sein neuer Erzfeind, der ihm mit seinem Ausbruch sogar half, seiner Frau die Beifahrertüre aufhielt und diese schloss, als sie eingestiegen war. Jay flüsterte: „Nein. Was habe ich getan?" Unser mechanischer Lionel schloss seine Fahrertür sanft auf und signalisierte seinen Kumpanen, dass es nun Zeit wurde, aufzubrechen.

Herr Eis reihte sich hinter Lionel ein, James brach weinend über dem Lenkrad zusammen und Konrad kurbelte sein Fenster hinunter und sprach: **„Ready for departure."**

Schwabbsi, Lionel und Goliath gaben die Lichthupe und fuhren gemeinsam von dannen.

Szene 30
„Checklist"

Für unseren James Cornelius fühlte es sich wie früher an, nur
unter anderen Umständen. Seine von ihm damals so genannte
alte Burgfestung fuhr, während er in seine Stoffsitze und auf
sein Lenkrad weinen durfte. Gepresst in seinen Sitz, allein und
ohne die, die er eigentlich – menschlich gesehen – bräuchte. Der einzige Unterschied zu damals, als er noch klein aber
genauso unbeholfen und hilflos war, war, dass er nun schon
lange wusste, dass ihm *sein* bester Freund wirklich zuhören
konnte und dies auch tat. Egal wie schwer es wurde. Egal wie
hart und ausweglos. Egal wie er sich benahm. Lionel war stets
eine Konstante. Sein bester Freund. Sein engster Vertrauter
und sein Rückzugsort. Sein sicherer Hafen, an dem er, was
auch immer gerade passierte, er selbst sein konnte und einfach existierte.

„Ich habe es so vergeigt, Lionel. Ich habe es so schlimm
verbockt! Es tut so weh, mein Freund. Es brennt höllisch!
Wie konnte ich dem einzigen Menschen, der stets für mich
da war, mich nahm, wie ich bin, und das von Anfang an, so
das Herz brechen? So hintergehen, nein, schlimmer noch. Sie
so ignorieren, dass sie mir jetzt nicht einmal mehr anvertraut,
was uns beide betrifft. Sie sagt mir weder, dass sie schwanger
noch dass sie unglücklich ist. Sie ist verletzt und hält sich und
ihre Probleme für weniger relevant als mich! Wie habe ich das
geschafft? Wie? Ich weiß wie, aber wieso und wie kann ich das
wieder gut machen?", brach es aus unserem Jay heraus. Lionel
schaltete seine für Menschen hörbare Frequenz auf die Fahrerkabine um und sprach: „Sohn. Es ist schwer. Ich weiß, aber
jetzt atme mal durch. Ich öffne dir das Fenster, okay? So. Es
ist leicht offen. Vielleicht hilft dir das. Du hast Mist gebaut. Ja.
Man kann auch nichts mehr wiedergutmachen, aber Burschi,
man kann es besser machen. Wir Bleche wissen, dass wir dir

wichtig sind, aber du musst Prioritäten setzen. Wir sind nur Maschinen. Ihr Menschen müsst miteinander klarkommen. Mit und ohne uns. Seid lieb zueinander. Das einer mal mehr als der andere gibt oder situationsbedingt, mehr geben muss als der andere, das ist normal! Aber dann darf man sich nicht darauf ausruhen. Irgendwann muss man sich entscheiden. Lässt man die Niederlage gewinnen oder rappelt man sich auf und versucht alles zu geben? Alles was in seiner Macht steht. Wie groß diese Macht ist, sei dahingestellt. Wenn dich der Mensch wirklich liebt und das tut sie, sonst hätte sie zum Schluss nicht das gesagt, was sie sagte, dann wird dieser Mensch weiterhin den Weg mit dir gehen. Auf welche Art? Das kann ich dir nicht sagen, aber unsere Neela ist keine, die jene Wegwerf-gesellschaft beim Menschen hat ankommen lassen! Sie liebt dich bedingungslos, aber bedingungslose Liebe darf niemals, egal weshalb, zu einem Freibrief werden!"

„Glaubst du denn, dass sie als meine beste, menschliche Freundin anstatt als Ehefrau auf meinen Wegen bleiben wür-de? Ich muss mich auf alles vorbereiten, oder?", fragte er sei-nen mechanischen Weggefährten. „Ich wünsche dir, dass sie bleibt, aber das liegt eben nun an dir. Aber ja, wenn du diese Fragen ernsthaft beantwortet haben möchtest, dann muss ich dir noch einmal ausdrücklich sagen, dass du dich wirklich auf alles vorbereiten solltest. Kein Mensch ist selbstverständlich und Worte sowie auch Taten hinterlassen Spuren", erläuter-te ihm sein weises, altes Blech. „Kannst du machen, dass wir hören, was die reden?", fragte Jay Lio.

Lio: „Tu dir das nicht an."

Jay: „Wie jetzt? Wieso tu dir das nicht an? Hörst du sie denn etwa?"

Lio: „Wir alle hören euch alle. Wir müssen uns auf Notfälle wappnen. Hören aber nur passiv zu und filtern das Wichtige."

Jay: „Lio! Bitte! Ich flehe dich an."

Lio überlegte kurz, aber blieb standhaft: „Nein! Reiß dich jetzt zusammen."

Jay: „Aber was ist, wenn er gut zu ihr ist. Guter als ich?!"

Lio: „Okay, deinen Geisteszustand miteinberechnet, lasse ich diesen furchtbaren grammatikalischen Fehlerelefanten im Raum stehen, füge aber dennoch etwas hinzu. Geht's noch? Erstens dürfen auch andere Menschen zu verheirateten Personen gut sein! Zweitens, DU WARST ES DOCH SELBST EINMAL!"

Jay: „Stimmt! Ich war mal der Guterere!"

Lio: „Sag mal, willst du zu Fuß gehen?"

Jay: „Ja. NEIN! Nein, will ich nicht. Du hast recht. Ich war auch mal so. Immerhin hat sie sich in mich verliebt, als ich noch der Guterere war."

Lio: „Letzte Warnung. Reiß dich zusammen!"

Jay: „Ja, doch! Mache ich schon. Auf was ich hinaus will ist, sie hat sich schon zweimal in mich verliebt. Einmal, als ich noch jung und knackig …"

Lio (unterbrach): „Du meinst wohl eher dumm und tapsig!"

Jay: „Kaum heule ich nicht mehr, bist du ein Arsch! Hör zu jetzt! Als ich fast drei Jahre älter als unser Sohn war, hat sie sich in mich verliebt. Dann wollte sie die Welt erkunden, anscheinend auch im sexuellen Bereich, aber sie kam zu mir zurück und wir verliebten uns noch einmal! Also wenn ich wieder so werde wie früher und die Reife mitnehme, dann muss es doch passen! Außer, … Ja, außer diese Spuren, die du erwähnt hast und so … dann wird das wohl nichts mehr. Zumindest nicht mehr als verheiratetes Paar oder Pärchen im Generellen."

Lio: „Jetzt hast du es. Genau das versuchten wir dir alle, sogar Mr. Perfect, zu erklären!"

Jay: „Was ist, wenn es zu spät ist?"

Lio: „Dann rette das, was noch zu retten ist. Ob es zu spät ist oder nicht, wirst du nicht erfahren, wenn du noch länger wartest."

Jay: „Lionel. Ich danke dir. Ich könnte dir einen Kuss geben, aber ich habe Angst, mir meine Zähne bei der nächsten Bodenschwelle an deinem Lenkrad auszubeißen."

Im sich im Konvoi ganz zum Schluss befindenden Suno AS 404

Im Gegensatz zu der redseligen Stimmung im Suno A82 war es in unserem Schwabbsi schweigsam. Bis gerade eben zumindest.

Valentino: „Möchtest du Pause machen? Ist dir übel? Möchtest du etwas trinken oder essen? Ich kann auch rechts ranfahren. Musst du Pipi?"

Neela: „Danke, du bist süß. Du hast ja eine richtige Checklist. Nein, mir fehlt nichts." *[So eine Antwort ist auch ein Mitgrund, wieso Lionel nicht wollte, dass James dieses Gespräch mitanhörte. Andererseits wollte er seiner Neela auch nicht in den Rücken fallen. Unser Lionel muss, soweit es ihm möglich ist, laut Autocodex unparteiisch sein. Viele Autos halten sich daran, aber nicht alle schaffen es.]*

Valli: „Du findest mich süß?"

Neela: „Lass den Unsinn. Darf ich Musik einschalten und singen?"

Valli: „Klar. Aber du kannst, wenn du das möchtest, auch mit mir singen. Haben wir schon lange nicht mehr."

Neela: „Okay. Ich habe es mir anders überlegt. Ich fand das Schweigen auch gut."

Valli: „Wenn du meinst."

Neela: „Dein Ernst? Du willst nur, dass ich für dich oder mit dir singe, aber ein Gespräch willst du nicht?"

Valentino sah Neela fassungs- und sprachlos an und blieb aber lieber beim Schweigen, da es sowieso keinen Sinn gehabt hätte, dieses Gespräch nun fortzuführen. Vielleicht hätte Lionel, doch die Frequenz umstellen sollen, sodass Jay es mithören konnte, denn dieser Verlauf des kurz und knapp gehaltenen Gespräches hätte ihm mit Sicherheit gefallen.

„Niemals!", riefen die Teenager erstaunt und grinsend aus. „Doch! Das ist wirklich wahr!", unterstrich Konrad verbal seine getätigte Aussage. „Und Dad weiß nichts davon? Rein gar nichts?", fragte Lionel seine Großeltern. Oma Priya antwortete: „Eigentlich weiß es dein Vater schon, aber er hat ihr nicht richtig zugehört und es offensichtlich schon vergessen."

Teenie Lio: „Ist ja irre! Kein Wunder, dass mein Vater deinem Vater fast auf die Fresse schlagen wollte!"

Aaron: „Abgesehen davon, dass ich natürlich nicht wollen würde, dass meinem Dad etwas passiert, muss ich schon zugeben, er kann schon ein Arsch sein. Ich habe auch irgendwie das Gefühl, dass das Feuer noch nicht richtig erloschen ist zwischen denen, oder?"

T-Lio: „Fände ich irgendwie nicht so cool. Andererseits will ich, dass meine Eltern glücklich sind. Mit wem das dann ist, ist leider eine andere Sache. Ich meine, es gäbe definitiv schlimmere als deinen Vater, aber irgendwie würde es dann zwischen … also …"

Aaron: „Ja! Du hast recht, zwischen deinem Vater, meinem Vater und deiner Mom würde es wirklich merkwürdig."

T-Lio: „Solange sie sich nicht schon wieder prügeln wollen …"

Priya: „Eure Ansprüche sinken aber auch sehr schnell, oder?"

Konrad: „Naja, nach dem, was die zwei sich Gestern geleistet haben, ist das auch kein Wunder. Die Ansprüche steigen sicher wieder."

„Wow", rief es wieder zeitgleich aus den Teenagern. „Ja, das ist der Flughafen von **Kardem**. Als euer heutiger Kapitän darf ich euch herzlich willkommen heißen am Flughafen **Karem/Partede**. Seht ihr diese unglaublich schöne, in regenbogenfarben verzierte Jumbo-Jet Maschine?", sagte und fragte der Großvater seinen Enkel und dessen Freund ganz stolz. „Darf ich vorstellen? Das ist meine Soulu! Der schönste

Jumbo-Jet, seitdem es Jumbo-Jets gibt. Machen euch die vier riesigen Turbinen eigentlich auch so an wie mich?", brach es aus ihm heraus. Lio blickte seinen Großvater an und meinte: „Ähm. Opa. Ich kenne Soulu schon …"

„Meine Güte, Lionel! Lass es deinen Großvater doch etwas epischer darstellen, als es ist. So habe ich deine Großmutter auch dazu gebracht, ihr Leben mit mir zu verbringen", maulte der Airline Chef. Konrad setzte den Blinker und bog Richtung Personalgarage beim Flughafen ein. Die anderen folgten ihm sich immer noch im Konvoi befindend. Als sie alle geparkt waren, steckte Konrad den Sunos Schwabbs und Lionel ein Kärtchen zwischen Scheibenwischer und Windschutzscheibe. Dieses Kärtchen war eine VIP-Parking-Card, damit sie dort stehen konnten, bis sie abgeholt wurden für den Transport nach Lorelia. „Sind alle da?", fragte der heutige Kapitän seine Mitfliegenden. „Okay. Also alle da. Super. Dann, mir nach!", forderte er nun auf.

Die Teenager waren sichtlich aufgeregt, James motivierter, Valentino und Neela immer noch schweigsam und Priya freute sich schon sehr auf die Landung, da ihre Flugangst enorm war. Sie liebte Flugzeuge, aber sie wurde aus diesem Grund Fluglotsin. Somit sah sie die Maschinen zwar, aber sie kam ihnen wiederrum, für ihren Geschmack genau richtig, nicht zu nah.

Konrad entschuldigte sich kurz und zog sich seine Uniform an, was seine Ehefrau unübersehbar wieder etwas mehr motivierte, in dieses Flugzeug einzusteigen. „Igitt. Oma. Habt ihr denn noch Sex?", fragte sie ihr Enkelsohn. Seine Großmutter sah ihren Enkel an und begann zu reden: „Also, wenn es dich so anekeln würde, dann würdest du doch nicht so fragen. Wenn du es genau wissen willst, dein Großvater und ich haben noch ausgesprochen viel und guten Sex. Weißt du, dein Opa, wenn er Liebe machen will, dann verwandelt er sich in ein wildes Tie–" „MOM!", rief James nun aus und setzte fort mit: „Hör auf damit. Der Junge will doch keine Details! Niemand hier will Details!" „Ihr seid so verklemmt", sprach unsere Priya, während sie die Augen verdrehte: „Na gut. Dann kurzgefasst. Ja. Auch ältere Menschen wie wir haben noch Geschlechtverkehr!" Aaron drehte sich zu Lio und flüsterte ihm „Ja, genau. Das nennt man dann Greisverkehr!" ins Ohr.

Der „alte Mann" von der „alten Frau" lächelte sie verliebt wie eh und je an, ging zu ihr, reichte ihr seine Hand, zog sie an sich ran, brachte sie in Schräglage und küsste sie. In diesem Moment war auch zwischen Valentino und Neela ein kleiner Moment entstanden, in dem sie beide das immer noch verliebte Pärchen ansahen und dann sich gegenseitig. Auch Valli musste jetzt grinsen und Neela angestiftet von seinem Lachen ebenso.

„Irgendwie ist es ja doch schön, wenn man sich so lange schon kennt und immer noch liebt, als wäre es der erste Tag", meinte Aaron zu Lionel. „Ja. Das stimmt", bestätigte der bald Fünfzehnjährige. „Wer weiß, vielleicht haben du und Sami ja auch so ein Glück", gab Aaron seinem Freund Zuspruch. „Ja. Klar. Das, … werden wir schon früh genug sehen", stotterte Lionel. Wie auf dem Flughafen so üblich, wurden alle Sicherheitschecks gemacht. An der Crew, an den Passagieren sowie auch an dem Gepäck und gleich auch noch einmal am Flugzeug vom Kapitän höchstpersönlich. „So, meine Lieben. Wir können durch den Arm!", verkündete der Chef von Felicitas Airlines und unsere ProtagonistInnen zogen ab.

Szene 31
„Ready?"

Sie betraten das Flugzeug und Konrad stand sogar charmant
vor seiner Cockpittüre und begrüßte die Passagiere. „Freie
Platzwahl, ihr Lustigen", sprach er. Laut den Augen dieses
Mannes in der Pilotenuniform, konnte er sich nicht mehr über
das freuen, als er es ohnehin schon tat. Familie war bei ihm
oberste Priorität, komme was wolle. Das hatte er gelernt und
es tief in sich verinnerlicht. Die Tatsache, dass er an diesem
Tage mit seiner ganzen Familie in den Urlaub fliegen durfte
und das Flugzeug selbst steuerte mit dem Wissen, dass seine
Sippe jetzt schon um mindesten einen Menschen größer wurde, erfreute ihn unheimlich. Jedem anderen würde das vielleicht Angst machen, aber ihm? Keineswegs. Er fühlte sich
geehrt und ging vollkommen in seiner Rolle als Großvater,
Vater und Schwiegervater auf. Dieses Strahlen in seinem Gesicht, es war einfach unglaublich, wunderschön, hinreißend
sowie auch herzzerreißend.

Unser Konrad Skimen war jedoch über eine Tatsache am
glücklichsten. Dass die, die er liebte, von dem Moment an, an
dem er den Kopf vom Leben gewaschen bekam, wussten, dass
er sie bedingungslos liebte und immer lieben würde. Um etli-
ches höher als jedes Flugzeug steigen könnte und tiefer als ein
jedes landen konnte. Ebenso schön und nicht minderwertiger
war, dass er auch genauso zurückgeliebt wurde. Er war nicht
nur ein Idol für viele, sondern ebenso ein Held. Ein wahrhaf-
tiger Held, nur leider sind wahre Helden sterblich. Er war ein
bester Freund, ein Zuhörer, ein Ratgeber. Ein in–den–Arsch-
Treter, ein liebvoll strenger und humorvoller Vater, Ehemann,
Schwiegervater, eine Respektperson, Vertrauensperson und
hatte eines der höchsten Ansehen, welches ein Mensch erreichen konnte, bei seiner Familie, ohne es zu erkaufen. Ohne
jemanden etwas vorspielen zu müssen. Dieses Ansehen hatte

er allein, weil er eine der ehrlichsten, aufrichtigsten, loyalsten, treuesten Seelen war. Einfach, weil er war, wie er war. Authentisch und originell.

Gespannt und vorfreudig haben unsere Menschenfreunde nun Platz genommen. Priya durfte als Einzige die Flugbegleiterin spielen. Das durfte sie jedes Mal. So linste sie in das Cockpit und sagte: „Sir Skimen? Wir hängen bereits an unseren Flugzeugschlepper." „Vielen Dank, Mrs. Skimen! Zur Kenntnis genommen", sprach der Pilot. „Na, dann. Auf zur Rollbahn, meine süße Soulu, Ma'am!", brach es freudig aus dem routinierten Flieger heraus. „Mrs Skimen! Ich erbitte den „Before-Taxi-Check!", ordnete Konrad seine Flugbegleiterin an. „Was ist denn der ‚Before-Taxi-Check'", fragte Aaron in die Runde. „Das ist, wenn die Flugbegleiter oder auch die Piloten selbst schauen, ob auch alle Türen geschlossen sind und alles gesichert und abgeriegelt ist. Erst dann gilt der Flugzeug Innenraum als abflugbereit", erklärte Lionel seinem Kumpel.

„Ladies and Gentlemen!
Willkommen am Board der Bangana BA 82, des Fluges 178320 von Kardem/Partede auf dem Weg nach Lorelia/Garsima. Sie fliegen mit dem Airline Chef höchstpersönlich in seinem bezaubernden Flugzeug, getauft Soulu! Ebenso möchte Ich Ihnen meine bezaubernde Besatzung vorstellen, die trotz ihrer Flugangst freiwillig aushelfende Mrs. Priya Skimen.
Wie immer fliegen wir frei nach unserem Motto ‚Flying straight to your destination but gay and save – with Felicitas Airlines!'
Die Maschine ist bereit zum Abheben. Machen Sie es sich also bequem. Wir wünschen Ihnen einen wunderschönen Flug!"
Funkspruch zum Tower: „Have a nice day. Here is Flight 178320.

We are ready for departure."

Szene 32
„Ready for takeoff"

Anscheinend ging es nun los. Ihr könnt es als eindeutiges Zeichen des „Jetzt wird es ernst" sehen, da der Flugzeug Schlepper unsere Soulu nun an der „nose-in position" Rückwärts schob, sodass er sie jetzt zum Rollweg fahren konnte.

„Priya, bittest du James bitte mal zu mir ins Cockpit?", erbat Konrad seine Flugbegleiterin. „Aber natürlich", antwortete sie ihm und holte ihren Sohn.

Konrad: „Sind die Autos verladen?"

James: „Ja. Die Autos sind verladen!"

Konrad: „Weißt du noch, wie die Checklist geht?"

James: „Aber natürlich, Vater."

Konrad: „Kanns los gehen?"

James: „Jawohl!"

James: „Start engine one."

Konrad: „Engine one started."

Unser Konrad Skimen konnte nicht stolzer auf seinen Sohn sein als in diesem Moment. Obwohl er professionell wie immer seine Arbeit durchführte, bewunderte er die verantwortungsvolle Art seines einzigen Kindes.

Am halben Weg zum Rollweg befahl James seinen Chef „Start engine two."

Konrad kam als erster Offizier diesem Kommando nach „Engine two started."

Als der Flugzeug Schlepper und sein Fahrer die Arbeit getan hatten, ließen sie das Flugzeug nun allein. Vor dem Rollweg stehend ging es im Cockpit weiter.

Und die „After-Start-Checklist" konnte durchgeführt werden.

Konrad: „Right side?"

James: „Right side is clear!"

Konrad: „Left side? Left side is clear!"

Die Piloten nahmen Kurs auf die vom Tower genehmigte Startbahn und folgten auf dem Weg dahin deren Weganweisungen. Während sie das taten, kam auch schon die nächste Checklist. Die „Before-Take-Off" Checklist, was nichts anderes übersetzt heißt, als „Die Checkliste für das Bereitmachen zum Abheben". „Kabine ist ready. Wir sind ready zum Abheben", sprach Herr Skimen Senior.

Checklist completed

„*Flug* 178320 an Tower. We are ready to take off", gab der Kapitän dem Fluglotsen per Funk durch.

„Alles klar. Take off 178320! Have a nice flight."

Konrad: „Gemeinsam?"

James: „Gemeinsam!"

Sie legten ihre Hände auf den Steuerknüppel und sprachen: „And rotate!"

Die Bangana BA 82 Soulu beschleunigte und hob ab!

Als sie ihre Flughöhe erreicht hatten, entspannten sich die zwei Herren. „Unglaublich schön, da zwischen den Wolken und Mutter Erde zu schweben", meinte James zu seinem Vater. „Das stimmt. Einer der Gründe, wieso ich Pilot werden wollte. Es ist unglaublich, nach all den Jahren wird dieser Anblick einfach nicht langweiliger oder abgestumpfter. Ich werde immer wieder aufs Neue davon geflutet und es komplettiert mich einfach. So ging es mir damals mit dir und deiner Mutter ebenso. Das es dann noch besser wird und ich Opa und Schwiegervater werde, ist die Kirsche auf der Sahne. Ihr macht mich vollkommen", sprach Konrad zu seinem Sohn, gefolgt von, „Ich bin froh, dass ich euch habe. In welcher Konstellation auch immer."

Plötzlich hörten und sahen sie den Master-Caution aufheulen und blinken.

Im Cockpit

„Scheiße, Dad! Was passiert hier?!", rief Jay Cornelius. „Ich weiß es nicht. Das muss ein Fehler sein! Der Master-Caution geht normalerweise nur an, wenn das Flugzeug nicht abflugbereit ist und nicht erst, wenn man die Flughöhe erreicht hat! Schau du im Handbuch von Soulu. Ich schaue auf den Board-Computern. Verdammte Scheiße! Wir verlieren an Höhe!"

In der Passagierkabine

„Oh Suno! Haltet euch fest. Irgendwas stimmt hier nicht. Es wackelt und rumpelt überall! Haltet euch gut fest und ruhig bleiben. Es wird alles wieder gut!", versuchte Neela in einem ernsten, aber ruhigen Ton zu sagen.

Die Ehefrau von Jay hielt Aarons, Aaron Lionels und Valentino hielt ebenso Lios Hand fest. „Eure Mom hat Recht! Ruhig bleiben. Es wird alles wieder gut. Konrad und James bekommen das schon wieder hin. Ganz bestimmt", verstärkte der Vater des bald Siebzehnjährigen die Aussage von Lionels Mutter.

Im Frachtraum

„Nein! Nur keine Panik. Wir bekommen das gemeinsam hin. Funkt Soulu an und schaut, ob ihr euch in ihr Bordsystem hacken könnt! Vielleicht finden wir den Fehler und können ihn beheben!", forderte Lionel zielsicher und überzeugt, dass sie dies schaffen konnten, auf.

Im gesamten Flugzeug

Der Strom fiel aus. Alle Lichter gingen aus und es wurde mucksmäuschenstill. Diesmal war unser James Cornelius nicht der Einzige, der alles in Zeitlupe sah. Nein, diesmal waren es alle, die ihre Gegenüber ansahen, als das Flugzeug in die Tiefe stürzte. Es ist dieser eine Satz, welcher in Anbetracht des Todes und konfrontiert mit der blanken Angst, wie aus der Pistole geschossen, rauschnellen kann. Man hörte ihn von jedem. Sei es von Priya, die sich in den Sitz des Flugzeugingenieurs geschnallt hatte. Konrad und James. Lillijetta und Emilia. Alfred und Jason. Dekja und Soulu. Lionel, Goliath und Schwabbsi. Aaron und Neela oder von unserem Menschenjungen Lionel und Valentino.

Mehr kann ich euch jetzt nicht verraten, außer, dass das ein oder andere „Ich liebe dich" nicht zwingend nur an die Personen ging, an die es hätte gerichtet werden sollen.

To be continued …

Lionel 4

Szene 0
„Er atmet nicht mehr"

„Dad! Mach die Augen auf! Dad!", rief Aaron, der Freund vom Sohn der Tamanna-Skimens, seinen Vater an. „Er bekommt keine Luft mehr, Mom! Mach doch etwas", schrie Lionel hektisch. „Ja doch!", bemühte sich Neela im kompletten Chaos, welches in der Passagiermaschine Bangana BA82 namens Soulu ausgebrochen war. „Gebt mir Wasser!", forderte sie die Teenager auf mit dem Beisatz: „Aber bleibt angeschnallt. Noch sind wir nicht sicher!" „Hier!" Aaron reichte Lios Mutter die Wasserflasche, welche er im Sitzen erreichen konnte. „Mom! Schnall dich an!", empörte sich unser Menschenjunges Lionel. „Nein. Ich muss Aarons Dad helfen", erklärte sie ihrem Jungen. Sie öffnete die Flasche Wasser, beugte sich über Herrn Eis und schüttete ihm das Wasser ins Gesicht. Dieser wachte schlagartig auf. Seine Augen waren rot, seine Haut kalt und schwitzig, und die blanke Angst stach aus seinem Gesicht. Neela war schockiert und blockiert von diesem Anblick immer noch über ihn gebeugt. Valentino atmete trotz der offenen Augen nicht. Die Ehefrau von James schüttelte an seinen Oberarmen und schrie ihn an: „Atme! Valli, atme!" Dann kam der nächste Wasserschub direkt ins Gesicht.

Endlich. Die Erleichterung. Er atmete tief ein und wieder aus, wischte sich das Wasser aus dem Gesicht und rief mit ernststarrem Blick: „Ich liebe dich!" Neela schrie: „NEIN!" Doch da war es schon zu spät. Valentino hatte seine Hände auf ihren Wangen, zog sie von ihrer gebeugten Haltung an sich ran und küsste sie. Als er sie sich wieder zurückziehen ließ, schaute er sie an und sprach: „Wir sind nicht tot?"

Die Jugendlichen sahen sich schockiert in die Augen und dann wieder auf die zwei Erwachsenen. „WIESO SOLLTEN WIR TOT SEIN?!", empörte sich Lionels Mutter fassungslos. „Die Maschine. Wir hatten doch einen Master Warning Alarm mitten in der Luft. Wir sind mit der Flugzeugnase voran abgestürzt. Wir schrien doch alle ‚Ich liebe dich!' und dann, dann wars dunkel. Oder war es zuerst dunkel?! Was zum Teufel? Wir fliegen. Ganz normal. Wir … sind nicht tot. Wir waren doch fast tot!", versuchte sich Herr Valentino stotternd zu erklären. „Wow. Und ich dachte immer Jason wäre verrückt …", hörte man plötzlich eine Stimme aus dem Bildschirm über den Sitzen. „Lionel?! Willst du das Valli und Aaron einen Herzinfarkt bekommen? Die wissen doch nichts von …", stammelte Neela, sich nun in einer anderen brenzlichen Situation befindend.

Aaron: „Doch. Das wissen wir."

Valli: „Ja. Das wissen wir. Oder wieso glaubst du, dass ich euch meinen Schwabbs verkaufen würde?"

Lionel: „Siehst du, dann ist doch alles gut!"

Teenie Lio: „Alles gut? Valentino hat meine Mom geküsst und hat geträumt, dass wir alle sterben und wäre anscheinend fast wirklich gestorben!"

Valli: „Was?"

Neela: „Ja! Wärst du. Du hast plötzlich so komische Geräusche von dir gegeben und dann nicht mehr. Du hast einfach aufgehört zu atmen!"

Valli: „Scheiß die Wand an!"

Neela: „Du bist vielleicht außer Dienst, aber du solltest deine Wortwahl wegen der Jugendlichen dennoch bedenken. Wegen dem Wort Vorbildwirkung wärs wichtig."

Aaron: „Können wir uns jetzt endlich abschnallen? Wir wollen zu Konrad und James ins Cockpit."

Neela: „Ja. Ja, dürft ihr. Die leichten Turbulenzen sind vorbei."

Onkel Lionel: „Aber verratet den dreien lieber noch nicht, was passiert ist. Immerhin fliegen zwei von den dreien, die sich zoffen könnten, einen Jumbo-Jet. Diesmal wärs wegen der Absturzgefahr."

Neela: „Ja und ich muss daraus jetzt Konsequenzen ziehen! Ich setze mich jetzt weg und rede nur noch mit allen außer dir, bis … auf Weiteres. Außer … außer du stirbst wieder fast, dann komme ich mit Sicherheitsabstand zu dir und beschütte dich wieder mit irgendwas oder ich bewerfe dich. Das geht auch."

Onkel Lionel (entnervt): „Na, der vierte Teil fängt ja schon mal super an. Können wir diesen bitte ‚Jetzt erst recht auf den Hinterkopf' oder ‚Mit Allradkraft in die Scheiße' nennen?"

Valli und Neela: „Wie bitte?"

Onkel Lionel: „Was denn? Ach, da spricht nur die ‚Midlife-Cruise-is' aus mir."

Szene 1
„Willkommen"

Der Flug, welchen unsere ProtagonistInnen von Kardem/ Partede nach Lorelia/Garsima mit der Flugnummer 178320 in unserer vier Turbinen besitzenden Soulu antraten, dauerte nun schon sechs Stunden. Das Gute war, dass sie es in einer Stunde geschafft haben und auf der mittelgroßen Inselstadt Lorelia landen würden. Das Schlechte war, dass leider nicht alles ein Traum war und unsere Neela in einer sehr unangenehmen Situation war, die sie aber erst in frühestens einer Stunde aufklären oder gar erzählen konnte. *„Entweder war James zu beschäftigt mit dem Fliegen als Co-Pilot oder er weiß es noch nicht"*, dachte sich die eventuell nochmal werdende Mutter. Ihre Theorien bezüglich ihres Ehemanns wurden jedoch widerlegt, als sie seine Stimme in der Fahrerkabine hörte: „Meine Damen und Herren, wir befinden uns nun dreizehntausend Meter über dem Meeresspiegel von Kiara, dem Gewässer von Lorelia/ Garsima. Sehen Sie aus Ihrem Fenster und genießen Sie den unglaublich schönen Anblick, der sich Ihnen nun bietet. Als würde man denjenigen, den man liebt, wie am ersten Tag erblicken. In circa einer Stunde würden wir uns, sofern nichts in die Turbinen gerät, schon über unserem Ziel befinden und alles für den Landeanflug bereit machen. Bis dahin wünschen wir Ihnen einen weiterhin schönen Flug." Neela verdrehte ihre Augen und sah im Winkel, dass sie der Psychologe, der seinen Freunden privat auch unter anderem als rebellischer Ska-Punk-Rocker bekannt war, ansah. Zunächst grinsend, doch dann änderte sich seine Mimik, als sie ihn wiederrum mit einem „Bist du jetzt komplett meschugge?"-Blick fixierte.

„Mein Schatz hat keine Ahnung von dem, was gerade in der Kabine vonstattenging. Respekt an die Jungs, dass sie ihren Mund gehalten haben, aber anders betrachtet, hätten sie mir vielleicht Arbeit abgenommen. Wobei wiederrum anders, wollen wir doch nicht abstürzen.

Ich mein … Konrad ist routiniert genug, um zu wissen, wie man ein Flugzeug auch ohne Co-Piloten startet, fliegt und landet aber, …", dachte sie, so zermürbt von der ganzen Situation, dass sie sich bemühen musste, den gerade noch verbal angepriesenen Anblick zu genießen.

Im Cockpit

Die Stimmung in der Passagierkabine hätte besser sein können. Zum Beispiel wie die Stimmung, welche im Cockpit herrschte.

Teenie Lionel: „Was ist das eigentlich da vorne?"

Konrad: „Das ist ein virtueller Horizont. Damit wir wissen, wie schräg oder gerade wir mit dem Flugzeug fliegen oder wie tief es gerade hoch oder runter geht. Daneben siehst du die Höhenmeter. Da. Genau da. Die sollten niemals schnell herunter rasseln. Und wenn sie es tun, dann haben wir ein Warnsignal, das uns früh genug warnt, falls wir zu niedrig sind."

Aaron: „Und das ist das Radar, oder?"

Konrad: „Richtig."

Teenie Lio: „Da fällt mir ein Witz ein. Treffen sich zwei Flugzeuge in der Luft und kollidieren."

Konrad: „Erstens ist das ziemlich redundant, das so zu formulieren und zweitens ist das für mich kein wirklicher Scherz, da es tatsächlich passieren kann und schon passiert ist."

Den Teenagern fiel die Kinnlade herunter und sie staunten mit verbaler Untermalung: „Was? WOW!"

Priya: „Schatz?! Kannst du bitte nicht vor mir diese Geschichten erzählen! Ich überwinde mich oft, um auch mal über meine Grenzen zu gehen und mich weiterzuentwickeln, aber das wäre zu viel. Ich möchte die sich hier an Bord befindlichen Sauerstoffflaschen nicht schon vor dem ernsten Notfall benutzen müssen, weil ich wohlmöglich beginne, zu hyperventilieren."

Konrad: „Ja. Ist schon gut. Aber so schlimm sind die Geschichten nicht. Also, wenn man jetzt nur die technischen

Daten oder eben den Unfallablauf objektiv betrachtet und nicht daran denkt, dass es viele Menschenleben gekostet hat."

Priya: „KONRAD!"

James: „Mom. Jetzt beruhig dich. Die Kinder sind neugierig und dass dürfen sie auch sein. Lass Dad doch einfach erzählen. Du kannst einstweilen in die Passagierkabine gehen."

Priya resignierte und tat wie ihr empfohlen, um den Teenagern die Chance nicht zu nehmen, diesen Moment zu leben. Unsere eigentliche Fluglotsin ging also zu den ihr vertrauten und bekannten Passagieren, fand aber nur einen vor. Irritiert blickte sie zwischen den Sitzreihen herum, ob sie denn die fehlende Person fand, aber sie war nirgends aufzufinden. „Wo … Wo ist meine Schwiegertochter, Valentino?", fragte sie immer noch herumirrend. „Sie nahm ihre Handtasche und ging nach vorne. Ich nehme an, dass sie auf der Bordtoilette ist. Aber ihre Schwiegertochter redet auch nicht mehr mit mir, also selbst wenn irgendetwas wäre, dann wüsste ich nicht was. Analytisch gesehen, befindet sie sich seit nun schon zwanzig Minuten auf dem Klo", antwortete ihr Herr Eis.

Dann fiel es der Schwiegermutter wieder ein und auch sie lief nun zu Toilette.

„Die finden dich alle zum Scheißen. Merkst du selbst, oder?", hörte man Lionel über den Bildschirm sagen. Selbst der Noch-Suno von Valli war nicht gerade begeistert und tat dies auch kund: „Hey. Mal ehrlich Volte, selbst wenn du so schlecht träumst, das hätte man doch merken können, dass dies kein Traum mehr war, oder?"

Im Cockpit

„Opa, was kann denn der Knopf?", fragte unser Menschenjunges und erschrak, als sein Großvater hektisch sprach: „NICHT DA DRAUFDRÜCKEN!" Der Teenie zuckte reflexartig und kam bei dem Knopf an. Auf einmal hörte man Soulu die laut

„Oh oh!", sagte und es kristallisierte sich heraus, dass man Stimmen hören konnte, wenn man den Knopf betätigte. „Oh, wie cool. Ein Radio!", freute es die Teenies.

„Ich sage es euch ein letztes Mal! Ich habe wirklich schlimm geträumt, und ich wusste nicht mehr, dass der Traum vorbei war, als ich sie küsste! ES TUT MIR LEID UND SIE HASST MICH SOWIESO JETZT! ABER ICH DACHTE EINFACH IMMER NOCH, DASS WIR ALLE STERBEN WÜRDEN!"

Im Cockpit wurde es sehr ruhig, denn alle Blicke richteten sich nun auf James. Der Einzige, der sich traute, sich zu bewegen, war sein Sohn Lionel, der diesen Knopf noch einmal länger drückte, um diese Funktion abzuschalten, nur dummerweise schaltete er ihn wieder an und man hörte Schwabbsi nun sagen: „Besitzer! Egal ob du das kapiert hast oder nicht, man küsst keinen verheirateten Menschen! Schon gar nicht vor den eigenen Kindern!" Lionel versuchte es noch einmal und wunderte sich langsam, wieso das nicht funktionierte, denn nun hörte man die Stimmen abgehackt: „Ih. Bn. Ncht. Dr. Mrl. aps.tl. Vn. Jdn. Wnn vrhrtett zlsst. Dss. Das. Pssirt. Stmmt. Eh. Ws. Ncht." Soulu sprach genervt auf: „LIO! FINGER WEG! Ich schalte jedes Mal aus und du ein!" „Der Radio Empfang ist echt mies hier an Board. Aber ich glaube, dass ich den letzten Satz verstanden habe. Irgendwas mit, ‚Ich bin hier nicht der Moralapostel für jeden. Wenn Verheiratete zulassen, dass das passiert, stimmt eh was nicht.' Aber keine jugendgerechte Story. Immerhin sprach da jemand, den anderen mit Besitzer an. Klingt ein wenig nach Fetisch. Gut, dass du es abdrehen wolltest, Soulu!", äußerte sich James.

Aaron und Lionel zeitgleich: „STORY! NEVER!"

James: „Ganz bestimmt! Das ist so eine Hörbuch-Story!"

Lionel lag seine Hand nun auf Aarons Schulter und drückte etwas dagegen, um zu symbolisieren, dass er sich mit seinem linken Ohr zu seinem Mund befördern sollte und flüsterte: „Also entweder ist dein Vater bald mein Stiefvater oder du bald ein Vollwaise." Aaron lachte boshaft und flüsterte zurück: „Entweder ist dein Vater ein Ehrenmann, weil er doch verstanden hat, aber nichts zugeben will oder nichts dagegen tut, oder unsere beiden Väter sind einfach fetzendeppert." James war vielleicht in seinen Gedanken vertieft, aber unser Felicitas Airline Pilot, bekam jedes Wort mit.

Konrad: „Das Flüstern müsst ihr noch lernen. Was bitte ist ein Ehrenmann? Und darf man auf eure Fragen mit Multiple Choice antworten? Klang fast so."

Lionel: „Och Opa, ich dachte man kann mit dir flexen gehen, aber jetzt hast du alles kaputt gemacht."

Konrad: „Flexen? Nennt man das so, wenn man in dem einen Lokal in Wien tanzen geht? Gibt es das denn überhaupt noch? Nur so nebenbei erwähnt, ein Mensch kann anscheinend tausend gute und großartige Sachen tun, aber macht er einmal einen Fehler, wird dieser bewertet."

Aaron: „Was? Also das letzte haben wir verstanden und sehen wir genauso. Aber was willst du in Wien machen?"

Konrad: „Habt ihr nicht das Lokal gemeint? Ach flexen! Ihr meint, dass man mit mir Handwerken kann. Natürlich geht das!"

Lionel sah den Sohn von Volte an und resignierte, wie seine Großmutter vor einer gewissen Zeit: „Lass es gut sein. Wir verstehen die nicht und sie uns manchmal auch nicht."

Konrad: „Das ist unfair. Dann erklärt es doch einfach. Ich habe euch auch gerade etwas beigebracht. Konversation ist wichtig! Das A und O. Wenn ich die Jugendsprache verstehe, könnten wir vielleicht mal, wenn ihr alt genug seid, in einem Tanzcafé so richtig *groovy* abtanzen."

Nun resignierten beide Teenager und beließen diese Aussage kommentarlos.

Konrad: „So, ihr Lustigen. Da ich gerade das Wort Konversation verwendet habe, habe ich mich selbst daran erinnert, dass ich dem Tower vielleicht einmal Bescheid geben sollte, dass sich unsere Maschine nun in ihrem Flugraum befindet.

Nicht, dass uns irgendjemand abschießt. Geht doch schon mal zurück in die Kabine und macht es euch wieder bequem. Wir geben euch Bescheid, wenn ihr euch anschnallen müsst." Die Teenager gehorchten zur Abwechslung einmal und gingen an Valentino vorbei, der sich vor der Flugzeugtoilette befand und stetig an deren Türe klopfte.

Lionel: „Sollen wir fragen?"

Aaron: „Nicht fragen!"

Lio: „Glaub ich ehrlich gesagt auch."

Nun war Menschenjunges Lionel in der gleichen Situation wie unsere Priya vorhin. „Wo ist Oma? OMA?!", rief er fragend.

Volte: „Die ist am Klo!"

Lio: „Und wo ist meine Mom?"

Volte: „Die ist auch am Klo!"

Lio: „Auf dem gleichen?"

Volte: „Ja. Auf dem gleichen."

Lio: „Und wieso klopfst du dann gegen die Türe?"

Volte: „Weil ich zu ihnen rein will!"

Aaron lachte lieber, bevor er weinte, sah seinen verwirrten Freund an und sprach: „Ich sagte doch, nicht fragen."

Es ertönte Konrads Stimme aus dem Cockpit:

„Meine Damen und Herren, wir erreichen in Kürze den Flughafen von Lorelia/Garsima. Ich darf Sie jetzt schon auf der Inselstadt Lorelia herzlich willkommen heißen. Bitte gehen Sie zurück auf Ihre Plätze und schnallen Sie sich an, da wir nun die Landung vorbereiten werden und diese auch in Kürze antreten."

Szene 2
„Jetzt"

Priya: „Neela! Gib mir die Tests, ich verstau sie dir wieder. Wir müssen raus, uns hinsetzen!"

Neela: „Schwiegermutter! DU kannst gerne da raus, aber ich bleib hier drinnen. Ich gehe sicher nicht zurück zu Valentino!"

Priya: „Wieso denn? Was hat er denn getan?"

Neela: „Mom!"

Priya: „Oh, wie schön! Du nennst mich Mom! Konrad und ich sprachen erst vor kurzem, dass wir das schön fänden, wenn du uns auch Mom und Dad nennen würdest."

Neela: „Okay *Mama,* das ist wirklich schön. Wirklich äußerst romantisch, aber ich muss hier noch etwas machen und du solltest dich bitte hinsetzen und anschnallen, bevor wir landen! Aber ich steige weder aus diesem Flugzeug, noch gehe ich von dieser Toilette, solange ich nicht weiß, ob ich hier allein aus der Türe komme oder zu zweit und Valentino somit nicht nur mich, sondern irgendwie auch mein ungeborenes Kind geküsst hat! So verstörend das jetzt auch klingen mag!"

Priya: „Wo hat er dich denn bitte geküsst? Moment mal! ER HAT WAS?! So. Du hörst mir jetzt einmal zu, junge Dame. Ich gehe jetzt raus zu meinem Mann, befehle ihm als Fluglotsin, solange eine Warteschleife zu fliegen, bis wir Menschen runterkommen können oder das Flugzeug runter muss, da uns der Treibstoff auch irgendwann ausgehen wird! DU setzt dich jetzt auf dieses Klo und pinkelst auf die zehn verschiedenen Schwangerschaftstest, die dir dein Schwiegervater gekauft hat und kommst erst raus, wenn du weißt, ob ich wir wieder Großeltern werden oder nicht!"

Neela staunte nicht wenig, als ihre „Mama" diesen Tonfall an den Tag legte, da sie diesen ansonsten nur bei ihrem Ehemann oder Sohn verwendete. Die Fluglotsin hielt sich an ihren Plan und forderte den Piloten der Maschine auf, in Warteschleife zu fliegen. Ein Befehl, den er auch durchführte bis auf Widerruf seiner Ehefrau oder von Soulu. Die Mutter von Lionel holte die vorpräparierte, in zwei Teile geschnittene Plastikflasche aus ihrer Handtasche, hockte sich über die Flugzeugtoilette und hoffte, im wahrsten Sinne der Redewendung, dass jetzt nichts daneben ging.

„Und du kommst mit mir mit, Bürschen!", sprach Priya und zog Herrn Eis an seinem rechten Ohr von der Bordtoilettentüre weg in Richtung Cockpit. „Es geht mich wirklich nichts an, aber warum in Sunos Namen küsst du denn Neela? Du hast mir doch damals gesagt, dass du dich entschieden hast, sie als deine beste Freundin zu sehen? Du bist nicht einmal zu deren Hochzeit gekommen, um zu zeigen, dass du ihre Entscheidung akzeptierst oder etwa nicht?" „Priya, ich bin nicht erschienen, da ich diese Scheißhochzeit sonst gesprengt hätte und ganz ehrlich?! So wie dein Sohn sich seit fast einem Jahr, wenn nicht sogar länger, aufführt, wäre es besser gewesen es doch getan zu haben!", brodelte es aus Valli heraus. „Hör zu. Weder Niklas, Hermine noch Konrad oder ich würden uns in die Sache zwischen euch dreien einmischen, wenn da nicht noch eure Kinder wären! Es ist uns egal, mit wem ihr glücklich werdet. Selbst wenn du und James euch ineinander verlieben würdet. Bitte, macht was ihr wollt. Wir lieben euch alle drei gleichermaßen und wollen wirklich nur das Beste für euch, aber eben auch für die Jungs. Vergesst bitte die Jungs nicht! Macht nicht den gleichen Fehler wie wir und tragt eure Unzufriedenheit über die Kinder aus. Und wenn Neela schwanger sein sollte, dann müssen wir auch das Ungeborene bewahren und das heißt, dass sie auch so wenig Stress wie möglich haben sollte", entgegnete unsere besorgte Priya Herrn Eis.

Im Frachtraum

Goliath: „Warum klingelt mein Bordsystem-Telefon?"

Jason: „Weil es eine SIM-Karte drinnen hat?"

Lionel: „Idiot. Ich will hier endlich raus. Bitte."

Schwabbs: „Moment, meins klingelt auch."

Emilia, Lillijetta, Alfred: „Meins auch."

Jason: „Ach und ich bekomme den Anruf zuletzt, oder was?"

Dekja: „Ich habe nicht mal eins. Ich höre stets nur über Funkfrequenzen mit."

Schwabbs: „Leute! Es ist Neela. Ich heb mal ab. Muss wichtig sein, wenn sie uns anruft. Moment, ich verknüpfe noch schnell Soulu und … Jetzt. Los geht's. Ich hebe ab. Hat es funktioniert? Da steht, dass ich immer noch abheben kann?!"

Soulu: „Das ist mein Job. Du bleib schön auf meinem Frachtraumboden."

Neela (flüstert): „Hallo? Seid ihr dran?"

Schwabbs: „Ja. Aber wieso flüsterst du?"

Neela: „Ich bin in der Bordtoilette."

Jason: „So klein ist dein Po jetzt auch nicht, dass du da hineinfallen könntest."

Lionel: „Neela. Hilf uns. Rette uns vor Jason."

Schwabbs: „Ach deswegen bekommen wir keinen Ton mehr von dir zu hören. Nicht einmal Soulu konnte uns sagen, was los ist, als wir nach dir fragten. Auf Toiletten haben wir meistens nur Videokameras, in welche wir uns hacken können und dann nur von der Waschbecken-Area und ohne Ton."

Lionel: „Das ist doch jetzt egal. Neela. Was ist los? Es muss doch einen Grund haben, wieso du uns flüsternd am Klo anrufst. Anrufe vom Klo bekommen wir meistens nur von James, aber nie von dir!"

Neela: „Okay? Also das ist beides sehr merkwürdig. Erstens finde ich es irgendwie höchst ironisch, dass das Durchbrechen der Privatsphäre nur in Klos verboten ist, da man dort sein Innerstes nach außen kehrt. Zweitens. Warum ruft Jay euch beim Klogang an? Mir sagt er immer, dass er Zeitung lesen würde. Und drittens …"

Nun strahlte sie bis über beide Ohren. Sogar eine Träne der Freude kullerte ihr über ihre Bäckchen, als sie folgendes verkündete:

„Leute! Ich bin schwanger!"

Szene 3
„Gedanken"

Diese Botschaft erfreute alle. Jede und jeder gratulierte ihr zu ihrer Schwangerschaft in einem freudigen Ton. Die Einzigen, welche eher mit einem ernsteren Tonfall gratulierten, waren Lionel und Schwabbs, denn sie wussten, wie es ihren Besitzern mit dieser Nachricht ergehen würde. Es war nicht so, als würden sie sich nicht über den Familienzuwachs freuen, aber man sah es und spürte es jeweils, dass sie nun in einer Zwickmühle steckten. War Lionel doch eine der wichtigsten Seelen im Leben von Neela, James und deren Sohnemann Lio. Aber auch unser Suno A82 liebte unsere Neela, unseren Menschenjungen und James bedingungslos, ehrlich und wahrhaftig. Alles was ihnen wichtig war, war auch unserem alten, weisen Blech wichtig. Somit fiel die Familie Eis sowie auch Schwabbsi in diese Kategorie. Unseren Schwabbs ging es nicht anders als unserem Blech-Lio. Neela war seine beste Freundin, Aaron war sein Schützling und Valentino sein Herzensbesitzer. Der Suno AS 404 behütete gewiss genauso viele Geheimnisse wie unser Lionel. Auch wenn es bei den zweien manchmal ein paar Diskrepanzen gab, verstanden sie sich, nicht nur aufgrund der Familienähnlichkeit, sondern auch deswegen, weil sie die gleiche freudige Verpflichtung, aber auch die dazugehörige Last tragen mussten. Schwabbs dachte über die Gespräche nach, welche er all die Jahre mit Neela, Valentino und Aaron hatte. Lionel dachte über das nach, was er all die Jahre mitansehen musste, bezüglich der Familie Skimen und den Tamannas. Nicht zuletzt tat ihm das letzte Jahr, welches Hand in Hand ging mit der ungewollten, aber offensichtlichen Ignoranz von James weh. Für alle Beteiligten. Sein menschlicher Neffe Lionel, der seinen Vater dringend gebraucht hätte und sah, dass seine Mutter von Tag zu Tag unglücklicher wurde. Neela, die von Ja-Con ignoriert und als selbstverständlich betrachtet wurde, nach all dem, was sie für ihn tat und nur noch mit Schwabbsi oder Lio selbst über Probleme oder andere Emotionen sprach. Er konnte es verstehen, dass es ihr gut tat gesehen zu werden. Auch James tat ihm leid. Niemals, würde Lio vergessen, dass er ihn von klein auf beschützte, ihm zusah, wie er heranwuchs, sich entwickelte und ja, doch auch ein wenig reifte. Lionel wusste, welche Bedeutung Neela für James hatte, auch wenn Jay selbst vergaß, dass er ihr das auch zeigen musste. Dennoch wusste er aber, dass es zum ersten Mal wirklich schwer war, neutral und objektiv zu bleiben. Er musste sich eingestehen, dass er James nicht immer beschützen konnte und das nicht nur, weil er eines Tages nicht mehr sein würde.

Beide blechernen Onkel machten sich ebenso wie unsere Priya große Sorgen um die Teenager. Schwabbs trug eben viele Geheimnisse in sich und mit sich, aber dass Aaron sich eine liebevolle, aufmerksame, beschützende Mutter wünschte, so wie fast jeder Mensch, war auf jeden Fall keins. Ein weiteres Geheimnis teilte Schwabbsis Besitzer Neelas Schwiegermutter gerade vorhin selbst mit. Aber Aarons derzeit größtes Geheimnis, wusste noch niemand. Manchmal machte es den Anschein, als wüsste es nicht einmal der Junge selbst. Es wusste scheinbar nur Schwabbsi und sonst niemand, denn wer gut zuhörte und das mit wahrhaftigem Interesse und nicht nur aus reiner Neugierde, würde mehr erfahren und verstehen als diejenigen, die im Teufelskreis der Floskeln und des Zeitvertreibes steckten.

Eines sollte aber für alle noch nicht klar sein. Die Männer würden sich daranhalten, es nicht vor den Kindern auszumachen. Aber würden sich die Kinder daranhalten, es nicht mit ihren Eltern auszumachen? Die Senioren der Tamannas und Skimens nicht mit Neela, James und Valli? Würden die Autos zu ihren Leuten halten oder könnten sie dieser Beziehungsprüfung unter sich standhalten? Würde es ein eigentlich ruhiges und gelassenes, friedliebendes Flugzeug noch in den Wahnsinn treiben können?

Würde es für die meisten ein Gewinn oder ein Verlust?

All das bedachte die Mehrheit der Sippe, war diese menschlich oder maschinell, gerade weniger, da der Jubel über ein neues Familienmitglied die paradoxen, stillen, aber dennoch lauten Gedanken von Schwabbs und Lionel übertönte.

„Oh. Ich muss jetzt raus und Priya Bescheid geben, das wir landen können. Haltet bitte dicht. Es weiß noch keiner fix, dass ich es bin. Aber Konrad und Priya sind sowieso schon etwas länger davon überzeugt. Dennoch. Bitte nichts sagen, ja?", sprach Neela. Es bestätigten ihr alle, die gerade zugehört hatten, dass sie niemanden etwas davon erzählen würden. Die Schwangere bedankte sich bei ihren Maschinen, beendete den Anruf, ging aus der Toilette, sagte der Fluglotsin, dass sie in den Landeanflug gehen konnten, setzte sich hin und schnallte sich an.

Obwohl die Fluglotsin, die für diesen Flug den Flugbegleiterinnen Dienst auf sich nahm, nur zu gerne wissen wollte, ob sie denn zum zweiten Mal Oma wurde, ging sie ebenfalls, wie Neela gerade eben, mit einem Pokerface zu ihrem Gatten und wies ihn an, beim Tower um Landeerlaubnis zu fragen.

Szene 4
„Urin stinkt"

„Ladies and Gentlemen, wir befinden uns gleich offiziell im Landeanflug. Bitte schnallen Sie sich an und machen Sie sich und Ihren Bereich landungsbereit, so wie es Ihnen Flugbegleiterin Skimen zeigte", hörte man den Airline Chef die letzte Flugdurchsage tätigen.
Routiniert wie immer absolvierte Konrad mit Hilfe seines Copiloten den Landeanflug mit Bravour. Man musste Konrad und Priya schon recht geben. Es sah einfach umwerfend aus, wenn ein Flugzeug in die Lüfte stieg, es sich dort oben aufhielt oder landete. Für Soulu und jedes andere Flugzeug war es noch einmal ein ganz anderes Lebensgefühl, da sie sich ja stets hören und manchmal sogar sehen konnten in der Luft, nicht wie sonst am Boden. Interessant war es, als sich unser Konrad das erste Mal mit Soulu unterhielt. Er war einfach hin und weg davon, was seine Bangana BA82 so erzählte. Vor allem erstaunte es ihn, dass die Flugzeuge, gerade die Jumbo-Jets, solche enorme Präsenz hatten, selbst aber so unglaublich sanftmütig waren. Ihre Stimmen waren sehr soulig, tiefenentspannend sogar und so wirkten die Riesen auch charakterlich. Selbst bei Turbulenzen behielten sie sehr oft Ruhe. Diese ist auch sehr wichtig in sprichwörtlichen oder gar echten stürmischen Momenten.

Maschinen, seien diese Busse, Flugzeuge, Autos, maschinelle Zweiräder oder gar Schiffe, sind von Anfang an, sowie sie entstehen, lautlos und insgeheim lebendig. Egal, ob eine Maschine viele wechselnde Besitzer hatte oder immer wieder mehrere dutzend Personen von A nach B brachte, eines hatten sie dennoch gemeinsam. Sie erfuhren. Sie erfuhren sehr viel. Trauriges, witziges, peinliches, dramatisches und furchtbares, interessantes, fröhliches sowie auch unglaubliches. Sie alle, ganz davon abgesehen wie viele sie transportieren, waren

Zeitzeugen der Welt und somit der Menschheit. Sie waren Zeugen des Menschen. Sie waren Zeugen des Lebens.

Soulus Fahrwerkreifen berührten die Landebahn so sanft und geschmeidig wie nur möglich. Der Pilot bremste langsam ab und ihr aller Leben konnte sich nun auf Lorelia abspielen.

Als das Flugzeug am für Soulu zugewiesenen Parkplatz einparkte und die Rampe für den Ausstieg angedockt wurde, durften die Türen auch schon geöffnet und die Maschine offiziell verlassen werden.

„Bevor hier alle nun das Flugzeug verlassen, würde ich gerne eine Bitte an euch stellen. Es steigt nun bitte ein Jeder und eine Jede aus, der oder die nicht Valentino heißt, und gehen, sagen wir mal, drei Meter weg von der Flugzeug Rampe. Valentino, du stellst dich bitte auf das Ende der letzten Stufe der Treppe, okay? Macht ihr das alle für mich? Ich würde nämlich ganz gern etwas verkünden und habe mir vorgestellt, dass ich dabei auf der obersten Stufe stehe!", gab Neela bekannt. Wortlos aber nickend taten sie, um was sie gerade gebeten wurden.

Die Teenager, der Kapitän, der Copilot dieses Fluges sowie auch die Fluglotsin stellten sich drei Meter weit weg von Soulu. Valentino stand auf der letzten Stufe. Neela hingegen sagte: „Moment, ich habe etwas vergessen", drehte sich um und kam kurze Zeit später wieder zu der obersten Stufe der Treppe. „Was hat sie denn da?", fragten sie sich. In diesem Moment schmiss Neela ein offenes Gefäß mit einer gelben Flüssigkeit darin in Richtung von Valentino und rief: „Ich bin schwanger und die Frau von James Cornelius Skimen! Küss uns nie wieder! Hast du mich und die nasse Botschaft meines Babys verstanden?!", verkündete Neela zielsicher. Es freuten sich alle über diese Nachricht, doch der Einzige, der perplex immer noch auf der Stufe verweilte, war Valentino selbst. Neela konnte es sich nicht verkneifen und fragte ihn gehässig: „Na, bist du angepisst? Nur so nebenbei. Das ist die einzige Flüssigkeit, welche du von mir verdient hast für deine Aktion!"

Die auf eine Schwangerschaft positiv Getestete stolzierte erhobenen Hauptes die Treppe hinunter und lächelte vor Stolz mit links hochgezogener Augenbraue. Sie schob den Schuft zur Seite und spazierte rechts an ihm vorbei. Ein Strahlen überkam die mit 99,9 %iger Sicherheit Schwangere, als sie in Richtung des vermeintlichen Kindesvaters stolzierte. Dieser konnte seine große Freude ebenso wenig verstecken, wie die mechanischen Weggefährten.

Es war nicht sehr ungewöhnlich, dass man unsere Bleche nicht hörte, aber diesmal lag es daran, dass der Flughafen zur Sommerzeit, wie könnte es anders sein, sehr dicht besucht war. Unsere menschlichen GenossInnen hörte man hingegen äußerst laut feiern. So wie sich die Euphorie in positive, aber leisere Ausführungen verwandelte, sprach unser Passagiermaschinenpilot: „So, meine Lieben. Auf zum Gepäck holen und dann kann ich euch auch schon eine kleine Führung, durch das Inselstadtparadies Lorelia geben!"

„Müssen wir jetzt zu Fuß zu unserem Hotel?", fragte der bald fünfzehnjährige Lionel seinen Großvater entsetzt. „Das ist nicht so weit. Sieh dich doch einmal um! Wir sind auf der Insel direkt gelandet und müssen nur ein paar Kilometer laufen", antwortete der bald doppelte Opa. „Aber wieso haben wir dann so viele Autos mitgenommen, wenn wir dann zu Fuß gehen?", empörte sich der Enkelsohn. „Weil sie unsere Familie sind und wir vielleicht auch ein paar Touren unternehmen wollen. Ein Automobil, bedeutet unabhängig sein und das ist uns doch wichtig, oder nicht? Außerdem müssen die Autos erst von Latita Rosenberg und ihrem LKW abgeholt werden. So lange will ich nicht warten", versuchte sich der Airline Chef nun zu rechtfertigen, obwohl er dies nicht einmal musste. „Warum wurden die Autos eigentlich im Flugzeug mitgeladen und nicht mitverschifft mit dem LKW?", fragte Teenie Lio. Der Großvater drehte sich zu seinem für ihn grad zu frechen, da er Recht hatte, Enkelkind um, blickte hinunter auf den einen Meter achtundsechzig großen Jungen und sprach: „Niemand mag Klugscheißer!"

„Naaaguuut", gab unser autoverwöhnter und erneut entnervte Lionel nun zur Kenntnis. Aaron sah seinen Generationskumpanen an und sprach: „Oh. Ups. Wenn man ältere Personen darauf hinweisen will, dass es auch leichter gegangen wäre, dann sind die oftmals nicht so erfreut. Falls es dich tröstet, ich hätte auch den Verschiffungsweg genommen …" Lionel grinste und freute sich insgeheim noch eine Spur mehr als sichtbar, dass es doch jemanden gab, der Klugscheißer mochte.

Szene 5
„Willkommen im Inselparadies Lorelia"

Teil I

Lorelia befindlich in **Garsima**. Diese Inselstadt ist der Inbegriff von einem Sommerparadies. Wenn ich Sie, liebe LeserInnen, doch bloß auf diese Insel holen könnte. Ihr wollt wissen, wieso diese Insel so atemberaubend schön ist? Dann lauscht den Worten unserer ProtagonistInnen und besuchen Sie uns, auch wenn nur gedanklich, im Urlaub.

„Seht, meine Lieben. Seht euch um!", sprach unsere Priya, überzeugt davon, dass es ihrer Familie genauso gefallen würde wie ihr. „Ist das nicht herrlich?", fügte sie hinzu und genoss den Anblick auf der von Mutter Erde erbauten Aussichtsplattform. Ihre Familie blickte ausnahmsweise einmal ruhig gestellt in die Weite und fühlten sich selig. Auch Konrad, welcher Lorelia genauso gut kannte wie seine Ehefrau, war erstaunt und erfreut wie am ersten Tag, als er das Vergnügen mit dieser Inselstadt hatte. Er atmete tief ein und aus und sprach in einem sanften, beruhigten Ton: „Seht ihr diese felssteinige und sandige, in saftigen Grüntönen gedeckte Landschaft? Riecht ihr das Meer? Riecht ihr diese frische Luft? Spürt ihr die kalte Meeresbrise, die in diesem genau richtig warmen Klima herrscht? Wie dieses Sonnenlicht am unbewölkten Himmel diesen paradiesischen Anblick sanft küssen kann und dem kein hohes Gebäude im Weg steht. Ist es nicht umwerfend, dieses idyllische Bild nicht nur auf der Reiseplattform als Fotografie zu sehen? Kommt. Stellt alle mal eure Sachen ab und breitet eure Arme aus. Schließt die Augen und atmet, ohne einen Ton zu sagen. Genießt dieses Gefühl. Dann öffnet ihr eure Augen, und schaut euch langsam, jeden Grad der 360 an und verinnerlicht dies. Dann kann unser Urlaub im völligen Ruhezustand beginnen."

„Sag mal Opa, kiffst du?", schoss es aus dem noch Vierzehnjährigen heraus. „Ah. Verdammt! Ich habe direkt in die Sonne gesehen, als ich die Augen aufgemacht hab!", jammerte James. Opa Konrad schnaufte und sein Gesicht und somit auch sein Gemüt waren der Resignation nah, dennoch wartete er, bis die anderen getan hatten, was er empfahl, bevor er dazu aufrief, weiterzugehen.

„Oh, wie ich mich freue, wieder diesen guten exotischen Fruchtbecher zu essen. Vielleicht teilen wir uns diesen ja, Liebter?", kicherte Priya. „Vielleicht teilen wir uns den auf dem Zimmer? Zuerst vernaschen wir den exotischen Fruchtbecher und dann uns gegenseitig", flirteten die Senioren nun heftig. Seine Ehefrau kicherte etwas verrückt und erotisiert aufgrund ihres Gatten, bis, ja bis einer der Jugendlichen seinen Lio-Mund nicht halten konnte: „Boah! Igitt! Leute bitte! Wir wollen nicht wissen, was ihr zwei treibt und vorallem nicht wie!"

Neela: „Jetzt benimm dich Lio!"

Lionel: „Ich? ICH soll mich benehmen? OMA UND OPA sollen sich vor uns benehmen. Die drehen da gerade den Vorspann eines ‚Grannys gone wild'-Films!"

Neela: „LIO!"

Valentino: „Woher weißt du, was das ist?"

Lio: „Ähm."

Aaron (versuchte ihn stotternd rauszureden): „Weil man das in der Schule so aufschnappt. Ihr wisst doch. Wir Jugendlichen. Wir sind ja bekanntlich zum Vergessen."

James: „Das hört jede nächste Generation, aber irgendwie wird dann doch was aus uns."

Priya: „Stimmt. Bei uns dachte man das auch. Aber wir stammen auch aus den 60er Jahren. Da war Gras auch sehr im modern werden.

Lionel: „Sechzig vor oder nach Christus?"

Neela und James: „LIO!"

Lionel: „Moment mal. Hat Oma gerade indirekt zugegeben, dass sie und Opa gekifft haben und man deswegen dachte, dass auch ihre Generation zum vergessen wäre?"

Aaron: „Du rätselst gerne, oder Lio?“

Lionel (grinste und antwortete flüsternd): „Ja. Und ich komme schneller drauf als mein Vater. Immerhin hat Mom selbst zugegeben, was im Flugzeug passierte und er hat es dennoch nicht gerafft.“

Aaron: „Naja. Oder es war ihm egal, weil sie ihn ja als Gegenzug ihren vollen Urintestbecher samt Füllung drauf geschüttet hat.“

Lionel: „Kennst du dieses eine Meme mit den ultraschnellen Internetbrowsern, wo sie alle bis auf den letzten und somit langsamsten schnell antworteten, als sie etwas gefragt wurden und der dann erst nach der letzten Frage reagiert mit der ersten Antwort? Das ist mein Dad!“

Aaron lachte und meinte: „Ja! Aber meiner ist dann wohl der, der antwortet bevor er gefragt wurde, weil er einen Algorithmus hat, der irgendwas tut, obwohl es fast immer komplett themenverfehlend ist.“ Lionel musste ebenso herzhaft lachen und antwortete ihm: „Ja. Und manchmal steht ja auch dabei, weil sie vor kurzem dies oder jenes angesehen haben. Vielleicht sollte man unsere Dads miteinander paaren. Ich glaube, das würde sich ausgleichen.“

Aaron: „Meinst du nach dem Merksatz Minus und Minus ergibt Plus?“

Lionel: „Ja, oder man fügt sie zusammen. Frankensteinmäßig.“

Aaron: „Das muss man aber dann zerstückelt in Schachbrettform machen, ansonsten wäre die eine Vertikale schneller als die andere.“

Lionel (lachte laut auf): „Ja! Und dann ergäbe sich vielleicht so ein magnetischer Effekt, der dazu führt, dass sie sich im Kreis drehen.“

Aaron: „Wie ironisch das passen würde. Die zwei stoßen sich zwar ab, aber jagen sich zeitgleich.“

Aaron machte eine kurze Pause und setzte fort, als er erblickte, wie Lionel immer mehr und mehr lachend aus sich herauskam: „Lionel?“

Lionel: „Ja?"

Aaron: „Du bist wirklich klug und witzig. Das … ist schon sehr … cool."

Lionel: „Danke. Du aber auch …"

Valentino: „Was hatscht ihr denn da so hinter uns her? Lästert ihr?"

Aaron: „Nein, Vater. Wir … reden. Ganz normal, wie andere Jungen in unserem Alter."

Lionel nahm seinen Freund vor dessen leicht genervten Vater in Schutz: „Mr. Eis. Wieso sollten wir uns denn über Sie und die anderen lustig machen? Immerhin erledigt ihr das schon für uns, wenn wir euer Verhalten so betrachten. Manche Menschen brauchen eben keine Parodie, da sie ihre eigene sind."

Aaron riss seine Augen erstaunt auf. Valentino hingegen blickte zuerst entsetzt, dann knautschte er seine Lippen zusammen und lockerte daraufhin seine Gesichtszüge, da er dem Ganzen sogar zustimmen musste: „Verdammt. Ihr habt ja Recht. Das war dumm. Wir sind derzeit eindeutig unreifer als ihr. Wie können wir das wieder gut machen?"

Lionel: „‚Gut machen kann man nichts, aber besser‘, sagt mein Namensvetter immer."

„Ja. Dann halt besser. Wie können wir es besser machen", windete sich Valli.

Aaron: „Woher sollen wir das denn wissen? Was stimmt denn im Bett nicht, dass ihr es besser machen müsst?"

Jetzt musste sogar unser Valentino wieder etwas lächeln, auch wenn das sehr frech war, war es in seinen Augen doch witzig. „Ok. Das mit der Reife nehme ich jetzt zurück und ersetze es durch humorvoll. Dann ändere ich meine Aussage wieder und frage, wie wir es bei EUCH denn wieder besser machen könnten."

Aaron: „Dad. Solltest du das nicht uns und die Tamanna-Skimens fragen? Immerhin hast du gesagt, dass man sich dem stellen soll, was man verbockt. Von Neela hast du zwar schon deine Lektion bekommen, aber von James noch nicht. Um dir diese Lektion zu ersparen, solltest du es gleich klar stellen und eine Entschuldigung, die mit einer Wiedergutmachung oder eben Bessermachung endet, vorschlagen."

Der Ratschlag seines Sohnes klang für Herrn „psychologisch studiert" gut, auch wenn er sich fragte, wieso er nicht selbst draufgekommen war. So schritt er von den sich am hintersten Befindenden, zu den fast ganz Vorderen, stellte sich aufrecht vor sie hin und sprach zielsicher und motiviert von Aaron: „James. Neela. Es tut mir leid, was passiert ist."

James: „Was ist denn passiert?"

Valentino blickte irritiert zu James und dann zu Neela und wieder zurück zu Jay. Er hielt es für unmöglich, dass man entweder wirklich so langsam oder dumm sein konnte. Konrad und Priya blieben nun auch stehen, da sie bemerkten, dass ihre Schwiegertochter und ihr Sohn aufgehalten wurden. Die Teenager hingegen gingen ein paar Schritte zurück und zur Seite. Nur für den Fall, dass sich ihre Väter wieder etwas, naja, nennen wir es mal, zu nah kamen.

Valentin: „Okay? Ähm … Respekt an deine selektive Wahrnehmung, James! Dann hoffe ich, dass diese kurz aussetzt, wenn ich dir nun etwas sage."

James: „Sukzessive was?"

Neela, die nun auch nicht mehr wusste, wie sie James in ein anderes Licht rücken sollte: „Nein, Schatz. Selektiv. Das bedeutet auswählend, Auswahl und so… Selektive Wahrnehmung heißt somit, dass du nur das wahr nimmst, was du wahrnehmen willst. Warum auch immer. Kann auch von Stress ausgelöst werden."

James: „Ah, okay. Ja. Dann. Wähle dich aus Valli."

Neela: „Lass es, Volte. Rede einfach weiter und ignoriere das. Wenn wir jetzt beginnen Erbsen zu zählen, dann wird das nie was. Ich möchte ganz gerne ins Hotel und dann zum Strand oder Pool."

James: „Dürfen Schwangere in den Pool?"

Valentino: „Ja. Grundsätzlich schon, aber sie sollten die Wassertemperatur beachten, da es zu Kreislaufproblemen führen kann, etc."

James: „Oh. Herr Psychologe ist jetzt also auch Doktor."

Valentino schnaufte und riss sich den Jungs zuliebe zusammen: „Okay. Genau genommen, bin ich nach diesem Urlaub Psychiater und meinen Doktortitel habe ich schon längst gemacht. Aber das ist jetzt nicht der Punkt. Können wir bitte einmal beim Punkt bleiben?"

James: „Bleib doch beim Punkt. Wer hält dich denn ab?"

Neela, Aaron, Konrad, Lionel und Priya (seufzend): „Oh James …"

Valentino klang schon etwas erschöpft: „So. Ich versuche es nun noch einmal und bevor du etwas sagst. Bitte lass mich KOMPLETT ausreden. Bis zum Schluss."

James: „Okay."

Valli: „Ich habe in der Maschine geträumt, dass wir alle sterben würden bei diesem Flug. Wir hatten einen Master-Caution, dann wurde es dunkel und es riss uns mit der Flugzeugnase voran in den Tod. Es schrien plötzlich alle ‚Ich liebe dich' und anscheinend hörte ich auf zu atmen. Deine Frau riss mich aus dem Traum und schüttete mir Wasser ins Gesicht. Da ich als ich aufwachte, aber immer noch glaubte, dass ich träumte, sagte ich ihr, dass ich sie liebe und … James Cornelius Skimen! Ich habe deine Ehefrau vor unseren Kindern geküsst! Es tut mir leid und ich würde euch und die Jungs gerne als Wiederbessermachung zu irgendetwas einladen."

James: „Ach Kumpel. Mach dir nichts draus. Das war doch nur ein Traum, du brauchst uns deswegen nichts wieder gut zu machen."

Die Verzweiflung stand nun allen außer unseren James, der eine offensichtlich sehr gute ausgeprägte selektive Wahrnehmung besaß, ins Gesicht geschrieben, als sie nun im Chor riefen: „ER HAT SIE IN ECHT GEKÜSST! NICHT IN SEINEM TRAUM!"

Szene 6
„Willkommen im Inselparadies Lorelia"

Teil II

Nun durchdrang die Nachricht unseren Jay auch sinnerfassend. Die selektive Wahrnehmung vermischte sich mit einem Schockzustand und er sah alles andere nur noch verschwommen, außer Neela, die ihren Bauch streichelte und Valentino, der nun zurecht besorgt auf die Antwort von unserem Autoparadies Besitzer wartete. Jeder rechnete mit dem Schlimmsten. So sehr sogar, dass die Teenager, Mutter Neela an den Oberarmen nach hinten zogen, um sie vor eventueller, bevorstehender Gefahr zu schützen. Alle Blicke waren nun auf Herrn Tamanna-Skimen und Herrn Eis gerichtet. Es handelte sich höchstwahrscheinlich nur um zwei bis drei Minuten, aber es fühlte sich an wie eine halbe Ewigkeit, bis Jay letztendlich reagierte und sprach:

„Willkommen auf Lorelia.
Unserem lang ersehnten Urlaub im Paradies."

Man wusste gerade nicht so recht, ob es jetzt Zeit war für Erleichterung oder noch mehr Skepsis und Besorgnis. Zeitgleich überlegten die anderen, was sie in James' Situation eigentlich tun würden, behielten dies aber für sich, um nicht noch ein Feuer zu entfachen, welches eh gar keiner entfachen wollte.

Die Teenager fühlten sich gezwungen, diese Stimmung zu unterbrechen. „Du nimmst Valentino und ich meinen Großvater und wir ziehen sie einfach weiter, okay?", fragte der derzeitig einzig anwesende Lionel. „Okay!", willigte Aaron nun ein.

„Komm, Dad. Wir gehen weiter!", forderte der Siebzehnjährige seinen Vater auf. „Na Opa, was gibt es sonst noch so über Lorelia zu erzählen. Wieso ist dir die Insel so wichtig?

Erzähle doch, während wir weiter Richtung Hotel gehen, okay? Ist sicher nicht mehr lange. Mann, Mann, Mann, habe ich Lust zu marschieren und das ganz ohne Autos! Wann kommen die denn eigentlich beim Hotel an? So viele Fragen, welche du jetzt unbedingt beantworten musst, lieber Großvater", sagte Lionel seinem Opa, fest entschlossen die Familie aus dieser unbehaglichen Atmosphäre zu ziehen. Der routinierte Flugzeugpilot war brenzliche Situationen gewohnt und verstand die zugegeben nicht sehr subtile Art von seinem Enkel, jemanden in seinen Plan einzuweihen und verfolgte diesen somit mit. „Opa" ging mit Lionel und unserer Fluglotsin Priya voran und beantwortete alle Fragen, die er hatte: „Also. Die Autos werden zu unserem Hotelparkplatz geliefert und Lorelia bedeutet deiner Oma und mir sehr viel, weil unsere Flitterwochen hier stattfanden und …"

Unser Airline Chef erzählte und bei jedem Satz hörten die anderen auch gebannt zu, was er zu erzählen hatte. Die Stimme von ihrem Piloten war so beruhigend, dass die Lage es dem Ton gleichtat. Sie beruhigte sich und ebenso wurden die gerade noch Aufgeregten auch ruhig.

Nach einer Zeit des Gehens waren sie ihrem Ziel um vierzehn Uhr dreißig Ortszeit endlich ganz nah. Um genau zu sein, standen sie vor dem Hotel und schauten sich in ihrer Urlaubsgegend um.

Sie entdeckten, sechs Swimmingpools mit jeweils einer eigenen Bar und einem Restaurantimbiss. Das Meer lag nicht einmal hundertfünfzig Meter davon entfernt. Man sah einen weitreichenden, asphaltierten Weg entlang des Meeres. Viele Berge und Hügelwege, auf welchen man schöne Sommertouren mit einem Gefährt unternehmen oder eben auch wandern konnte.

Was die Jugendlichen gut fanden war, dass es anscheinend keine Senioreninselstadt war und sie erblickten mit Freude andere Teenager.

„Na gut, meine Lieben. Die Zimmeraufteilung ist klar? Neela mit James. Meine Frau mit mir. Die Jugendlichen zusammen und Valentino bekommt ein eigenes Zimmer! Die Jugendlichen machen das Zimmer nur auf, wenn das Klopfzeichen von uns erkennbar ist, ansonsten nicht. Dann würde ich mal vorschlagen, dass wir nun alle auf unsere zugeteilten Zimmer gehen, uns etwas frisch machen, Badekleidung anziehen und wir treffen uns beim Pool Nummer drei. Passt das für euch?", erkundigte sich Konrad.

Unsere Familien willigten kollektiv ein und betraten das Hotel.

Nach circa einer dreiviertel Stunde waren auch schon alle rund um den Pool verteilt. Neela sah unseren Jay etwas betrübt mit dem Rücken zum Pool in die Ferne blicken. „James?", fragte sie ihn und tippte ihm auf die Schulter. Er sah sie nicht an. „James. Es tut mir leid, was da passiert ist. Ich kann das nicht rückgängig machen, aber du sollst wissen, dass ich diesen Kuss nicht erwidert habe. Ganz im Gegenteil. Du kannst dein altes Blech fragen, er hat es mitangesehen. Ich habe ihn angeschrien. Also Valli, nicht Lionel. Du hast doch mitbekommen, dass ich ihn mit Urin beworfen habe, oder? James, ich weiß, es ist schwer, aber …", Neela wurde von James unterbrochen.

„Ich habe es vergeigt. Es wäre doch nie so weit gekommen, wenn ich es nicht so vermasselt hätte. Es ist ja sogar für mich verständlich, dass du gesehen und geliebt werden willst und dass man dir das auch aktiv zeigen muss und du dich nicht als selbstverständlich verstehen darfst. Es war weder sein noch dein Fehler. Auch wenn ich es mir wünschte, dass es sein Fehler wäre und nicht nur ein Traum, damit der Hass, den ich derzeit nur gegen mich verspüre, aufgeteilt würde. Es ist nicht mal Hass, es ist eher Wut und so sehr ich mich freue, dass wir Nachwuchs erwarten, umso mehr könnte ich mir selbst eine reinhauen dafür, dass ich nicht nur dich und Lio, sondern auch unser Baby im Stich gelassen habe. Und ja, ich habe es gerafft, dass er dich wirklich geküsst hat, aber ich raffe es auch, wenn ein Mann mir sagt, dass er, nur weil er träumte oder glaubte zu träumen, sein Hirn und seinen Körper nicht unter

Kontrolle hatte. Natürlich gibt es ihm nicht die Berechtigung, einen Menschen gegen seinen Willen zu küssen oder anzufassen, aber der Mann ist psychologisch in verschiedenste Richtungen ausgebildet. Der würde, wenn er bei Verstand ist, niemals so etwas tun oder gar erdenken. Weißt du, Schatz? Das Schlimmste ist, dass fern ab von dem, ob du ihn willst oder nicht, er ein guter Typ ist, der dir auch guttut. Das bräuchtest du. Jemanden, der dir einfach mal zur Abwechslung guttut oder überhaupt etwas macht. Ich hoffe nur, dass ich der bin, der dir am guterestesten tut."

Neela musste, trotzdem sie gerade noch betroffen zu ihrem Jay-Con hochsah, milde lächeln. War es doch genau diese Art, in welche sie sich damals unter anderem in ihn verliebte. Emotional brauchte er ein bisschen länger, einsichtig war er und auf seine Weise mutig und stark, aber eben auch ein Tollpatsch im sozialen und verbalen Umgang. Doch war es nur die rosarote Brille oder doch immer noch eine wahrhaftige Liebe, die einfach nur eine schwere Zeit hatte? Würde das Urlaubsziel, welches das einstige Flitterwochen Ziel von James' Eltern war, mit seiner paradiesischen Atmosphäre dabei mithelfen, die Ehe noch retten zu können oder würde es zum Schauplatz der knallharten Realität?

Szene 7
„Einfach zu heiß"

„Kommt, lasst uns zum Meer gehen", riefen die Teenager Aaron und Lionel entschlossen, das Leben der für sie schon alten und noch älteren Leute aufzumischen. „Wer als Letzter dort ist, spendiert allen etwas im Restaurant." „Meine Güte! KINDER! JETZT NICHT RENNEN! MAN DARF HIER NICHT LAUFEN!", rief Konrad den Jugendlichen hinterher. „Schatz, sei nicht so ein Spielverderber. Komm, lass uns laufen und danach gehe ich zu dem Mini-Freizeitpark und versuche es bei den Autodrom-Mobilen", sprach seine Ehefrau lachend.

Vorsichtig aber verspielt liefen die ganz Alten den nicht so Alten nach, die wiederrum gerade noch die Jugendlichen im Blick hatten. Opa Konrad nahm seine Frau an der Hand und zog sie zu einer Abkürzung. Sie erreichten schneller als die Jugendlichen, aber dicht gefolgt von ihnen, den Sandstrand. Valentino sprang über den Zaun, der um die Pool Area stand und bewältigte im Parkour das Rennen zum Strand. James rannte seiner Frau ironischer Weise davon und Neela konnte nicht mehr rennen, da ihr kurz vorm Ziel der Bauch vom Lachen weh tat. „Oh shit!", meinte sie lachend und hing „Mensch, jetzt muss ich euch allen was bezahlen? Echt jetzt?" an. „Taha! Ja Mama Skimen, so läufts eben!" und unsere Neela bekam einen emotionalen Milcheinschuss, da Aaron sie gerade Mama nannte. „Oh, wie süß bist du denn, du kleiner knuffeliger Knopf du! Meine Güte", sprudelte es nun berührt aus ihr heraus. Sie ging zu Aaron und kniff von ihrer Höhe aus in die Wangen des schon eins achtzig großen, braun gelockten Teenies. „Komm mal her, du Knuffibärchen! Lass dir einen Schmatz auf die Wange geben!" Neela zog ihm mit leichtem Druck an seiner Strand-Halskette zu sich und drückte ihn einen dicken, fetten, mit Mutterliebe gefüllten Kuss auf die rechte und linke Wange. Mit dem folgenden Stirnkuss hatte aber niemand gerechnet.

Lionel und Valentino sahen eher besorgt als glücklich über diesen aus, so unterschiedlich die Gründe für diese Besorgnis auch sein mochten. Neela sah Aaron nun Stolz erfüllt an und sprach mit liebevoller Stimme: „Aaron. Weißt du eigentlich, wie schön ich das finde, dass du mitgekommen bist? Falls nicht, ich finde es sehr schön. Nicht nur weil du ein bezaubernder junger Mann bist, sondern auch weil du meinen Sohn anscheinend sehr guttust. Danke dir. Ich habe dich äußerst lieb, Kind."

Plötzlich hört man Valli „Hörst du auf jetzt!" zu Neela sagen. „Dad! Lass sie doch in Ruhe", forderte ihn sein Sohn auf. Die ausgebildete Synchronsprecherin sah sichtlich verwirrt aus und fing an zu weinen: „Was? Wieso denn? Ich habe hier alle lieb und das sollen auch alle wissen!" „Dad! Entschuldige dich bei ihr. Jetzt!", regte sich unser Aaron zurecht auf. „Ja Mann, sogar wir wissen seit dem Biologieunterricht, dass man bei sensibleren Schwangeren aufpassen sollte, wie man mit ihnen redet. Die machen doch eh schon genug mit ihrer hormonellen Umstellung um!", unterstrich Lionel die Aussagen seines Schulfreundes.

„Ja, doch! Es tut mir leid, Neela. Kann ich dir irgendwas Gutes tun? Willst du irgendwas?", fragte Valli. „Nein. Ich leg mich jetzt zu James. Er hätte mich sicher verteidigt, wenn er es mitbekommen hätte. Hätte er doch, oder?", begann sie fast wieder zu weinen. „Ja. Natürlich hätte er das. Er ist halt einfach … gerade zu sehr damit beschäftigt auf seinem Strandtuch zu … existieren. Ach, was weiß ich, aber er hätte dich bestimmt beschützt. Wie ein Löwe, der das Nilpferd zuerst anbeißen will!", versuchte Valli die Lage sehr unglücklich formuliert zu deeskalieren. „Ich bin ein Nilpferd?" und das Weinen brach erneut aus. Einstweilen hatten sich die Großeltern in den Freizeitpark verzogen, da ihnen das jetzt auch schon etwas zu anstrengend wurde. Immerhin durfte man nicht vergessen, dass sie eigentlich alle Urlaub hatten, um sich vom Stress zu erholen. Auch die Teenager zogen sich komplett aus der Situation raus und gingen im seichten Wasser entlang.

Aaron: „Falls wir eine Qualle finden, auf wen sollten wir die zuerst werfen?"

Lionel: „Weiß auch nicht. Jetzt wäre doch mein Dad damit dran, Urin abzubekommen. Also wohl eher James, oder? Hey. Wir können einfach zwei nehmen und nur einem von den Vollknöpfen erste Hilfe leisten."

Aaron: „Weißt du, Lionel … Ich will meinen Vater nicht in Schutz nehmen, aber ich glaube, er hatte einfach Angst, dass mein Wunsch nach einer Mom verstärkt würde. Es tat halt auch gut, mal von einer Mutter wieder so was zuhören. Was heißt wieder. Überhaupt mal."

Lionel: „Ja …Das … Also, ich kann mir das ehrlich gesagt nicht vorstellen, da ich nicht in deiner Situation war oder bin. Wenn ich mir denke, dass es, obwohl mein Dad noch da ist, am Anfang sehr weh tat, als er mich und Mom begann zu ignorieren und nur noch in seiner Welt lebte, bin ich dir um nichts neidig. Ganz ehrlich? Irgendwie wünsche ich mir schon langsam, dass Mom sich von Dad scheiden lässt. Nicht, weil ich Dad eins reinwürgen will, aber ich will, dass Mom glücklich ist. Dad wirkte bis vor kurzem noch sehr glücklich, als er sich nur noch um die Autos und Flugzeuge kümmerte. Er war ein bisschen zu glücklich ohne Mom und ohne mich. Vielleicht … vielleicht sollte man wirklich jemanden gehen lassen, wenn man ihn liebt. Und, naja … Wenn meine Mom … zu deinem Dad … dann hättest du … auch eine Mom", versuchte er vorsichtig seine Pointe klarzumachen.

Aaron lächelte Lionel an und sagte: „Genug mit dem Herumgeschnulze. Lass uns Spaß haben, du kleiner irrer s…ehr witziger Mensch."

Lionel war etwas verwundert über den abrupten Themenwechsel, aber er konnte auch gar nicht mehr allzu viel darüber nachdenken, da ihn Aaron von hinten festhielt, ins Wasser zog und mit ihm umfiel. Als unser Lionel wieder auftauchte und sah, dass Aaron auch schon wieder über der Meeresoberfläche war und sich gerade das Wasser aus den Ohren schüttelte, sagte er herausfordernd: „Na warte, du Arsch. Das bekommst du zurück" und stürzte sich auf ihn.

Deren Eltern bekamen das nicht mit. Die lebten jetzt alle in ihren Welten, die unterschiedlicher nicht hätten sein können.

Während James über das Konzept einer Beziehungspause nachdachte, um paradoxerweise damit seine Ehe retten zu wollen, ging Valentino ins Meer, um sich etwas Abkühlung von den auf Lorelia fast 39 Grad Celsius zu holen. Neela hingegen sah sich nur am Strand um und war in ihren Gedanken versunken. Plötzlich ertönte aus James, der sich nun aufrecht sitzend am Handtuch befand, das Wort „Beziehungspause". Unsere Neela riss es aus ihrer Gedankenwelt und sie sah ihn mit schockierten Augen an und dann entsetzt weg. In diesem Moment sah sie, wie Mr. Valentino Bartolomeo Eis aus dem Meer empor stieg und sie bestätigte James Ausbruch mit: „Ja. Passt. Dann haben wir halt eine Beziehungspause. Sagen wir es den Kindern und wie sehen die Regeln für die Pause aus?" Unser James war zunächst irritiert und antwortete: „Ja. Wir sagen einfach, dass wir nun vorerst getrennte Wege gehen, um zu sehen, ob dies uns wieder zusammenführt, wenn wir dennoch in Kontakt stehen. Die Regeln, wir sind single, aber wir probieren ohne Druck und Zwang, ob wir es wieder zusammen schaffen können und ob du das überhaupt noch willst. Da wir getrennt sind, kann auch keine Monogamie bestehen. Falls du das mit Regeln meinst." Dann dämmerte es ihm. Er sah Neela an und verfolgte ihren Blick. Was er dann sah, und zur Abwechslung einmal mitbekam, gefiel ihm ganz und gar nicht, denn unsere Neela begann den Sommerurlaub und vor allem den Ausblick von Lorelia und dessen Meer Kiara mehr zu genießen als Konrad das im ursprünglichen Sinn gemeint hatte. Es ist mehr als verständlich, dass unser James den gerade noch erbrachten Vorschlag einer Beziehungspause inklusive der Regeln für diese bereute.

Die Sonne strahlte auf das Meer. Die fast schon schwarzen Augen von Neela funkelten und glänzten schon wie das von der Sonne geküsste Gewässer Lorelias. „Huh, heiß ists, James. Was meinst du?", äußerte sich die im hormonellen Überschuss Befindende. „Es ist Sommer. Natürlich ist es heißt! Ich frage mich nur, wieso du nass bist. Ist es wegen der Hitze oder wegen dem ganz Kaltem?", entgegnete ihr Jay nun dezent eifersüchtig. Neela schmachtete nach dem Baywatch-ähnlichen Anblick, als Valentino immer wieder ins Wasser ein- und wieder auftauchte, sich das Wasser aus seiner mittellangen Löwenmähne schüttelte und es sich aus seinem Gesicht mit seiner großen rechten Hand wischte. Und wieder. Er hob seine Hände nach oben, hielt mit der einen die andere Hand und ging somit in die für Taucher übliche Schwimmposition. Er sprang also ins Wasser, tauchte ein paar Meter, um dann wieder aufzutauchen und das gleiche Prozedere von vorne durchzuführen. Er hob sich aus dem Salzwasser, schüttelte aber diesmal mit dem Kopf und seiner rechten Hand, das Wasser aus den kastanienbraunen Haaren und wischte sich, als wäre das nicht schon genug, das Wasser noch einmal richtig aus seinem Vollbart. Von der Sonne geblendet, kniff er seine braunen Augen etwas zu und blickte dann in Richtung Neela, welche gerade mit offenem Mund immer noch zu ihm rüber sah. Aber auch unser James war gebannt von diesem Anblick und sich nicht sicher, ob er seinen Unmut diesem Mann gegenüber steigerte oder er sich eingestehen musste, dass er wirklich faszinierend war. Er entschied sich, seine Auswahl zu verbalisieren: „Wie perfekt kann man eigentlich in so einem von Fischen und Menschen angepissten und angekackten Meer aussehen?! Siehst du das? Seine im trocknen Zustand weite Badehose ist klitschnass und legt sich so eng an diesen mittelmäßig muskulösen Körper ran, dass man glauben könnte, er hätte einen dicken fetten Aal in seiner Badehose gefischt." Neela sah ihren derzeitigen Ex-Mann an und gab es auf. Es kam kein Kommentar von ihr mehr zurück. Valentino schien vorerst befriedigt von seinem Tauch- und Schwimmgang und steuerte geradewegs auf unsere zwei Getrennten zu. Die Schwangere begann tiefer zu atmen und sprach: „Du hast Recht. Der Aal scheint nach links zu wollen. Ist mir damals gar nicht so aufgefallen."

Jay: „Was?! Damals?!"

Neela: „Gibt es eigentlich eine Erklärung, wieso du JETZT alles mitbekommst, was ich sage und tue?"

Jay: „Lenk doch nicht ab. Was meinst du mit damals? Hattest du was mit ihm?"

Neela: „Sei vorsichtig, was du fragst. Du weißt, ich gebe dir immer eine ehrliche und direkte Antwort!"

Jay: „HAST DU AN DIESEM EIS GENASCHT ODER NICHT?!"

Bevor Neela antworten konnte, war der Surfer-Verschnitt auch schon bei ihnen angelangt und sprach: „Hey, du siehst überhitzt aus. Kann man dir irgendwas bringen? Wasser zum Beispiel?"

Jay (endgültig am Ende seiner Nerven): „Nass ist sie schon."

Neela: „Ja … Eis. Ich brauch jetzt dringend Eis, an dem ich lecken kann, genüsslich, um mich abzukühlen."

Valentino: „Das verstehe ich. Es ist einfach viel zu heiß hier."

Jay: „Wo bleiben die Autos?!"

Szene 8
„Auf der Insel verloren"

Die sich auf dem Strand befindlichen Protagonisten überkam ein mulmiges Gefühl, als James seine Frage laut aussprach. „Eigentlich sollten die Autos doch bald da sein, oder? Wer hat sie zuletzt gehört?", fragte Valentino. „Keine Ahnung, ich habe sie zuletzt im Flugzeug gehört, als ich sie anrief, um ihnen die frohe Botschaft zu übermitteln", antwortete die Synchronsprecherin. Konrad und Priya kamen von ihrer Freizeitparktour zurück und brachten sich auch in das Gespräch mit ein.

Priya: „Na, gehen wir dann was essen? Ich verhungere noch."

Konrad: „Geht mir nicht anders. Wie wäre es denn, wenn wir zusammen essen gehen und nicht jeder getrennt für sich."

Valentino: „Wo zum Teufel sind die Jungs?"

James: „Scheiße. Wir sind echt Eltern des Jahres!"

Neela: „Da hinten. Oder? Die zwei, die sich gerade mit matschigem Sand bewerfen, oder?"

Valentino und James: „Suno sei Dank."

James: „Das hätte jetzt noch gefehlt, dass uns die zwei auch noch abhauen."

Neela: „Dad, wo sind die Autos? Wo bleibt diese Latita Rosenberg denn?"

Konrad blickte auf die Uhr und dann auf sein Mobiltelefon: „Sie schrieb mir, dass sie sich verspäten. Sie müsse noch etwas mit ihrer Fracht klären."

Auf dem Flugplatz

Latita: „Jetzt macht mir doch nichts vor! Ihr habt euch doch grade über mich beschwert, dass ich zu grob wäre, oder?"

Fräulein Rosenberg war sichtlich verwirrt und geprägt von dem sich noch vor ein paar Stunden abgespielten Autobahndrama.

Sie stand vor ihrem LKW und frontal zu den darauf verladenen Autos.

Latita: „So viele verdammten Zufälle gibt es nicht. Ihr habt euch selbst entsichert, keine Ahnung wie, seid auf der Autobahn anstatt rückwärts nach vorne gefahren und stehen geblieben, bevor ihr meinen Sergio erwischt habt. Nun greife ich aus Stress, etwas gröber zu und ihr macht komische Geräusche. Als würde eine Katze zeitgleich miauen und fauchen."

Die den Ladies-Truck Sergio-Diego Fahrende machte eine kurze Pause, sah auf den Asphalt und dann wieder zu der Ladung hoch.

Latita: „Jetzt habe ich es. Sergio. Sergio–Diego hat eure Sicherung entsichert und dann habt ihr Party auf der Autobahn gemacht! Da niemand zu Schaden kam, müssen die anderen rädernden Bleche wohl auch so sein wie ihr. Wie mein Sergio. Der hat mich auch schon oft vor irgendwas gerettet. Glaube ich halt."

In diesem Moment dröhnte Sergios Hupe. Frau Rosenberg wusste nicht mehr wohin mit sich und griff sich auf den Kopf: „War das jetzt Zustimmung oder Einspruch?"

Emilia (auf der für Menschen nicht hörbaren Frequenz): „Sergio! Das war gemein von dir! Die Arme wird doch eh gerade verrückt."

Jason: „Außerdem ist das mein Job, alle in den Wahnsinn zu treiben!"

Lionel: „Meine Güte. Sie hat doch eh Recht und wäre glücklich, wenn sie das mit Sicherheit wissen würde. Wieso sagen wir es ihr nicht? Es ist kein anderer Mensch in Hörweite. Das geht schon."

Goliath: „Spinnst du? Die wird uns wahnsinnig und baut noch einen Unfall, wenn sie fährt!"

Schwabbs: „Wieso? Sergio kann doch lenken für sie."

Dekja: „Bei allem Spaß, der hier herrscht, aber es wäre nicht erklärbar, wie eine Bewusstlose einen LKW lenkt und so ans Ziel kommt."

Alfred: „Stimmt. Das können wir nicht machen. Aber wenn wir angekommen sind, dann ginge es doch?"

Lillijetta: „Das die dann erschrickt, wegläuft und schreiend alle informiert, dass wir leben?"

Schwabbs: „Sehr fantasievoll."

Lionel: „Ja. Was kommt als nächstes. Sprechende Autos?"

Sergio: „Leute. Ich will hier niemanden den Spaß verderben, aber da es sich bei Latita um meine zu Schützende handelt, würde ich gerne den Vorschlag ablehnen, dass wir es ihr sagen. Natürlich ärgern wir gerne neckisch unsere Menschen, wenn sie noch nichts wissen, aber sie ist eindeutig nicht bereit dafür und es gibt noch keinen Grund eine Maßnahme zu vollziehen, welche uns der Codex erlauben würde."

Jason: „Stimmt. Das Schlimmste was derzeit passieren könnte, wenn wir sie weiter ärgern, wäre, dass sie eventuell einen, nennen wir es mal, beruhigenden Aufenthalt bräuchte."

Lionel: „Du meinst nach dem Motto ‚bis einer weint'?"

Jason: „Erst dann ist es lustig."

Schwabbs: „So geht der Satz nicht."

Lionel: „Ab jetzt schon und er gilt ausschließlich nur bei Jason. Wir probieren das mal alle an ihm aus. Bringen ihn zum Weinen und dann sehen wir, ob er es noch lustig findet."

Bei Tisch im Restaurant

In diesem „á la carte" & Buffet- Restaurant Nummer 03, namens „Iyoko", saßen unsere Menschenfreunde nun bei Tisch. Sie warteten auf die Getränkebestellung, bevor sie sich etwas zu Essen holten oder gleich mit den Getränken, das Essen mitbestellten. Um die stille Atmosphäre zu unterbrechen, fing Konrad an zu erzählen: „Wisst ihr, ich habe Priya hier einen Heiratsantrag gemacht. Ich habe sie also auf der Insel gewonnen. Also für mich gewonnen. Ganz und gar und offiziell." „Und ich habe meine Frau auf der Insel verloren", stammelte unser Jay.

Wenn das Essen schon so anfing, meinten die Teenager, dass sie doch lieber vor der Getränkebestellung zum Buffet gehen.

Beim Buffet

Lionel: „Ich kanns kaum erwarten, bis die Autos wieder bei uns sind. Es gibt Sachen, die werden unsere Eltern nie verstehen."

Aaron: „Ich fühle das. Denke ich mir auch. Wir zeigen ihnen doch schon, dass wir sie bräuchten. Oder, dass sie sich zumindest normal mit uns unter- und vor uns verhalten sollten."

Lionel: „Ja. Es ist echt anstrengend."

Aaron: „Möchtest du abhauen?"

Lionel: „Das können wir nicht bringen. Die killen uns."

Aaron: „Naja. Außer wir geben denen Bescheid, nehmen uns hier Essen mit und sagen, dass wir am Meer essen wollen. Was hältst du davon? Das ist weniger teenagertypisch, wir hätten unsere Ruhe und wir würden ihnen zeitgleich zeigen, wie man sich anständig benehmen kann."

Lionel: „Okay. Abgemacht. Aber ich nehme mal an, da wir beide noch nicht volljährig sind, dass wir dort sitzen müssen, ,wo sie uns sehen können."

Aaron lachte und stimmte seinem Freund zu. „Los! Wir schnappen uns alles an Essen was wir wollen und auch essen können und dann versuchen wir unser Glück", sagte der Siebzehnjährige. „Okay." Lios Augen leuchteten.

Währenddessen am Flugplatz

Emilia: „Lionel! Sergio! Ist das nicht doch ein Notfall? Die wird uns gerade verrückt!"

Lionel: „Ruhig bleiben, wir schaffen das schon irgendwie!"

Lillijetta: „Irgendwie? Wir schaffen das!"

Schwabbs: „Aber wie?! Wenn nicht bald einer eine Idee hat, müssen wir handeln!"

Unserer Latita Rosenberg reichte es vollkommen, da es die PKWs und der LKW mit ihren Geräuschen etwas zu weit getrieben hatten. Sie entsicherte die Autos und holte sie von der Ladefläche hinunter, nahm ein Seil und band sie alle in einer Schlange zusammen: „So, ihr Bestien. Ich fahre jetzt so mit euch ins Inselzentrum zu euren Besitzern und wenn ihr nicht wollt, dass euch etwas passiert, dann müsst ihr selbstständig lenken. Solltet ihr aber in Wahrheit gar nicht leben, dann bin ich meinen Job los und komme in die Nachrichten. Solltet ihr jedoch leben, dann … Was weiß ich, was dann passiert. Dann weiß ich es eben. Aber verarschen, tja, verarschen könnt ihr wen anderen."

Einstweilen im Restaurant

Aaron: „Einen wunderschönen bald Abend wünschen wir euch. Sir Lionel und ich wollen zum Meer dinieren gehen, sofern unsere werten Eltern nichts dagegen haben. Natürlich setzten wir uns in Sichtweite, so dass ihr, wann ihr auch immer wollt oder Lust und Zeit habt, einen Blick auf uns werfen könnt."

Die Erwachsenen sahen die Jugendlichen verdutzt an, aber die Eltern der Jungen stimmten zu. Als die zwei draußen waren, meinte Lio erstaunt: „Boah. Das war ja einfach! Du kannst dich echt gewählt ausdrücken. Der Wahnsinn! Aber der letzte Satz von dir war ein Seitenhieb, oder?" Aaron lächelte verschmitzt und sagte im sarkastischen Tonfall: „Nein. Wo denken Sie hin, Sir Lionel Tamanna-Skimen, Sir." Er breitete ein Tuch auf einer Stelle im Blickfeld der Erwachsenen aus und sprach: „Lionel, darf ich bitten? Setzen Sie sich doch." Auf einmal merkte Lionel, wie sein Herz schlug. „Bleib cool", dachte sich unser Menschenjunges und setzte sich, wie von dem Charmeur erbeten, nieder.

Lionel: „Ich fass es nicht, dass der coolste Junge der Schule mit mir abhängt und noch dazu im Paradies."

Aaron: „Ach Kumpel. Jetzt fängst du schon wieder damit an. Ist doch egal, wer cool ist oder nicht. Was für die einen cool ist, ist für andere uncool und umgekehrt. Ich sag es dir ehrlich, du bist cool für mich."

Unser Lionel erstickte fast an seinem Chicken Wing. „Scheiße, geht's?", fragte Aaron erschrocken und klopfte ihm auf den Rücken. „Ja." Lionel räusperte sich, während er den Satz von Aaron in seinem Kopf hörte, wie dieser sagte, man solle an das Unglaubliche glauben und fragte ihn: „Okay … Also, wenn wir davon ausgehen, dass ich dir das jetzt glauben kann, würde ich gerne wissen, wieso du findest, dass ich cool bin." Aaron lächelte ihn an, sah in die Augen des Teenagers und sprach: „Weil du nicht wie die anderen bist. Wie ich es dir schon beim Brunnen sagte, als du mir von diesem angeblichen Film erzählt hast, wo ich einfach spätestens bei den Figurennamen wusste, dass du keinen Film meinst. Du bist anders. Du bist in meinen Augen mutig, tapfer, witzig, klug und brotechnisch gesehen, bist du auch echt fesch." Lionel schluckte und sah ihn mit großen Augen an und fragte: „Bro-technisch?" „Nein", Aaron stellte seinen Teller ab, nahm Lionel seinen Teller weg, legte ihn beiseite, tippte ihn mit dem Zeigefinger auf den Brustkorb, drückte ihn auf seinen Rücken, stützte sich mit seiner rechten Hand am Strand ab, die linke auf Lionels Wange, sah ihn in die Augen und küsste seinen heimlichen Schwarm. Zuerst zart mit leicht geöffneten Lippen, bis Aaron die Zunge sanft in Lios Mund einführte und die seinige suchte, um sie mit seiner zu streicheln.

Anders als von Aaron erwartet, erwiderte Lionel immer intensiver seine Küsse, bis sie letztendlich fest umschlungen am Strand von Lorelia schmusten. Als sie langsam mit dem Küssen aufhörten, gestand Aaron seinem Freund: „Ich liebe dich." Lionel erwiderte Aarons Blicke. Er sah immer wieder in seine Augen und dann auf seine Lippen, auf seinen Hals und zurück in seine Augen und erläuterte: „Und ich liebe dich. Und wie auch noch! Schon lange." Der Sechzehnjährige sah ihn auf einmal verwirrt an und fragte: „Aber was ist mit dem Mädchen aus der Schule, oder dem anderen Mädchen? Es stehen viele Mädchen auf dich. Du bist rebellisch und mutig. Ich dachte, dass du jemanden von den Mädels willst." „Manchmal wird das Unglaubliche eben wahr! Nein. Ich hatte schon immer Gefühle für dich, vom ersten Moment an, in dem ich dich sah", antwortete Lionel. „Oh, wow. Und ich will die Stimmung nun echt nicht vermiesen, aber ist dir bewusst, dass wir rumgeknutscht haben und komplett vergessen haben, dass uns unsere Familien sehen können?", fiel Aaron gerade auf.

Lionel: „Vergessen? Nein. Mir war das original scheißegal."

Aaron: „Du Rebell."

Ehe sich unser Lionel versah, schmiss sich Aaron auch schon wieder inbrünstig mit seinem Körper auf seinen und küsste ihn leidenschaftlich. Den zweien würde doch nichts im Wege stehen, sollte man denken, doch dann … ja, dann klingelten die Handys von Lionel und Aaron.

Szene 9
„Abrupter Themenwechsel"

Der Sonnenuntergang brach über Lorelia an.

„Musst du da ran gehen?", fragte Aaron Lionel immer noch küssend. „So unpassend es ist, aber das ist der Klingelton für Onkel Lionel. Er ruft jetzt schon zum zweiten Mal an und ich habe ein ungutes Gefühl", war Lionel entschlossen, aber auch süchtig nach den Küssen seines Schwarms. „Oh. Dann heb ab, wenn es schon das zweite Mal ist", sagte Aaron, der nun einen verzwickten Blick auf seinem Gesicht hatte.

Teenie Lio: „Was gibst?"

Onkel Lionel: „Latita will uns schrotten. Sie flippt komplett aus! Sie bedroht uns mit einer Axt!"

Aaron, der das Gespräch mithörte, sprang auf, zog Lionel an seinem linken Handgelenk nach oben und rief: „Komm! Los! Ich habe einen Plan!"

T-Lio: „Sendet eure GPS-Daten. Wir kommen so schnell wie wir können!"

Onkel Lionel beendete den Anruf und forderte Schwabbs auf, die GPS-Koordinaten an die zwei Teenager zu senden.

„Baby! Wohin rennen wir?", fragte Lionel, der immer noch von Aaron im Schlepptau gehalten wurde. „Hast du mich grade Baby genannt? Okay. Egal. Jetzt. Ich küsse dich später dafür. Zum Plan. Wir laufen zum Parkplatz, suchen uns das nächstbeste Auto, bei dem wir beide ein gutes Gefühl haben, sagen diesem, dass wir es wissen und andere Autos in Gefahr sind und es muss uns doch helfen! Um den Codex zu schützen, sagen wir einfach, dass ich Autofahren kann, aber eben noch keinen Führerschein habe", erklärte Aaron. „Guter Plan. Ich hoffe er klappt", sagte Lio aufgeregt.

Bei Tisch im Resteraunt

Konrad: „Ich will nicht, dass wir getrennt zahlen. Lasst mich euch doch einladen."

James: „Nein. Ich bin von meiner Frau getrennt, also werde ich auch getrennt von ihr und euch zahlen."

Neela: „James!"

Valentino: „Ihr seid getrennt?"

James: „Sie hat es dir nicht gleich gesagt?"

Neela: „Wann hätte ich das tun sollen?! Und nein, ich habe es ihm nicht gesagt. Warum sollte ich?"

James: „So wie du nach ihm gesabbert hast, wie er dir da seinen sexy Körper im Wasser präsentierte und du dir sicher auch wünschtest, dass sein Aal in der Badehose eine Würgeschlange wäre, die dich von weiten umschlingt, lag die Annahme nah, dass du es ihm gleich irgendwie hast zukommen lassen, dass er dich jetzt haben kann und du single bist!"

Neela: „Bitte? Du hast doch begonnen davon zu reden, wie perfekt ein Mann nicht aussehen kann und hast auf seinen Schritt geachtet!"

Außerhalb des Resteraunt „Iyoko"

Lionel: „Da! Der hier! Der wirkt vertrauenswürdig. Spürst du es auch?"

Aaron: „Ja. Aber dafür haben wir keine Zeit. Meinst du den schwarzen Suno FS19?"

Lionel: „Bitte? Egal, ja! Den meine ich."

Aaron: „Der ist aufgestemmt und wirkt Geländetauglich. Den nehmen wir. Hoffen wir nur, dass er uns nimmt."

Lionel hockte sich Augen zu Scheinwerfern zu diesem noch namentlich unbekannten Gefährt und begann zu sprechen: „Hey. Einen unglaublich schönen Abend wünsche ich dir. Wir haben keine Ahnung wer du bist und du nicht, wer wir sind. Wir sind weder betrunken, noch nahmen wir irgendwelche Drogen. Wir wissen, dass ihr Energien habt und lebt. Wir schätzen euch sehr. Aaron und ich. Wir zwei sind die jugendlichen Schützlinge von Schwabbs, dem Suno AS 404 und ich von einem Suno A82 namens Lionel. Sie stecken in großen Schwierigkeiten und wir haben ungemein Angst, dass unseren Gefährten etwas passiert. Bitte, ich flehe dich an, hilf uns. Wir müssen so schnell wie möglich dahin. Vielleicht hat dich die Nachricht schon über irgendeinen Funk über die Autofrequenz erreicht. Wir müssen doch den Auto-Codex bewahren", weinte Lio fast schon.

Doch dann plötzlich die Erleichterung. Die Scheinwerfer dieses Suno FS19 blitzten ganz kurz auf und sie hörten die Entriegelung der Türen. Die Teenager jubelten flüsternd und stiegen schnell ins Auto ein. Aaron, wie ausgemacht, bei der Fahrerseite und Lionel bei der Beifahrertür. Der noch namenlose Suno FS19 schaltete seine Frequenz um, sodass man seine Stimme nur in der Kabine hörte: „Es hätte das Wort Auto-Codex gereicht. Wie dem auch sei, gebt mir die GPS-Daten. Schnell. Wir dürfen keine Zeit verlieren. Die Vorstellungsrunde gibt's später."

Und Aaron gab dem Wagen mit der tiefen, ernsten Stimme die GPS-Daten.

Bei Tisch in Iyoko

Valentino schrie auf: „DIE JUNGS! SIE SIND WEG! Wir sind wahrhaftig beschissene Eltern!"

Neela: „Oh Gott! Nein! Das darf nicht sein! UNSERE KINDER SIND WEGGELAUFEN!"

Konrad steckte schnell noch 200 Euro unter sein Glas und rief dem Kellner zu, dass er die Bezahlung schon am Tisch fände. Dann liefen er, Priya, Valentino, James und Neela aus dem Lokal heraus. Die Angst um die Kinder war ihnen ins Gesicht geschrieben. Sie rannten umher und riefen namentlich nach ihnen, doch sie fanden sie nirgends. Nicht am Strand, nicht bei den anderen Pools, in den Restaurants, oder den Bars. Auch im Freizeitpark war keine Spur von ihnen.

James: „Wieso laufen wir denn eigentlich so herum?"

Neela: „UNSERE KINDER SIND WEG! DESWEGEN! MERKST DU DENN GAR NICHTS MEHR! ICH LASS MICH ECHT SCHEIDEN VON DIR! DU BIST JA IRRE!"

James: „NEELA! ICH HABE UNSEREN SOHN ALS BABY MIT EINEM GPS-CHIP VERSEHRT!"

Neela: „DU HAST WAS? UND DU SAGST NICHTS UND WIE ZUM TEUFEL KOMMT MAN AUF SO EINE BESCHEUERTE IDEE?!"

Valentino: „Ruhe jetzt! Beide. Diese bescheuerte, pädagogisch komplett wertfreie und auch höchst verwerfliche Idee kann uns jetzt helfen, unsere Jungs wiederzufinden! ALSO HER MIT DEN VERSCHISSENEN GPS-KOORDINATEN JAMES!"

James gab Valentino die Daten und sprach dann aber: „Wie sollen wir dahin? Latita hat immer noch unsere Autos!" Dann dämmerte es Konrad: „Scheiße. Sie schrieb doch, dass sie etwas klären muss! Ich glaube, sie meinte mit ihnen! Unsere Kinder werden am Weg zu ihnen sein. Valli! Wie schnell sind sie unterwegs?!"

Valli: „Verdammt schnell. Die müssen ein Auto geklaut haben."

Neela: „Ja. Passiert. Wir sind ohnehin schon beschissen Eltern derzeit, also dürfen wir uns da nun echt nicht verkopfen. Viel wichtiger ist aber, wie kommen wir da jetzt hin?!"

Priya: „Soulu?"

Konrad: „Das wird auffällig. Aber wie kommen wir zu Soulu?"

Valentino: „Für den Anfang reicht es doch, wenn wir Soulu nur dran bekommen, bis wir ein Auto haben, dass uns hinbringt. SIE ist doch am Flugplatz und die Autos doch auch. Das Auto fährt Richtung Flugplatz, also, auf was warten wir?!"

Valentino rief über Konrads Telefon Soulu an, während Konrad den Hotelchef, der unter anderem auch ein Freund von ihm war, fragte, ob er denn seinen Siebensitzer ausborgen dürfte, da es einen Notfall gab. „Aber klar doch! Warte ich bringe euch zu ihm", sprach er, aber als sie beim Parkplatz ankamen, rief er nur: „MEIN AUTO WURDE GEKLAUT!"

Die Erwachsenen kombinierten schnell und Konrad schaltete Suno sei Dank sehr zügig: „Ich glaub ich weiß, wo es ist. Ich erkläre es dir später. Versprochen!" Mit einem Fragezeichen im Gesicht ließ die Sippe diesen armen Hotelchef zurück.

In der Zwischenzeit hatte Valentino die Verbindung zu Soulu hergestellt und erbat sie um Notfallfunk zu jedem Auto und jedem Flugzeug, ob sie denn zwei Jugendliche gesehen hatten oder sie sogar noch sehen würden. Sie solle in Echtzeit durchgeben, was sie Relevantes hörte.

Valentino: „Wie kommen wir jetzt dahin, ohne dass wir irgendwem schaden oder in Gefahr bringen?"

Konrad: „So lächerlich das jetzt klingt, aber ich glaube, wir müssen mit dem Taxi fahren."

Priya: „Echt jetzt? Mit einem Taxi?"

Neela: „Vielleicht finden wir ja eines ohne Fahrer?!"

James: „Gute Idee! Wir schauen einfach, welches abgestellt ist. Wir müssen doch nur die Wörter Auto-Codex sagen und sie werden uns aufmachen! Neela, du fährst aber bitte mit Priya. Wir wollen nicht, dass dem ungeborenen Kind was passiert und dir somit vielleicht auch und wir werden jetzt rasen müssen, denn laut GPS haben unsere Kinder ein ziemlich PS-starkes und schnelles Auto gestohlen!"

Im Suno FS19

„Wie wollt ihr das euren Eltern erklären?", fragte der immer noch namentlich Unbekannte die Jungs. „Das wissen wir nicht. Aber wir danken dir von ganzen Herzen, dass du dies für uns tust", sprach Lionel nun. „Ich heiße Knox. Es ist zwar nicht relevant zu dem jetzigen Zeitpunkt, aber da ich der Wagen des Hotelchefs bin und ihr mich ja angeblich geklaut habt, werdet ihr zwei den Arsch offen haben", sprach *Knox* nun.

Lionel: „Verdammt und ich wollte mein erstes Mal mit Aaron haben!"

Aaron, der eigentlich ebenso angespannt war wie jeder Beteiligte, von dem sie wussten und auch nicht wussten, musste jetzt aber doch blöd lachen.

Aaron: „Glaubst du, ich lasse zu, dass irgendjemand mir meinen Schatz wegnimmt? Du bist doch jetzt mein Lebenspartner, oder?"

Knox: „Ach. Ihr seid zusammen? So ein richtiges Pärchen? Das ist schön! Gratuliere euch! Aber was ich sagte, war natürlich nicht wortwörtlich. Moment. Ich muss ganz kurz abbremsen, da ist gern mal eine Polizeikontrolle."

Im Taxi mit Konrad, Valentino und James

Valentino: „Wieso werden die jetzt so langsam? Die fahren gerade mal 120 km/h."

James: „Vielleicht müssen sie pinkeln?"

Konrad: „Bei 120 km/h? In einem gestohlenen Wagen?"

James: „Wir haben Leitungen mit denen könnte man, wenn man Spaß daran hat, aus dem Fenster pinkeln oder aus dem Dachfenster. Als Beifahrer und je nachdem wie viel Druck man erzeugen kann auch als Autofahrer."

Konrad: „Ich will einfach nicht wissen, wieso du das weißt!"

Valentino: „Vor allem, wenn man bedenkt, dass nur zwei seiner Autos ein Dachfenster haben. Emilia und Schwabbs. Schwabbs ist er nie gefahren, das wüsste ich und vor oder in dem Fall in einer Auto-Dame wird er das hoffentlich nicht machen."

James: „Ich muss dich korrigieren. Lillijetta und Fredi sowie auch Jason haben auch ein Dachfenster. Und wenn du es genau wissen willst, es war Jason. Jason und ich kennen uns jetzt besser als zuvor. Erwischt! Du weißt nicht alles und schon gar nicht über meine Autos!"

Valentino: „Aber dafür über deine Ehefrau."

S-T-I-L-L-E

Im KNOX Suno FS19

Knox: „Versucht doch einmal, eure Kollegen anzurufen. Vielleicht heben sie ab! Dann wissen wir wenigstens, ob wir jemanden an der Polizeistation anfunken müssen."

Szene 10
„Bis einer weint. Erst dann ist es lustig."

Lionel: „Na! Ist es immer noch witzig, Jason?! Du heulst gerade und meintest vor ein paar Stunden noch, dass es erst dann witzig würde!"

Schwabbs: „Ich verstehen deinen Frust, Lio. Wir alle verstehen ihn, aber wir haben alle, auch du, gerade andere Sorgen als den idiotischen Sport-Additions-Knirps von Suno!"

Sergio: „Ganz ehrlich, das ist jetzt euer Pech. Ich klinke mich aus. Ihr habt meine Besitzerin so weit getrieben, dass sie wahnsinnig wird, obwohl ich euch schon lange gesagt habe, dass ihr das gefälligst lassen sollt!"

Emilia: „Immer erwische ich die Idioten. Es würde mich aber mehr treffen, wenn er überhaupt die Seele wäre, die ich wirklich will."

Alfred: „Wen willst du denn?"

Emilia: „Ganz ehrlich, für den Fall, dass wir heute sterben, kann ich es ja auch aussprechen. Valentino und ich hatten bis vor kurzen eigentlich nur eins gemeinsam. Das wäre dann wohl mein Bruder, aber anscheinend befinden wir uns in einer ähnlichen Lage."

Jason: „Ihr liebt beide Neela?"

Dekja: „Nein, du Vollknopf!"

Jason: „Hä? Was dann?"

Goliath: „Das heißt wie bitte und sie meinte, dass sie auch auf eine vergebene Frau steht."

Alfred: „Echt? Das muss ja scheiße sein. Auf welche denn?"

Goliath, Dekja, Lionel, Schwabbs: „Auf deine!"

Lillijetta: „Wirklich? Emilia … ist das wahr?"

Schwabbs: „Haben wir denn wirklich keine anderen Themen gerade als das?! LATITA LÄUFT MIT EINER AXT HIN UND HER UND DISKUTIERT MIT SICH SELBST! UND SERGIO DREHT UNS DEN RÜCKEN ZU! SIE

HAT BEIM SEIL ZERHACKEN, WELCHES UNS GERA-
DE NOCH ALLE VERBAND, FAST UNSERE SCHNAU-
ZEN UND ÄRSCHE GETROFFEN!"

Lillijetta: „GENAU DESWEGEN LENKEN WIR UNS
AUCH AB! Also Kleines, stimmt das?"

Emilia: „Ja. Das stimmt."

Lionel: „Die Jungs versuchen uns die ganze Zeit zu erreichen, aber ich schaff es nicht ranzugehen, weil ich Angst habe,
dass wenn sie ihre und vor allem unsere Stimmen hört, sie
durchdrehen wird."

Schwabbs: „Stimmt. Wir sollten es schaffen, dass sie weiter
weg geht von uns. Kurz abgelenkt ist."

Plötzlich begann Jason zu rollen. „Bist du irre?!", schrien
sie ihn auf der nicht hörbaren Frequenz an.

Lionel: „Irre, aber auch irre mutig. Das muss ich ihm nun lassen. Das ist heute schon das zweite Mal, dass er sich so ins Zeug
wirft für jemanden. Und ja, auch ich habe die Nachrichten mitbekommen. Es wundert mich, dass Konrad noch nicht ausgeflippt
ist. Andererseits hat er uns bis jetzt auch nicht gesehen und …"

Latita: „Na warte, du besessenes Ding! Wenn das Herr Skimen erfährt, der wird euch den Kofferraum schrotten und wenn
du nicht sofort stehen bleibst, dann bin ich diejenige, die deinen
facegelifteten Arsch zertrümmert!"

Jason auf der für Menschen hörbaren Frequenz: „Wenigstens
konnte ich mir einen Facelift leisten, du Irre!"

Emilia: „Oh, mein Suno! Das hat er nicht gesagt, oder?"

Lionel: „Oh, doch. Das hat er!"

Latita: „Na warte, komm her!"

Jason: „Sie glauben doch nicht allen Ernstes, dass Sie einen
Suno 179 Sport einholen können. Ach, Frau Rosenberg, geben Sie doch endlich auf. Die Axt wird doch auch auf Dauer
zu schwer. Zünden Sie sich eine Zigarette an und rufen sie ihren Psychiater an."

Latita: „DU MONSTER! ICH RUFE DEN SCHROTT-
PRESSEN-DIENST UND BRING EUCH ALLE UM!"

Auf einmal ertönte ein langes Hupen, welches sich den Autos, dem LKW und Latita näherte. Es war der Suno FS19 mit den Teenagern an Board. „Festhalten!", rief Knox, was die Teenies auch taten. Er fuhr so nah an die zentrale Stelle des Geschehens wie möglich und driftete in einen seitlichen Stopp. Die Jungs rissen die Türen auf und sprangen aus dem Suno. In einer Windeseile rannten sie zu Latita Rosenberg und in einem Endloskreis um sie herum. „Heut ist Gegenteiltag", rief Aaron.

Latita komplett überfordert: „Was?" „Du springst", sprach Teenie Lionel und Aaron rief: „Ja" und in diesem Moment sprang Menschenjunges Lionel auf Latita drauf und Aaron entriss ihr die Axt. Frau Rosenberg fiel mit dem Kopf gegen den Asphalt und war ausgeknockt. Nun hörten die Jugendlichen Motorengeräusche von Autos, welche sie nicht kannten. Es waren die Taxis, mit denen ihre Eltern und die Großeltern von Lionel anrauschten. „Rufen Sie die Polizei!", befahl Neela dem Taxi-Fahrer, welcher sofort die Polizei verständigte, doch dann tauchte ein Flughafen Security auf und sprach: „Wer von Ihnen ist Soulu? Wir wurden von einer Soulu verständigt, dass hier jemand glaubt, Autos wären von Dämonen besessen und dass sie mit einer Axt in der Hand im Kreis laufen würde", sprach der Mann der Security.

Teenie Lionel: „Ja. Ich habe eine weibliche Stimme am Telefon. *[Lionel verstellte seine Stimme]* Mein Spitzname ist Soulu. Die Frau hier, die anscheinend vor Schock umgefallen ist, meinte, dass ihre Fracht besessen wäre. Stieg aber selbstständig in die Wägen und fuhr mit ihnen herum ..." „Die Rettungskräfte und die Polizei sind schon informiert. Ich würde Sie bitten, alle noch kurz dazubleiben, damit wir Zeugenaussagen haben. Wem gehört die Fracht?" fragte der Security. „Das ist meine", sprach der Airline Chef. „Und warum steht mitten im Schlachtfeld ein Suno FS19? Gehört der auch zur Fracht?", wunderte es den Mann vom Sicherheitspersonal nun, da alle anderen Autos verdächtig weit abseits vom Tatort standen und ein anderes Kennzeichen als die Fracht hatten. „Oh. Das? Das ist mein Zweitwagen. Er ist aber nicht auf mich gemeldet. Er gehört … meinem Lebensgefährten. Wir haben wilden, hemmungslosen Sex, ich und der … Hotelchef!", sprach Valentino. „Sie nennen Ihren Lebensgefährten, Hotelchef? Das ist doch ein wenig verdächtig", war der Fachmann für die Sicherheit nun ziemlich skeptisch. „Wie bitte? Wollen Sie damit sagen, dass der Fetisch zwischen mir und meinem Mann verdächtig ist? Darf ich meinen Stecher bitte nennen, wie ich möchte?! Das bringt ihn richtig auf Touren …" wollte sich Valli rechtfertigen, aber der Security-Guard entschuldigte sich, bevor der Vater von Aaron erst richtig in seiner Rolle aufgehen konnte.

Szene 11
„REALITÄT"

Es vergingen Minuten, bis Latita in die Psychiatrie gebracht wurde, aber es vergingen Stunden, bis die Polizei endlich alles hatte, was sie wollte. Jeder wurde vernommen und alles musste glaubhaft erklärt werden. Konrad musste mit James, Neela, Priya und Valentino die Autos auf die Straße führen, damit der Tatort frei war und man den LKW abschleppen konnte. Sogar das Auto des Hotelchefs wurde vorüber gehend geparkt. Sowie sich die Polizei, Rettungskräfte, die Taxifahrer und der Security-Guard verzogen hatten, gingen die Gespräche los.

Konrad in äußerst strengen Tonfall: „Los! Alle. Zu den Autos und zwar jetzt sofort!"

Aaron und Teenie Lio: „Ohje."

Bei den Autos

Konrad: „Wer ist dafür verantwortlich? Und ich will jetzt nicht wissen, wer von euch die dumme Idee hatte, ein Auto zu klauen. Ich will wissen, wer dafür verantwortlich ist, dass die Jungs überhaupt gezwungen waren, hierherzukommen. ZU EINER FRAU MIT EINER AXT!"

Lionel: „Das war ich."

Schwabbs: „Das waren wir beide."

Emilia, Dekja, Jason, Fredi und Lillijetta: „Nein. Wir alle."

Konrad: „Es ist ja echt romantisch, wie süß ihr zusammenhaltet und wenn es das ist, was ihr wollt, dann schrei ich euch eben alle zusammen! MEIN ENKELSOHN UND MEIN DAZUGEWONNENER ENKELSOHN MUSSTEN EIN AUTO KLAUEN! DAMIT SIE ZU EUCH FAHREN UND EINE FRAU MIT AXT ÜBERWÄLTIGEN?! IST

EUCH EIGENTLICH KLAR, WAS DA HÄTTE PASSIE-
REN KÖNNEN!"

Teenie Lio: „Opa. Beruhig dich. Es ist nichts passiert!"

Priya: „Aber es hätte etwas passieren können. Könnt ihr
euch Kinder eigentlich vorstellen, was eure Eltern und Großeltern gerade durchgemacht haben vor Angst? Noch dazu ist
Neela schwanger und Stress kann zum Schlimmsten führen.
Stellt euch vor, wir hätten euch alle in einer Nacht verloren!"

Valentino: „Wieso habt ihr nicht James, Konrad oder mich
angerufen?!"

Onkel Lionel: „Haben wir. Ihr hattet eure Handys kollektiv auf lautlos."

Die menschlichen Erwachsenen starrten nun alle ungläubig auf ihre Smartphones und tatsächlich, niemand hatte dieses auf laut gestellt.

Aaron: „Seht ihr. Ihr könnt weder uns noch die Autos bloßstellen. Immerhin hättet ihr ja nicht einmal mehr gehört, wenn
wir euch gebraucht hätten! Latita glaubte vielleicht, den Be-
zug von der Realität verloren zu haben, obwohl was ihr passiert ist, real war, und ihr habt ihn einfach wirklich verloren.
So viel zum Thema selektive Wahrnehmung!"

Das nennt man wohl eine verbale Realitäts-Watschen, denn
sie hatten alle mindestens fünf Anrufe in Abwesenheit und
wirklich null mitbekommen. Was sie alles nicht mitbekommen hatten, würden unsere Alten und noch Älteren ganz
bald merken.

Szene 12

„Quassel-Karre"

Es herrschte atmosphärische Eiseskälte auf der Heimfahrt. Niemand sprach mit irgendwem, obwohl alle, Menschen und Maschinen, über die Autos hörbar und verbunden waren. Eigentlich waren auch alle damit zufrieden mit dem nicht reden, bis auf einer, welcher unser neuer Bekannter Knox war:

„Also, unter anderen Umständen hätte ich mich gefreut, euch kennenzulernen, aber man kann halt nicht immer auf den richtigen Moment warten. Generell bin ich der Meinung, dass man manchmal handeln muss. So wie die zwei Jungs. Natürlich hätte viel passieren können und sowas sollte auch nicht mehr vorkommen. Wird es auch nicht mehr, da wir doch alle daraus gelernt haben oder nicht? Die Erwachsenen haben gelernt, ihre Menschenkinder nicht zu ignorieren. Die Jugendlichen haben gelernt, dass sie mutig, stark und tapfer sind und wir Autos haben gelernt, dass wir uns eher nur auf uns selbst oder auf reife Kinder verlassen als auf Erwachsene. Ich habe gelernt, dass Liebe auch in Notfallsituationen Halt geben kann, weil ich es bei Aaron und dem Menschenjungen Lionel gesehen und gehört habe. Herzlichen Glückwunsch euch zweien nochmal! Siehst du Emilia, du bist nicht gestorben und Lillijetta weiß jetzt auch, dass du sie liebst. Valentino ist ein guter Schauspieler. Die Großeltern lieben euch alle und wir Autos uns doch auch? Menschen und Autos. Autos und Menschen. Wir alle lieben uns. Und wir alle sollten füreinander da sein. Sind wir anscheinend auch, wenn es darauf ankommt. Immerhin haben wir uns fast alle im Schlepptau, damit wir uns zum Parkplatz des Hotels begeben können. Neela fährt unseren Schwabbs, der zieht Emilia. James fährt Lionel, der zieht Jason. Konrad fährt Goliath, der zieht Alfred. Valentino fährt mich und wir ziehen, Lillijetta und Priya fährt das Taxi und zieht Dekja. Ist doch alles gut gegangen oder nicht? Hallo? Hört mir eigentlich irgendwer zu?"

Doch anstatt, dass alle auf das gesamte, inhaltlich gar nicht so idiotische, auch wenn langwierige eingingen, hörte man aus jedem Lautsprecher in der Kabine besetzt oder nicht: **„AA-RON UND LIONEL SIND ZUSAMMEN?!"**

Teenager Lionel: „Mom hat mit Valentino geschlafen!"

Neela: „Woher weißt du das?"

Teenager Lio: „Was? Das stimmt?"

Knox: „Ist Liebe nicht schön?"

James: „Nein! Liebe ist nicht schön! Wir sind nicht mehr zusammen. Wir haben uns getrennt."

Und der nächste Chor dröhnte durch die Lautsprecher: **„IHR HABT EUCH GETRENNT?"**

Szene 13
„Beim Frühstück"

„Ich hätte nicht für alle den gleichen Tisch reservieren sollen für die nächsten Wochen", äußerte sich, ein komplett übermüdet aussehender Konrad. „Wäre sinnvoll gewesen", sagten die Teenager fast schon synchron.

Valentino: „Also ihr seid jetzt zusammen? Seit wann denn? Wir freuen uns übrigens sehr für euch!"

Neela: „Ja. Das tun wir wirklich. Von ganzen Herzen."

James: „Jungs. Es tut uns leid, was passiert ist. Valli und Neela und ich haben uns gestern noch bis in die Früh mit den Großeltern unterhalten. Es war wirklich unter aller Sau, was wir uns die letzten Tage geleistet haben und für mich gilt leider die letzten Jahre. Ich hoffe ihr könnt uns verzeihen. Wie wäre es denn, wenn wir heute in den Vergnügungspark gehen?"

Valentino: „Geht heute alles auf mich. Für alle und für alles."

James: „Verdienst du so gut?"

Valentino: „Bist du verrückt?"

James: „Verzeihung. Ich dachte nur, vielleicht verdient man gut in deinem Job."

Valentino: „Nein. Das war eine ernste Frage. Wenn du es wärst, würde ich noch eine kleine Spur besser verdienen."

James: „Echt?"

Valentino: „James. Schau dir die Welt an. Natürlich verdiene ich gut. Sehr gut sogar. Meine einzige Hoffnung ist, dass ich mehr verdiene als irgendein Verschwörungstheoretiker. Immerhin haben wir ein ähnliches Klientel."

James: „Naja. Deines will wenigstens darüber nachdenken und überdenken und lernen und möchte, dass es ihm wieder gut geht. Das ist bei dem Klientel der von dir genannten Theoretiker eher nicht der Fall."

Valentino lachte herzhaft auf und sagte „Stimmt", als er James über den Tisch einen Fistbump anbot, den er sogar annahm. „Habt ihr das auch gerade gesehen? Ist das wirklich gerade passiert, dass sie sich benehmen wie Freunde?", fragte Menschen Lio nun sehr skeptisch der Situation gegenüber.

Lionel: „Okay. Ja. Wir nehmen an. Alle. Wir gehen mit euch in den Vergnügungspark. Aber nur wenn ihr euch so benehmt wie eben bei Tisch!"

Aaron: „Ja! Sollte dem nicht so sein, dann wollen wir in Zukunft getrennte Tische im Urlaub."

Neela: „„Bekomm Kinder, haben sie gesagt. Das wird schön, haben sie gesagt."

Lionel: „Wenigstens hattet ihr eine Wahl, ob ihr euch das antut. Wir müssen euch ertragen, also spar dir deine first world problems."

Neela: „Tut mir leid. Mami ist einfach dezent überfordert. Das hätte ich mir wirklich sparen können, das stimmt. Ich liebe euch beide. Das weiß ich und das auch für immer und bedingungslos, ihr zwei Hübschen. Ich bin so stolz auf euch, dass ihr so mutig seid, aber das nächste Mal, wenn so etwas passiert, flehe ich euch an, kommt zu uns. Egal wie bescheuert und dumm wir in diesen Moment auch sein mögen. Egal ob man gerade gestritten hat, sich verbal in der Luft zerfetzt oder sonstiges. Ob es passt oder auch nicht. Wir sind alle, und da hat die alte Quassel-Karre Knox recht gehabt, füreinander da, wenn es darauf ankommt. Wir halten zusammen und gehen oder fahren gemeinsam durch Schönes, aber auch eben durch den kompletten Dreck. Selbst, wenn ihr mal an irgendetwas schuld sein solltet, ihr irgendeinen Mist gebaut habt, kommt zu uns! Elterliche Sorge kann auch manchmal falsch zum Ausdruck gebracht werden, aber wir sind für euch da. Wir versprechen es euch, ganz hoch und heilig."

Lionel und Aaron waren nun selbst fast zu Tränen gerührt. Tat es doch so gut, wenn Eltern auch einmal so etwas sagten.

Valentino: „Mutter Neela spricht im Namen aller und ich bestätige dies im Namen von allen. Aber! Eines möchte ich hinzufügen. Wir werden euch zwar aus jeder Lage holen und euch in einer jeder helfen, JEDOCH ist das jetzt kein Freibrief dafür, dass ihr Scheiße bauen könnt und euch auf dieser dann ausruhen. Ich werde auch nicht immer herumerzählen, dass ich schwul wäre, wenn ihr wieder mal etwas stehlen solltet. Aber ich würde jedes Mal extra und absichtlich mit einem Mann rumschmusen, nur um es diesen homophoben Idioten da draußen zu zeigen. Sogar mit James."

James: „Und ich würde mit Inbrunst und Leidenschaft dabei mitmachen."

Neela: „Das kam ein wenig zu schnell, James."

Valentino zwinkerte James über den Tisch zu, leckte sich über die Lippen und schickte ihm einen Kuss.

Nun konnten wieder alle am Tisch lachen. Sogar die Großeltern und die Jugendlichen.

Szene 14
„Action"

Dieser Ausflug war wohl für alle Beteiligten einer der schönsten, witzigsten aber auch anders aufregendsten Momente, welchen sie seit langer Zeit wieder gemeinsam als Familie erlebten. „Mom, wieso hast du eigentlich gestern ins Auto gekotzt?", fragte der dazugewonnene Sohn Aaron. „Ich bin schwanger!", sagte sie mit etwas quietischiger Stimme. „Sicher? Dachte, dir wurde schlecht, weils einfach zu viel war. Wir hätten nämlich auch fast mit gekotzt", äußerte sich der nun offizielle Lebensgefährte von unserem Menschenjungen Lio.

Lio: „Hey! Zuckerwatte! Valli, lass Geld springen!"

Neela: „Das hast du dir selbst eingebrockt, Herr Eis."

Und Valli ließ Geld springen. Für unter anderem Zuckerwatte, Fahrgeschäfte, Trampoline, kandierte Früchte, gebrannte Mandeln und Autodrom. Wobei unsere Priya nach all den Jahren immer noch nicht einsehen wollte, dass diese nicht sprechen konnten. Die Fluglotsin wollte es einfach nicht wahrhaben, dass diese Art von Automobilen keine Seele in sich trugen, welche sich ihr offenbarten. Es fuhren alle Autodrome gegeneinander, aber Oma Priya versuchte weiterhin ein Gespräch mit ihnen anzufangen. „Schatz! Es hat gestern nicht funktioniert, vor Jahren nicht und es wird einfach nicht funktionieren! Belästige die seelenlosen Dinger doch nicht so!", rief ihr ihr Ehemann zu.

„Noch eine Runde!", riefen die Teenager, welche sich ein Gefährt teilten und die anderen kamen diesen Wunsch nach.

Lionel: „Valli hat Mom angebumst!"

Aaron: „Dein Dad hat meinen angebumst!"

Konrad: „Und ich werde lieber jetzt nichts dazu sagen."

Aaron und Lionel hatten den Spaß ihres Lebens und wollten einfach noch mehr. „Es ist Zeit für Eis!", meinten sie und ihre Sippe bewegte sich zum nächsten Eisstand.

Aaron: „Ich zahle das Eis für Lionel und mich. Ich möchte meinen Freund gerne einladen."

Lionel freute sich so sehr über die liebe Geste und sprang auf den eins achtzig großen Jungen rauf, um ihn zu küssen. Er fing und hielt ihn, während sich Lio mit seinen Armen um seinen Hals herumklammerte.

Neela: „Meine Güte, seht doch, wie glücklich die zwei sind."

James: „Es ist echt schön, wenn die Kinder glücklich sind."

Valentino: „Allerdings! Wäre nur noch schöner, wenn andere Menschen genauso offen für gleichgeschlechtliche Liebe wären. Seht ihr die zwei Idioten in den ‚Wannabe-American Highschool'-Jacken? Die sehe ich seitdem wir in diesem Vergnügungspark sind immer wieder dabei, wie sie unsere Jungs schief ansehen."

Neela: „Valli, vergiss nicht. Du bist jetzt ein strafmündiger Mensch und solltest dir jemanden in deinem Alter suchen. Wenn wir schon beim Alter sind, wo sind Konrad und Priya?"

James: „Die knutschen hinter dem Eisstand."

Neela: „Wirklich?"

James: „Ja. Wirklich."

Neela: „Unsere Jungs knutschen auch schon die ganze Zeit. Der Eisverkäufer hat sogar ihr Eis schon abgestellt und es beginnt zu schmelzen."

James: „Witzig. Normalerweise schmelzt das Eis und du zergehst, wenn du Eis siehst. Wobei, wenn ich mir so ansehe, wie ihr euch ständig anseht, denke ich, dass auch das Eis schmelzt. Das Ironische daran ist, dass ich es sogar verstehen kann."

Plötzlich stupste Valli James mit der rechten Hand an seine Schulter und sprach: „Schau mal. Da! Schon wieder. Die Typen schauen schon wieder so schief. Als würden die absichtlich immer wieder an uns vorbeigehen. Ich glaube, die haben irgendwas Dummes vor."

James: „Du hast Recht. Die ersten Male hätte man es als Zufall abstempeln können, aber dass die jedes Mal so dumm schauen? Erinnert mich ein bisschen an meine Raudies von damals. Lauren Schmidt und seine mitläuferischen Pissnelken!"

Dann kam es, wie es kommen musste. Die fremden Spaziergänger sprachen miteinander, waren aber so sehr mit den Blicken auf unsere Jugendlichen fokussiert, dass sie nicht bemerkten, dass die Väter der zwei Schmusenden sie ebenso im Blickfeld hatten. „Was habt ihr vor?", fragte Neela nun skeptisch. „Nichts Schlimmes", erwiderte Valli sie abtuend. Valentino flüsterte James etwas ins Ohr und sie blickten die Fremden wieder an. Als diese circa einen Meter von den zwei frisch Verliebten entfernt standen, begannen sie zu pöbeln: „Hey ihr Schwuchteln! Hört auf damit! Hier sind Kinder!" Bevor Neela losrennen konnte, weil sie sah, wie verletzt ihre Kinder nun waren, schmissen sich Valli und James in Szene. Valentino berührte Jay mit beiden Händen an seinen Wangen und begann ihn wild zu küssen. Der große, muskulöse Herr Eis hob James hoch, trug ihn wie gerade eben noch Aaron unseren Lionel und schmuste ihn lautschmatzend ab. Der Psychiater mit dem Aal in der Hose, schleckte unserem Jay sogar demonstrativ von Hals bis rauf zu seinen Lippen und stöhnte wie ein wildgewordener Bär. Unser Jay Cornelius stöhnte mit und meinte: „Ja. Baby! Ja! Lass uns Kinder bekommen!" Valli nahm Jays Hand, während er ihn mit Zunge küsste und legte seine Hand auf seinen Schritt. Neela jubelte und rannte zu ihren Jungs hin: „Seht doch mal. Eure Väter! Wie toll ist das denn?" Die Teenager waren sprachlos, voller erstaunter Freude und diese fremden Idioten, ja, die waren nun mundtot. Es war für sie da schon ein gelungener Tag. Den Rest hätte es ihrer Meinung nach gar nicht mehr gebraucht, auch wenn es diesen gab.

Szene 15
„Tour"

Niemand unserer im Vergnügungspark Gewesenen würde diesen Tag je vergessen. Fern ab von dem, ob jemand zusammenblieb oder wieder zusammenkam oder vielleicht eine alte Liebe neu entfachte oder gar eine ganz neue Liebe sich fand. Sei es zwischen den Menschen oder zwischen unseren Maschinen.

Faktum ist und bleibt, dass sie sich an ihr Motto hielten, dass sie bezüglich zwischenmenschlichen oder zwischenmaschinellen Erfahrungen nie etwas bereuen würden, denn es fühlte sich eins richtig an, hatte sie geformt oder ihnen Erfahrungen gebracht. Wie man es dreht und wendet, es hatte sie zu den Seelen gemacht, welche sie nun waren. Auch wenn man mal verliert, kann es, auch wenn nicht in dem Moment, ein Gewinn sein, da man diese Erfahrung machen durfte. Daran wachsen und vielleicht sogar wieder, irgendwann im Leben, genießen, seien das auch nur Erinnerungen. Diese Erinnerungen bleiben im Herzen. Was auch immer uns das Leben nimmt, solange es im Herzen ist, ist es noch da. Ganz nah bei uns. Was uns das Leben gibt und uns guttut, sollte auch gut behandelt werden. Manchmal geht es und manchmal bleibt es, und wenn man Glück hat, für immer. Es mag schwierig werden im Leben, aber das Wichtigste ist, dass man weitermacht und sich nicht immer nur auf das Negative konzentriert. Wenn man das Auge stets auf dem Schlechten hat, verpasst man womöglich einen wunderschönen, auf immer im Herzen währenden Moment, oder gar eine solche Seele. Unsere ProtagonistInnen lebten diesen Tag und auch schon viele davor, genau nach dem eben Erwähnten. Dies war für sie der Antrieb einfach spontan nach all dem Chaos und der Verwüstung, den Verlusten und Sorgen vier von den Autos zu schnappen, Speis und Trank sowie auch die Jugendlichen einzupacken, um auf eine Aussichtsform zu düsen und den restlichen Tag zu genießen. Mit Goliath, Schwabbs und Lionel und Emilia fuhren sie bei offenen Fenstern und miteinander verbundener Kommunikationsmöglichkeit in die Berge der Inselstadt Lorelia. „Opa hatte Recht, es ist wirklich atemberaubend schön", sprach Lio selig von diesem Anblick, welcher sich mit jedem Höhenmeter bot. „Wirklich! Unglaublich schön", bestätigte ihm sein Lebensgefährte Aaron. „Eigentlich arg, dass mein Dad mir erlaubt, Schwabbs zu fahren. Ich mein, ich mache derzeit den Führerschein, aber dennoch. Gerade nach Letztens wäre ich nicht dazu bereit, das an seiner Stelle zuzulassen", vertraute sich Aaron Lio an. „Naja. Genau genommen, fahre ich junger Mann", äußerte sich Schwabbs. „Ist schon gut, Schwabbs. Wir wissen es, aber Aaron sieht trotzdem sehr süß beim so tun als ob aus und irgendwie, ja, irgendwie … Hui. Ist es heiß hier?", kam Lio in Verlegenheit. „Es ist Sommer. Ich verstehe euch Menschen ehrlich gesagt manchmal nicht. Im Sommer regt ihr euch auf, dass es heiß wird, was aber zu erwarten ist. Im Winter regt ihr euch darüber auf, dass es zu kalt wäre. Im Herbst ist es nicht warm genug und im Frühling ist es eine Spur zu kalt. Wieso habt ihr dann so viel Kleidung erfunden, wenn ihr sie nicht zu Körpertemperaturregulierung anzieht? Solange man keine Durchblutungsstörung hat, ist das doch gar nicht mal so schwer, oder?", hinterfragte unser Schwabbs, der Suno AS 404. „Haben Autos eigentlich Ahnung von Romantik?", fragte das Menschenjunge. „Ja. Wieso?", fragte der Combi. „Weil du sie gerade kaputt gemacht hast", äußerte sich Lio entnervt. „Oh. Verzeihung. Wollt ihr knutschen? Dann mache ich romantische Musik an, wenn ihr wollt", versuchte er es wieder besser zu machen. „Dein Ernst? Wenn Romantik aufgezwungen und erzwungen ist, dann ist es für uns nichts Echtes", empörte sich der bald Fünfzehnjährige. „Aber, dann wäre doch nach deiner Theorie, sowas wie ein Hochzeitstag oder irgendein Pärchen-Jahrestag auch erzwungene Romantik, oder?", fragte ihn Aaron. „Naja. Teils. Einerseits freut man sich doch automatisch, weil man doch zelebriert, dass man diesen Menschen nun schon seit so und so vielen Monaten oder Jahren hat. Aber wenn man sich gezwungen fühlt, nur weil es dieser Tag ist, sich fein anzuziehen, schick Essen zu gehen und alles perfekt sein muss, dann ist es doch nicht mehr schön, oder? Sollte man seinen Partner nicht auch in Schlabberlook, Chips zwischen den Zähnen und faul am Sofa liegend lieben? Auch an solchen Tagen? Kuscheln vorm Fernseher oder einfach mal reden. Menschen reden oft so wenig. Sie verlernen das mit dem Alltag und ich finde das sehr traurig. Ist wie bei meinen Eltern. Früher haben sie sich alles gesagt. Sie haben über ernste Themen aber auch über den sinnlosesten Blödsinn reden können. Sie hatten Pläne gemeinsam. Sie fragten sich, wie es ihnen geht und das ernst und nicht nur um eine Floskel benutzt zu haben. Sie sahen sich in die Augen und nahmen sich die Zeit füreinander, in einer Welt, wo man eigentlich keine Zeit mehr haben darf, oder? Manchmal macht es mir Angst, wenn ich sehe, dass sie alle immer beschäftigt sein müssen, ansonsten wäre man asozial. Es geht nur noch darum, wer der Schönste und Beliebteste ist, und wer noch irgendeine Funktion für jemanden hat. Wenn dieser Mensch dann plötzlich nicht mehr funktioniert, dann wird er aus dem Leben katapultiert", sprudelte es nur so aus Lionel heraus. „Wie bei meinem Schützer, Schwabbsi. Sie gaben ihn weg, nur weil er ‚schwibb schwabb‘ Geräusche machte und das, obwohl er damals eine der neusten Erfindungen von Suno war. Deiner Mom tat das so unglaublich weh, dass sie meinen Dad bat, ihn zu kaufen und er verliebte sich sofort in ihn. Ich mich übrigens auch. Auf was ich hinaus will ist, was für andere Menschen oder Maschinen vielleicht als nicht gut genug oder sonstiges gewertet wird, ist für jemand anderen genau richtig und mehr, als sich dieser andere vielleicht je hätte erträumt", ging Aaron auf Lios langen Monolog ein. „Ich finde, ihr Menschen solltet sowieso aufhören, alles zu werten. Emilia? Lionel? Goliath? Ich erbitte um eine Lichthupe für Bestätigung", forderte Schwabbs auf und die Lichthupen strahlten.

Nach einem schönen und intensiven Gespräch kamen unsere Gefährte samt Insassen bei der von Wiese bedeckten Aussichtsplattform an und fuhren zu einem zentralen, aber menschenleereren Stück. Die Menschlein stiegen aus, richteten sich ihren Platz bei den Autoschnauzen und genossen das von Mutter Natur geschaffene Kunstwerk zusammen.

Szene 16
„Hoffnung"

„Eines Tages möchte ich das auch", platzte es nun aus Aaron heraus. „Was denn genau?", fragte Emilia den Jungen. „Mit einer großen Familie hier sitzen", erklärte er sich. „Aber das tust du doch schon", sprach Onkel Lionel und setzte fort mit: „Du hast verrückte Auto Onkeln und Tanten. Du hast zwei Väter, die zwar nicht zusammen sind, aber für euch wild herumknutschen, wie es so erzählt wurde. Du hast jetzt zwei Großväter, eine Großmutter, einen Lebensgefährten und eine Mutter da oben und eine hier direkt in der Runde." Unsere Picknicker stimmten Auto Lionels Aussage zu und Aarons Augen füllten sich mit Freudentränen. „Genug rumgeheult, meine Lieben. Jetzt wird gefuttert und genossen", schlug der Sechzehnjährige selbst vor.

Gesagt, getan. Sie packten ihr Picknick aus und genossen die Zeit im Urlaub. Irgendwann fragte James seine derzeitige Ex-Frau, ob sie denn nicht kurz für ihn Zeit habe, welche ihm den Gefallen tat und ihm die Zeit gab.

Sie entfernte sich von der Runde und standen sich nun gegenüber. „Neela, ich liebe dich und genau deswegen muss ich das jetzt tun", sagte er zu ihr. „Du willst mich loslassen, nicht wahr? Du willst mich und deine zwei Kinder loslassen für ein Glück, welches du glaubst, dass ich nicht mit dir erreichen würde", sagte sie zu ihm. Verblüfft stand ihr Ex Jay nun vor ihr und wollte wissen: „Woher … Woher weißt du das?" „Denk doch einmal nach, James. Wir kennen uns seit einer halben Ewigkeit. Nach all der Zeit ist nicht nur unser Blech Lionel einer, der dich ohne Worte verstehen kann. Falls du dich erinnern kannst, konnte ich das auch schon, bevor ich überhaupt wusste, wer oder was ein Lionel ist. Du hast nur einen Fehler gemacht, worauf viele weitere folgten. Du hast zuerst dich vergessen und somit uns. Sei es das Uns, mit Lionel und mir, oder das Uns, welches nur uns Zwei betrifft. Es ist traurig und schade, dass es nun uns vier betrifft, aber wenn du das so vorhattest und das noch dazu so ruhig, selig und entschlossen, dann werde ich dich nicht davon abhalten. Ich liebe dich, James, auch wenn du uns schon vergessen hast", entgegnete Neela ihrem nun offiziellen Ex genauso ruhig, wie er es ihr gegenüber tat. „Darf ich dir nur noch eine Frage stellen?", versuchte er das Gespräch noch aufrecht zu erhalten. „Was denn, James Cornelius Skimen?", fragte sie ihn. „Liebst du ihn und glaubst du, du würdest glücklich mit ihm?" wagte er zu fragen. „Weißt du, ganz ehrlich James, ich glaube gerade an nichts mehr in diese Richtung, denn immerhin, hatte ich bis vor ein paar Minuten, zumindest noch einen Funken Hoffnung, dass du uns nicht einfach aufgibst und somit den leichten Weg nimmst. Die Hoffnung, dass wir mit dir noch einmal glücklich würden und vielleicht sogar glücklicher als davor, weil wir diesen Stein, diesen Brocken überwunden haben. Nach dieser Frage denke ich jedoch, dass es dir lieber wäre, ich hätte mich in einen anderen Menschen verliebt. Dann wären wir seelisch auf der sicheren Seite oder wie stellst du dir das vor? Ist es für dich dann noch leichter, dich in deine Autowelt zu verziehen? James! Du hast uns nicht nur vergessen, du hast uns aufgegeben!", äußerte sich Neela schweren Herzens und zog von dannen.

Szene 17
„Verliebt. Verlobt. Vertröstet."

Zurück im Hotel entstand eine andere Situation. Die Schlafzimmeraufteilung. Unser Menschen Lionel erfuhr um Mitternacht, dass sein Vater dieses Gespräch mit seiner Mutter Neela hatte. James war nun allein auf seinem Zimmer. Die Großeltern legten sich schon viel früher nieder und bekamen noch nichts davon mit. Weder Neela noch James wollten dies bei dem schönen Picknick, welches die Familie hatte, ansprechen. Die Teenager sollten doch wenigstens einen komplett schönen Tag haben nach so viel Wirbel. Die Teenager lagen nun im Zimmer von Valentino. Die werdende Mutter lag neben ihrem Sohn rechts außen und hielt ihn fest, als er weinend einschlief. Aaron streichelte seine Wange und schlief irgendwann genauso ein. Die einzigen Parteien, welche noch wach waren, waren Valli und Neela selbst.

Valli: „Kannst du nicht schlafen?"

Neela: „Wie könnte ich? Mein Ex-Mann hat meinem Sohn gerade vorhin erzählt, dass er ihn vergessen und aufgegeben hat!"

Valli: „Ach. Er ist ein Dussel, aber das kann er unmöglich so gesagt haben."

Neela: „Valli. Er hat es ihm genauso gesagt. Ich konnte es selbst nicht glauben, aber … Ich glaube wir sollten raus zu den Autos. Sonst wachen die Jungs auf. Moment, ich schreibe ihnen einen Zettel, wo draufsteht, dass wir unsere Handys auf laut haben und bei Lionel und Co stehen, okay?"

Valentino versuchte ganz sanft und ohne viel Lärm vom Bett aufzustehen, schlüpfte in seine Flip-Flops und zog sich ein Shirt über. Neela legte den geschriebenen Zettel zur Hand ihres Sohnes und folgte Valentino, der hinter der offenen Türe zum Flur auf sie wartete.

Neela: „Ich fühle mich grad richtig schlecht, dass wir genau jetzt rausgehen, aber ich brauche die frische Luft auch. Was ich sagen wollte war, dass ich es selbst nicht glauben konnte, aber Lionel, Schwabbs und Co bestätigten seine Aussage. Er hat das Gespräch extra bei den Autos mit ihm geführt! Er fühlt sich immer sicher, wenn er seine Autos auf seiner Seite hat. Ich gab ihm die nicht, oder wie?"

Valli: „Warte, halt dich an mir fest. Du hast keine Schuhe an und ich will nicht, dass du dich verkühlst. Ich trag dich zum Auto, Rebella!"

Neela: „So hast du mich schon ewig nicht mehr genannt, Valle."

Valli: „Und du mich schon ewig nicht mehr Valle."

Neela: „Und? Wo bleibt mein Rebella-Trage-Dienst?" (Neela grinste.)

Valli: „Hier ist er."

Bei unserer Neela wissen wir zum Teil, was sie fühlte, aber der Blick von diesem Valentino Bartolomeo Eis war durchdringend, alles aussagend und eindeutig. Dieser Mann grinste viel zu selten und wenn, dann nur verschmitzt oder gestellt freundlich, aber wenn er es tat, dann gab es für ihn nur zwei Gründe. Seinen Sohn oder seine beste Freundin. Dieser verliebte Blick, den er ihr gerade zuwarf, hätte jeden der dieses Schauspiel beobachtete, Zweifel darangegeben, ob es sich hierbei wirklich nur um „beste Freunde" handelte.

Er lächelte mit funkelnd glänzenden Augen. Er strahlte bis über beide Ohren. Diese Grübchen und Lachfalten, welche sich ergaben, wenn er grinste oder eben strahlte, waren am ausdrucksfähigsten, wenn er sie sah. Neela wusste lange nicht, dass er sie vom ersten Augenblick an liebte. Valentino selbst konnte sich dieses Phänomen nicht erklären, da er eigentlich als knallharter Realist galt. Als sie ihm von einem Tontechniker namens Joseph vorgestellt wurde, war seine Welt auf den Kopf gestellt. Von da an waren sie ein unschlagbares Team, welches Partys auf den Kopf stellte, indem sie die Bühnen kaperten, sie sich das Mikrofon schnappte, er sich die Gitarre und einfach eine Live-Version von dem Song, der gerade über die Boxen abgespielt wurde, veranstalteten. Als er sie zum ersten Mal singen hörte, konnte er seinen Mund nicht mehr zu machen. Das Einzige, was ihm gelang, war mitzusingen. Dieser eine Tag als Neela sich entschied, war für ihn ein harter Tag. Für unsere baldig zweifache Mutter war der Tag vielleicht härter, als sie es sich eingestehen wollte.

Angekommen beim Parkplatz

Valentino: „Bereust du deine Entscheidung von damals?"

Neela: „Nein. Sonst wären unsere Kinder nicht, Valli."

Valentino: „Ja. Da hast du natürlich Recht, aber bereust du es, diese Kinder mit ihm bekommen zu haben?"

Neela: „Nein. Ich hielt es für richtig, James damals nicht im Stich zu lassen."

Valentino: „Okay. Nimm mir das jetzt nicht böse, was ich jetzt sage, aber willst du Meinung hören?"

Neela: „Nur zu. Ich schätze deine Ehrlichkeit."

Valentino: „Hör dir doch einmal selbst zu, Neela. Ich frage dich sowas, aber dir fällt nichts anderes ein, als deine Sachen damit zu rechtfertigen, weil du es für andere tust. Wann hast du zuletzt etwas für dich gemacht? Ich mein, ich bin auch Vater. Du bist Mutter. Aber wir haben doch auch noch ein Recht, als wir selbst zu existieren, das heißt ja nicht, dass wir unsere Kinder weniger lieben. Wir alle haben mehrere Rollen im Leben. Du bist Mutter. Tochter. Warst Ehefrau. Schwiegertochter. Beste Freundin. Schwester und so weiter. Aber dir ist trotz allem immer noch erlaubt, einfach DU zu sein. Nicht immer nur für andere!"

Neela: „Was willst du mir damit sagen? Ich höre deine Worte, aber ich verstehe nicht, was du willst?"

Valentino: „Neela! WAS WILLST DU? Das ist die Frage! Willst du oder wolltest du die Ehe, weil **du** es wolltest oder willst? Oder wolltest **du** *ihn* nicht im Stich lassen?"

Neela: „Ich habe ihn wirklich geliebt!"

Valentino: „Gut. Das glaube ich dir und würde mir auch nicht herausnehmen, dir zu unterstellen, dass du es nicht getan hast. Ich maße es mir nicht an, zu beurteilen, was jemand für einen anderen fühlt. Was ich aber wage zu sagen, ist, dass du seit über einem Jahr nicht so handelst, wie es für dich gut wäre. Du hast dich damals in ihn verliebt, dann hast du dich verlobt und dann hast du ihn vertröstet. Dich finden wollen, dich ausleben und dann hast du dich neu in ihn verliebt. Okay. So weit komme ich mit. Soweit ich es aber **auch** verstanden habe, hast du James vorgeworfen, dass er dich und euch vergessen und dann sogar aufgegeben hat. Findest du nicht, dass du auf dich vergessen hast und indem du bei ihm geblieben bist, dich ebenso aufgegeben hast?"

„Habt ihr gerade mit den Scheinwerfern geblitzt, um ihm Recht zu geben?", fragte Neela nun fassungslos nach so einem, doch sehr harten Tobak und die Scheinwerfer blitzten nochmals.

Szene 18
„Schlechter Film"

„Ich will euch nun wirklich nicht unterbrechen in eurer Mischung aus entsetzt, erstaunt, einsichtig, dann wieder beleidigt, dann wieder neckisch prickelnd und Revier markierend, wo wenn man Erbsen zählen würde, gar kein Revier ist, aber das entwickelt sich alles zu einer schlechten Liebeskomödie und darauf hat wirklich niemand Bock. Wo ist die Action? Wo ist der Sex? Wo ist das Drama?", sprach Emilia nun aus. „Hast du das Skript gelesen? Emilia! Da kommt schon genug Drama, Sex und Action vor!", empörte sich Neela erneut.

„Viel zu wenig! Es kann schon eine Prise mehr sein, meint ihr nicht auch?", hörte man von unserer Suno AS 404.6-Dame und sie fügte hinzu: „Was ich eigentlich damit sagen will, ist, wollt ihr euch nun doch, oder nicht?" Verwundert blickten sich die zwei erwachsenen ProtagonistInnen an und es dämmerte auch ihnen.

Seit wann warteten die zwei auf irgendeinen perfekten Moment oder wägen ihn sogar ab? Was war aus den zweien denn geworden?

Somit riss Neela dem von ihr als rebellisch Deklarierten an seinem weißen T-Shirt zu sich, küsste ihn und sprach immer noch an seinen Lippen hängend: „Du hast Recht, die haben Recht. Unsere Kinder haben Recht. Du tust mir gut und falls du es jetzt noch nicht bemerkt hast, ja, ich will dich." Valentino hob unsere Neela hoch, legte sie mit ihrem Rücken auf die Motorhaube von Schwabbs und küsste sie inbrünstig. Er zog sich sein T-Shirt hoch, legte seine rechte Hand sanft, aber grifffest auf ihren Hinterkopf, biss ihr auf ihre vollen Lippen, um wieder mit seiner Zunge in ihrem Mund die ihrige zu suchen und dann ging es mit seinen Küssen hinunter zu ihrem Hals. Die Schwangere stöhnte lusterfüllt auf, unter anderem seinen Namen: „Valli! Mhm, ja. Genauso. Ich kann deinen Aal spüren!" „Meinen was?!", sah er sie kurzzeitig verdutzt an.

Emilia, Dekja, Knox, Lionel, Schwabbs, Jason, Alfred, Lillijetta und Goliath: „Seinen was?!"

„Egal! Mach weiter!", riss sie den Vierzigjährigen nun wieder zu ihren Lippen.

Valentino sprach: „Scheiße, auf das habe ich die ganze Zeit gewartet.

Emilia erwiderte: „Oh und ich erst!"

Während die Autos von Emilias Verhalten etwas irritiert, aber das menschliche Verhalten gewohnt waren, verbalisierte Valentino: „Sehnlichst wünschte ich mir, dass du dich mir endlich wieder so hingibst, wie du es gerade tust." Unsere Emilia, die offensichtlich noch die dritte unbefriedigte Seele in diesem Szenario war sagte: „Ein bisschen weniger reden! Mehr machen!" Und die zwei Menschen machten. Valentino schob Neelas orangene Tunika hoch und griff zu ihrer Brust. Er beugte sich mit seinem Kopf etwas weiter unter diese und begann sie auch dort zärtlich zu küssen. Er wanderte hinunter zu ihrem Bauchnabel bis hin zu ihrem Unterbauch und stöhnte genauso tief auf, wie sie es in dem Moment tat. „Nimm mich! Jetzt! Hier!", forderte sie ihren Liebhaber entschlossen auf. „Es ist mir egal, ob uns jemand vom Hotel erwischt. Nimm mich! Valentino! JETZT! Warte nicht, so wie wir es schon die ganze Zeit getan haben. NIMM MICH!", klang sie fast schon entrüstet davon, dass er sie warten ließ. „Nein! Nimm sie nicht! Wartet wenigstens noch, bis wir weg sind!", hörte man nun zwei Stimmen sagen. „Ihr Autos habt jetzt genau nichts zu melden", empörte sich Herr Eis, der seine Angebetete gerade mit seiner linken entkleiden und mit seiner rechten seine Badehose im Surferstil hinunterschieben wollte.

„DAD!", rief es nun.

Die zwei, sich gerade noch inbrünstig Liebenden blickten mit weiten Augen auf und riefen: „Jungs!"

Neela fragte: „Was macht ihr denn hier? Wie kommt ihr hierher?" Lionel ließ sich es nicht nehmen, sarkastisch auf diese Fragen zu antworten: „Wir machen Urlaub und anscheinend erwischen wir euch gerade. Hergekommen sind wir mit dem Flugzeug und genau hierher, auf diese Stelle zu Fuß."

Neela: „Valli! Nimm deine Hand da jetzt weg!"

Valentino: „Entschuldigung."

Neela: „Was machen wir jetzt?"

Valentino: „Seit wann steht ihr da? Was habt ihr mitbekommen?"

Aaron: „Zusammengefasst? Er soll dich jetzt nehmen. Egal ob euch wer erwischt."

Neela: „Oh, Suno sei Dank. Das ist nicht allzu lange."

Lionel: „Und weiter ausgeführt: Emilia ist eine Perverse, die gerne Menschen beim Sex zusieht oder nur euch, was es eindeutig nicht besser macht. Und dass Valli es sich es sehnlichst wünscht und du seinen Aal in seiner Hose spüren kannst. – *Valli! Mhm, ja. Genauso!* – UND nicht zuletzt, wieso ihr das nicht früher schon getan habt, weil ihr das schon so lange wolltet und euch früher gemeinsam freier gefühlt habt als, naja, die letzte Zeit eben."

Neela stand während der Ansprache ihres Sohnes von der Motorhaube auf, richtete sich zurecht und sie sowie auch Valentino blickten etwas unbeholfen mit offenen Mündern zu ihren Kindern.

Neela: „Ich glaub, ich bin in einem falschen und sehr schlechten Film!"

Valentino: „Psst. Beiße nie in die Hand, die dich füttert."

Würde ich meinen ProtagonistInnen nun auch geraten haben. Mit der Hilflosigkeit, welche sie nun verspürten, würde ich es als Auto_R*In Instant-Karma nennen, denn sie wurden bestraft mit elterlicher Angst davor, wie ihre Kinder in so einer Situation reagieren würden. Diese zwei blickten nämlich mit Pokerface auf ihre Eltern und ließen sich nicht anmerken, was die eventuellen Konsequenzen sein könnten. Wir sind also quitt.

Szene 19
„Der Tag danach"

Um sechs Uhr in der Früh wurden alle von einer Geräuschkulisse der besonderen Art geweckt. Peinlich berührt starrten die Erwachten an die Decke und hassten ihre Hotelzimmer Kissen dafür, dass sie Schall nicht wirklich dämmten.

„Oh Konrad!", hörte man. „Ich bitte um Landeerlaubnis." „Nein, jetzt wird Warteschleife geflogen." „Spürst du mein Triebwerk?" „Turboprop" und ein sehr dumpfes, aber kreischendes „Hypoxie" sowie auch ein sehr inbrünstiges, lautes, zuerst tiefes und dann hohes „Landeanflug" war zu hören. Ich glaube, liebe LeserInnen, dass ich nicht noch detaillierter ausführen muss, was im Zimmer der Fluglotsin und des Flugkapitäns gerade von statten ging.

Lionel: „Die hört man bis zum Parkplatz."

Jason: „Ja. Geschlossene Fenster haben ihren Vorteil."

Goliath: „Lauter Schall kann aber auch Scheiben sprengen."

Lillijetta: „Stimmt. Da sprengt man lieber die Privatsphäre."

Dekja: „Wir haben gestern eine Live-Version davon bekommen und ihr beschwert euch über die Audio-Version?"

Emilia: „Die war aber halb so peinlich!"

Alfred: „Es ist ein Segen und ein Fluch, den Menschen zu dienen."

Schwabbs: „Den Menschen dienen geht ja noch, aber alles sehen und hören zu müssen, ist nicht gut für unsere armen Autoseelen."

Knox: „Ich fand es witzig."

Lionel: „Beim ersten Mal, ja. Aber kannst du dir das vorstellen, dass es nach Jahrzehnten doch etwas anstrengend wird?"

Knox: „Mein Chef hat keinen Geschlechtsverkehr. Ich nehme, was ich kriegen kann."

Lillijetta: „Wieso sind manche Autos so besessen von zu vielen Details?"

Jason: „Naja, Menschen kaufen sich doch auch Klatsch-Tratsch Heftchen. Wieso sollten wir also nicht auch sowas Ähnliches haben."

Alfred: „Also, soweit ich das noch von meinen früheren Besitzern weiß, steht in solchen Klatsch-Tratsch Heftchen nicht sowas drinnen. Zumindest nicht so ausgeführt, wie wir es abbekommen."

Schwabbs: „Abbekommen. DAS ist ein gutes Wort in diesem Zusammenhang. Ich finde es nämlich scheiße, dass wir fast alles können, aber uns selbst putzen? Nein. Das war nicht mehr drinnen, oder wie?"

Lionel: „Ja. Darunter leiden wir alle. Stell dir vor, du hast Textilsitze."

Etwas unausgeschlafen beim Frühstückstisch im Resteraunt *Iyoko*

In Badekleidung saßen unsere menschlichen Freunde nun dezent unausgeschlafen aus den verschiedensten Gründen, wobei der letztere bei allen, auch den armen Jugendlichen, auf einen Nenner kam, beim Frühstück im Resteraunt Iyoko. Fast alle zogen ein Gesicht, dem man ansah, dass sie schlecht und wenig geschlafen hatten. Nur unsere Airline-Werker, ja, die hatten ein Strahlen auf dem Gesicht. So ausgeglichen und beruhigt und im wahrsten Sinne des Wortes befriedigt sah man sie zuletzt beim Abflug auf Lorelia. Oh. Jetzt verstehe nicht nur ich das, denn die anderen dachten anscheinen auch darüber nach, wann sie die beiden zuletzt so glücklich gesehen hatten. Das Schöne dabei ist aber, dass sie glücklich waren, auch wenn diese Zurschaustellung nicht zwingend nötig gewesen wäre, um es zu demonstrieren, freuten sich die am Tisch Sitzenden innerlich sehr darüber. Unsere Priya strahlte alle an und fragte: „Na, wie habt ihr geschlafen?"

Menschen Lio: „Also. Valentino und Mom haben anscheinend gut fast geschlafen."

Aaron: „Und wir wenig."

James: „Ich habe gut geschlafen."

Valentino: „Einer der Gründe, wieso es die Jungs nicht taten."

Konrad: „Was ist denn heute schon wieder mit euch los?! Könnt ihr euch einmal an diesem Urlaub erfreuen."

Teenie Lio: „Ja, und das gestern und nun ist es vorbei."

Konrad: „Wenn das so weitergeht, dann fliegen wir früher nach Hause oder ich setze euch alle bis auf die Teenager in einen Flieger und ihr könnt euch zu Hause weiter so anfahren!"

Valentino: „Du hast Recht. Wir wollten uns zusammenreißen."

Aaron: „Dann hättet ihr das gestern auf Schwabbs vielleicht auch tun sollen!"

James: „Was?"

Neela: „Aaron!"

Der Sohn von Neela stand nun vom Tisch auf und sagte im schroffen Tonfall: „Sag mal, ist das dein Ernst, Mom? Wieso ermahnst du Aaron jetzt? Ihr hättet vielleicht ein klein wenig Rücksicht nehmen sollen, ob ihr es vor uns Teenagern treibt!"

James, Priya, Konrad: „Ihr habt was getan?"

Lio: „Sie haben es auf Schwabbsi getrieben."

Aaron: „Treiben wollen, trifft es eher."

Lio: „Stimmt. Wir haben sie beobachtet, wie sie wild herumschmusten und sich antatschten, weil sie glaubten, dass wir im Zimmer schlafen würden!"

Aaron: „Hört zu, bevor jetzt ein weiterer gewaltiger Streit zwischen den Erwachsenen ausbricht. Lio und ich haben miteinander und vor allem darüber geredet. Es ist uns jetzt schon langsam komplett egal geworden oder vielleicht ist es uns auch schon länger egal, wer hier mit wem und warum und der ganze Unsinn. Valentino hatte gestern Recht. Jeder Mensch hat viele Rollen im Leben. Klar. Wir würden uns alle eine heile, komplette Familie wünschen, aber das gibt es nicht! Oder zumindest nicht immer. Es läuft nicht immer alles gut! Das muss es auch nicht, ABER man kann, auch wenn man nicht die heile Familie ist, sich doch miteinander arrangieren. Es muss nicht Liebe sein. Ihr müsst euch nicht alle lieben, so wie Knox es sich vorstellt in seiner Distelwiesen-Welt, aber man muss doch fähig sein, Sachen zu klären und neutral miteinander auszukommen."

Lio: „Angefangen mit dem, dass ihr einmal rausfindet, was ihr eigentlich wollt. Ich mein, nichts für Ungut, natürlich wollen wir, dass ihr glücklich seid, aber wir Jungs werden auch erst glücklich werden, was diese Familie betrifft, wenn ihr endlich wisst, was euch glücklich macht. Unsere Analyse? Derzeit sieht es so aus, als würde mein Dad am liebsten eine polygame Beziehung mit seinen Räderuntersätzen führen, und Mom sich nicht eingestehen, dass ihr Glück nicht jenes ist, welches sie einst glaubte. Oder sollte ich erhoffte sagen? Onkel Lionel sagte, dass es auch mal krachen muss, damit man wieder zusammenfindet. Dann streitet. Schlagt euch verbal die Köpfe ein und findet zurück oder woanders hin, aber findet wohin! Und ja, Mom ist schwanger und braucht Ruhe, aber Mom braucht auch keinen permanenten Stress in der Schwangerschaft. Besser ist, wenn es einmal kurz Stress gibt und dann keinen! Mom ist schwanger und nicht schwer krank! Sie ist stark und so wird es meine Schwester oder mein Bruder auch sein! Ach, und Dad, du brauchst dich nicht beschweren vor uns oder mir, dass Valentino sein Glück, wenn auch etwas unvorteilhaft für etwaige Zuseher, versucht hat, denn wenigstens hat er sein Glück versucht! Und auch wenn wir Mom vielleicht nicht zwingend in so einer Situation erleben hätten müssen, aber so frei, glücklich und lebendig war sie schon lange nicht mehr! Denk mal darüber nach. Mom und ich sind emotional klinisch tot und bei uns beiden war es jemand anderes, der uns wieder etwas spüren ließ! Entweder du reißt dich zusammen oder du versauerst in deiner scheißverfickten Welt, ohne uns permanent in deinem Leben zu haben. Ist mir scheiß egal. Mach was du willst und willst du wissen, was Schwabbs, Lio und die anderen darüber gesagt haben? Du sollst machen, was dich glücklich macht, aber dir und deinen Wünschen selbst treu bleiben! Dann wärst du auch treu zu uns! Fern ab von dem, was deine Wünsche wären! Wisst ihr was? Nein Opa. Nicht du schickst irgendwen weg. Wir schicken uns jetzt weg. Zu den Autos! Ich zumindest werde nun zu den Autos gehen. Ihr könnt machen, was ihr wollt, aber wenn ihr uns nach aufgeben und vergessen, nicht auch noch ganz verlieren wollt, dann würde ich euch anraten, darüber nachzudenken und Klartext zu reden. Es ist nämlich echt erbärmlich, dass Autos besser unter sich oder gar mit Menschen kommunizieren können als Menschen miteinander. Ganz ehrlich? Je mehr ich darüber rede, desto mehr widern mich hier alle, außer Aaron, Oma und Opa, an!"

Dies war für alle Beteiligten, sogar für die Autos, welche Aaron über sein Handy mithören ließ, ein glasklar ausgesprochener Text. Die Jungs gingen über die Terrasse des Restaurants zum Strand und ließen die Erwachsenen allein und vor allem mit deren Situationen zurück.

Szene 20
„Untersuchung"

Obwohl unsere Erwachsenen nun Zeit hatten, um zu streiten, da sich unsere Jugendlichen lange nicht mehr blicken lassen würden, taten sie es nicht. Es herrschte Stille. Die im Restaurant Verbliebenen waren entsetzt, als sie mitbekamen, wie sich der jüngere der zwei Teenager zusammengerissen hatte, ihnen das alles nett mitzuteilen.

Die Augen unseres James füllten sich mit Tränen. War es doch fast so wie damals, als er seinen Eltern eine Standpauke im Steakhaus hielt. Die Thematik mochte eine andere gewesen sein, aber er kannte das Gefühl, welches Lionel und Aaron gerade fühlen mussten, nur zu gut.

Die Vernachlässigung. Das „nicht gesehen"-Werden. Das ignoriert Werden. Waren die Probleme der Eltern doch lange wichtiger als die, welche er hatte. Für Jay war es damals ebenso ein Kampf, nicht gegen den Tisch zu schlagen, oder irgendetwas kaputt zu machen, weil er es einfach nicht mehr aushielt. War das der Grund, wieso er sich in seine Autoparadies Firma so hineinschwang? Weil er eigentlich verhindern wollte, dass Lionel genau das Gleiche erlebte? Wollte er sich deswegen sein Grundstück und das seiner Eltern mit Autos zupflastern? Damit der Junge nie allein sein würde? Hatte er denn wirklich vergessen, dass er damals nicht nur seine Autos gebraucht hätte, sondern eben auch seine Eltern?

„Ich mache gerade den Fehler, den Mom und Dad machten, obwohl ich es nur gut meinte", dachte sich unser James Skimen. *„Aber was passiert, kann man nicht wieder gut machen, man kann es nur besser machen"*, dachte er sich gefolgt von: *„Manche Fehler, kann man eben nicht mehr wieder gut machen. Ich habe mein Kind in die gleiche Situation gebracht, obwohl ich mir einst geschworen habe, es nicht zu zulassen. Ich habe meine Frau betrogen, indem ich mir untreu wurde. Ich habe sie belogen, indem ich ihr vorspielte,*

dass ich das geben könnte, was sie verdient, nur weil ich meine Welt zusammenhalten wollte. Wir mögen uns in gewissen Aspekten ähneln, aber eine große Differenz gab es, welche nicht überspielbar war. Sie hat gemerkt, dass ich ihr nur etwas vorspiele und ich bemerkte es anfangs nicht. Als ich den Anschein bekam, wollte ich es nicht wahrhaben. Was machte sie? Sie kümmerte sich um alles. Sie war mir stets meine beste menschliche Freundin, mein Halt, meine Zuflucht, mein Zuhause, mein Licht, mein Leben. Sie spielte meine Sekretärin, sie kümmerte sich um unser Zuhause und somit auch um mein Kind. Sie hörte stets zu und ließ sich von mir anmaulen, wenn ich wieder einmal nicht das Auto bekam, welches ich wollte. Sie teilte Freude mit mir, obwohl es ihr nicht so wichtig war wie mir. Sie verließ mich damals nicht, weil sie sich ausprobieren wollte. Sie verließ mich, weil ich damals schon so war. So wie ich dachte, sie wäre nicht nur meine Sicherheit, sondern mir auch sicher, verließ sie mich, weil sie etwas spüren wollte. Weil sie mehr spüren und erleben wollte, als ich ihr gab. Was wollte ich? In meiner Autowelt verschwinden. Damals kam sie zurück zu mir, weil sie mir treu und loyal bleiben wollte. Nur dieses Mal werde ich das nicht zulassen. Ich habe keine Ahnung, ob ich mich ändern kann. Ich weiß aber, wenn ich es nicht schaffe, werde ich auch nicht mehr zulassen, dass sie zu mir zurückkommt. Das tue ich weder ihr noch den Kindern nochmal an."

Plötzlich durchdrang ihn eine der schönsten Stimmen, die er kannte: „James? Können wir kurz reden?", fragte ihn seine rechtlich gesehen noch Ehefrau. James hob es kurz hoch und er schüttelte seinen Kopf kurz, um wieder zu Verstand zu kommen: „Klar, Neela. Klar. Immer. Wann auch immer du es brauchst. Ab jetzt, immer. Versprochen." Neela nahm seine Hand und zog ihn von seinem Sitz hoch und in diesem Moment stach es in Jays Brust. Innerlich zog sich alles unangenehm zusammen, aber er versuchte sich nichts anmerken zu lassen.

„Da es sich auch um dein Kind handelt, welches ich von etlichen Schwangerschaftstesten bestätigt bekam, wollte ich dich fairnesshalber auch fragen, ob du denn gleich mit mir zum Gynäkologen gehen möchtest. Ich habe mir gestern einen

Termin ausgemacht, da ich es jetzt offiziell wissen und nicht mehr warten will, bis wir zu Hause sind", fragte sie ihren Ehemann. Jay atmete flach, aber tief ein und sprach: „Nein." Neela sah den Kindesvater mit großen Augen an und begann zu weinen. James ergriff sie bei der Schulter und versuchte seine Antwort zu erklären: „Schatz. Neela. Ich. Ich habe das nicht verdient. Ich habe dich betrogen, belogen, dir deine Zeit gestohlen und dich und unseren Sohn in eine furchtbare Situation reingeritten." Neela weinte immer mehr und versuchte nach Worten zu ringen. Letztendlich schaffte sie es mit gebrochener Stimme: „Ich habe dich auch betrogen, aber dafür kann doch unser kleines Kind nichts. Es soll doch wissen, dass Papa dabei war und dass wir es lieben ..." Ihr Blick sagte, dass sie verzweifelt eine positive Antwort erwartete. „Du hast Recht. Das Kind kann nichts dafür. Ich ... komme mit. Neela, du hast mich nicht betrogen ... Du hast nur dich und dein Leben wieder spüren wollen ..."

„Mom? Dad? Valli? Können wir bitte alle gemeinsam zum Meer gehen, bevor James und ich zum Arzt müssen?", fragte Neela den Rest.

Szene 21
„Ohne fühlt es sich besser an."

„Wie geil! Du kannst surfen?!", fragte Lionel überrascht. „Nein. Das ist Anfängerglück!", rief Aaron zurück. „Wirklich?", staunte Lionel mit offenem Mund.

Aaron: „Nö. Babe, ich kann Snowboarden, Surfen, Skaten und gut mit einem Mountain Bike über das dafür vorgesehene Terrain fahren!"

Teenie Lio: „WOW! Das du Skaten kannst, weiß ich. Einer der Gründe wieso ich dir nachgesehen habe am Schulhof und vor der Schule und wo auch immer ich dich gesehen hab. Meine Güte, du siehst so süß aus, wenn du skatest!"

Aaron: „Und du, wenn du mir dabei zusiehst. Ich habe dich immer im Augenwinkel gesehen, wenn du das getan hast und versuchte immer voll cool zu bleiben, obwohl ich komplett nervös war wegen dir!"

Bei den Autos, welche sich immer noch im Gruppen Anruf mit den Teenagern befanden, erwärmten sich die Motoren. Sie fanden es unglaublich schön, wie frisch und fröhlich der Menschenjunge Lionel war. Am schönsten fanden sie, dass er es trotz der Umstände der Erwachsenen war. Auch für Aaron freuten sie sich enorm mit, da er sich normalerweise nicht so leicht dabei tat, wenn es darum ging, sich bei anderen wohlzufühlen, ganz davon zu schweigen, sich überhaupt einzubringen. Die zwei Teenager ergänzten sich gut.

Emilia: „Ähm. Jungs? Wenn Lios Mom Aarons Dad heiraten würde, wärt ihr dann nicht Stiefgeschwister?"

Schwabbs war wohl nicht der Einzige, der romantische Situationen zerstören konnte. Aaron der gerade bei seinem „süßen Beobachter" angekommen war, sah ihn zeitgleich an wie er ihn und die beiden sagten: „Scheiße! Das habe ich voll verdrängt!"

Schwabbs: „Diesem Aufklärungsgespräch würde ich gerne beiwohnen."

Menschen Lio: „Das ist nicht witzig! Ich habe das schon wieder voll vergessen!"

Aaron: „Ja. Ich auch!"

Onkel Lionel: „Also habt ihr es schon bedacht?"

Jason: „Wieso habt ihr ihnen denn nichts gesagt? Dann würden die das vielleicht lassen, überhaupt daran zu denken, eine Beziehung einzugehen. Ist doch ganz einfach."

Lillijetta: „Oh Jason. Du hast keine Ahnung von Liebe. Zumindest nicht von dieser Form, oder?"

Jason: „Du anscheinend auch nicht, denn unsere Neela ist offensichtlich nicht die Einzige, die eine Affäre als verheiratete Frau hat!"

Emilia: „Wie bitte?"

Dekja: „Meine Damen, ihr solltet wirklich die Privatsphäre Einstellung auf der Privatfrequenz umstellen."

Alfred: „Also, stimmt das? Wenn ja, dann habe ich sowieso keine Chance. Wenns wenigstens ein anderer Mann wäre, dann könnte ich konkurrieren, aber eine Frau kann dir halt etwas geben, was ich nicht kann."

Lillijetta: „Alfred … Ich. Ja. Es stimmt."

Aaron: „Wieso habt ihr nicht einfach eine offene Beziehung?"

Emilia: „Igitt. Nein. Ich teile nicht. Schon gar nicht mit Alfred."

Teenie Lio: „Kann ich verstehen. Würde ich auch nicht."

Knox: „Ihr seid echt witzig zum Mitanhören."

Goliath: „Könnten wir bitte auf die Jungs zurückkommen? Immerhin wäre es nicht so gut, wenn ihre Eltern heiraten und sie wirklich Stiefbrüder würden."

Aaron: „Ohne fühlt es sich besser an!"

Onkel Lionel: „Okay. Jungs. Hört mir jetzt bis zum Schluss zu. Nur weil ihr beide Cis Männer seid, heißt es noch lange nicht, dass da nichts passieren kann. Kondome sind nicht nur da, um eine Schwangerschaft zu verhindern. Sie können auch vor Geschlechtskrankheiten schützen. Ich glaube zwar, dass ihr noch keinen Geschlechtsverkehr hattet, aber wenn, dann bitte schützt euch dennoch! Um ganz sicher zu gehen, falls ihr eine sexuell monogame Beziehung haben solltet, geht doch zum Arzt und lasst euch durchchecken, dann könntet ihr das auch irgendwann weglassen, wenn ihr das wünscht. Geht aber wirklich davor zum Arzt! Service ist wichtig. Auch beim Menschen!"

Die Teenager lachten herzhaft auf und wussten gerade nicht, ob sie das als verrückt, süß oder voreilig ansehen sollen.

Menschen Lio: „Aaron meinte mit dem ‚Ohne fühlt es sich besser an'-Satz eher keine Kondome." (Lionel konnte nicht mehr weiterreden, da er aus dem Lachen nicht raus kam.)

Aaron: „Ich meinte damit, ohne Eltern fühlt es sich gerade besser an. Das war also auf Goliaths Aussage bezogen."

Onkel Lio: „Oh. Ähm. Ja. Dann. Es ist aber dennoch wichtig!"

Lio und Aaron seufzten nun entnervt: „Wissen wir, Onkel Lionel!"

Menschenjunges Lio: „Wäre das okay, wenn wir ein wenig Zeit für uns hätten?"

Emilia: „Klar! Viel Spaß beim Knutschen."

Alle anderen Autos: „EMILIA!"

Emilia: „Na gut, dann halt viel Spaß beim Knutschen und geschütztem Vögeln!"

Telefonat abgebrochen.

Szene 22
„Verschwinde"

Arm im Arm lagen unsere zwei Teenager nun am Strand, schlossen kurz ihre Augen und genossen die Sommersonne von Lorelia. Das Meeresrauschen wäre nur die Kirsche auf dem Sahnehäubchen gewesen, wenn da nicht doch wieder diese Gedanken gekommen wären. Aaron drehte sich zu seinem Lio und sah ihn fragend an: „Baby? Ich will, dass unsere Eltern glücklich werden, aber ich will dich auch nicht verlieren." Lionel blickte seinen Freund an und auch ihm gefiel der Gedanke ganz und gar nicht: „Lass uns verschwinden!"

Aaron: „Wirklich jetzt? Das können wir denen doch nicht antun!"

Lio: „Ich glaube, das ist mir grade egal, nach all dem, was die uns die letzte Zeit zugemutet haben. Ich hätte da sogar einen Plan! Er ist ungefährlich, nur etwas kompliziert in der Umsetzung."

Aaron sah Lionel skeptisch an, aber die Verlustangst war einfach größer: „Ich bin ganz Ohr, Schatz."

Und unser Lionel begann zu erzählen.

Aaron hörte seinem Schatz gebannt zu. In ihm rief alles „KEIN GUT DURCHDACHTER PLAN!", aber die Alternativen, die sie im Vergleich dazu hatten, befand er als noch viel schlimmer. Kurz diskutierte er mit sich selbst, dass sie eigentlich gar nicht abhauen wollten und Neela doch grad erst meinte, dass sie mit ihr und den anderen über alles reden könnten, aber sie sahen doch, wie die nicht mit ihnen sprachen. Sie sahen, wie es wieder nur um ihre Eltern ging. Es kam ihm plötzlich genauso unglaubwürdig vor wie Lionel, dass ihre Eltern für ihre Kinder etwas unterlassen würden." Worte sind eine Sache. Taten manchmal eine andere.

Bei den verliebten Teenagern kam ein schreckliches Bild vor ihre Augen. Was wäre, wenn ihre Eltern wirklich heiraten würden und sie sich deswegen trennen, ihre Gefühle wieder runterschlucken und ihre Leben nach ihnen richten müssten. Da klang der Plan von Lionel, welchen er ihm leise am Strand zuflüsterte, trotz der kniffligen Ausführung immer besser und besser. Aaron sah seinen Liebsten an, küsste ihn zärtlich und sprach: „Geht in Ordnung. Ein bisschen feilen wir an diesem Plan, aber ausgeführt wird er. Versprochen. Ich liebe dich."

Wieso unser Aaron nun so handelte, obwohl er bis vor Kurzem noch versuchte, reif und anständig zu wirken, ist nun wirklich sehr leicht zu erklären.

Zum Ersten wären da die Gene seines rebellischen Vaters. Wenn er etwas oder jemanden wollte und die Person dasselbe spürte, dann warf er sich mit fast allen Mitteln ins Zeug. Im Gegensatz zu James klang das aber nicht ab, wenn er es hatte. Nein. Er gab stets konstant, so authentisch wie möglich das, was er zu bieten hatte. Er war völlig unbeeinflusst und einfach er selbst. Das Zweite wäre, dass unser Aaron auch schon einen gewissen Zorn gegen seinen Vater hegte. Er verstand, dass alleinerziehende Eltern andere Anstrengungen durchmachten, aber er fühlte sich selbst ebenso wie unser Lio vergessen und allein.

Eines müssen wir bedenken, wenn unsere Neela schon die ganze Zeit das letzte Jahr über am Handy mit ihrem besten Freund Valle war, wird es bei unserem Herrn Valentino Bartolomeo Eis keineswegs anders gewesen sein.

Die Feinheiten waren nun geklärt. Der Plan konnte also vollzogen werden und das ganz bald …

Szene 23
„Unbekannt"

Als sie auf die Uhr sahen, sodass sie den Termin nicht verpassten, ahnten die Erwachsenen nicht, was ihnen als Familie im Kollektiv noch bevorstünde. Es überkam fast niemanden ein ungutes Gefühl, außer unseren Valentino. „Ich komme gleich nach, Neela. Ich möchte nur schnell Schwabbs und Lionel anrufen", sprach er. James, Neela und Priya gingen schon einmal langsam in Richtung des Arztes, nur unser Konrad blieb stehen und fragte: „Valentino? Was ist denn los? Bedrückt dich etwas?" Valli war schon am Telefon und schaltete den Lautsprecher an.

Valli: „Schwabbs? Lionel? Hier sind Konrad und Valli. Ich habe unseren Jungs vor zwei Stunden geschrieben. Sie reagierten bis jetzt nicht. Weder auf Textnachrichten noch auf Anrufe. Mag heuchlerisch klingen nach den ganzen Tagen zuvor, aber, ich mache mir Sorgen."

Lionel: „Ich habe auch schon ein ungutes Gefühl. Wir versuchten es auch schon und nichts für ungut mein Freund, aber bei *uns* würden sie sich derzeit eher melden als bei euch."

Konrad: „Habt ihr denn eine Ahnung, was sie vielleicht gerade machen?"

Schwabbs: „Also bei unserem letzten Telefonat ging es um Sexualverkehr, die dazugehörige Verhütung, Ärzte, um Neela und Valli."

Valli: „Meint ihr etwa, dass sie ... naja. Ihr wisst schon ... Es gerade tun? Ich meine, ich habe damals auch nicht mehr aufhören wollen, als sich Neela mir hingab."

Konrad: „Neela war deine erste?"

Valli: „Ich war Spätzünder, was Frauen betraf. Davor hatte ich ausschließlich Männer, dann Neela und dann die Mutter meines Sohnes. Danach wieder nur Männer."

Konrad: „Ich dachte du bist nicht schwul?"

Valentino: „Bin ich auch nicht. Ich bin bi."

Konrad: „Achso. Willkommen im Club. Und hey, Kumpel, besser spät zünden als nie, falls du verstehst, was ich meine."

Valentino: „Ich verstehe nur zu gut. Dennoch. Schwabbs? Lio? Habt ihr irgendeine Idee?"

Schwabbs: „Keinen blassen Schimmer. Das Einzige, was wir wissen, ist, dass sie sich zuerst freuten, dass du und Neela vielleicht zusammenkommen könntet, aber sie dann eben Stiefbrüder wären und eine Beziehung zwischen ihnen somit etwas, sagen wir mal, makaber bis unmöglich."

Konrad: „Also eher trotzig aufmüpfig gegen die drei?"

Lionel: „Möglich wäre es."

Valli: „Na gut. Wir müssen los. Wenn sie sich nicht bald melden, rangehen oder zurückschreiben, dann müssen wir leider den GPS-Chip von James benützen. Ich wollte eigentlich nie so ein Vater werden, der seinen Kindern nachspioniert."

Konrad: „Solang es die eigenen sind, ist es noch vertretbar."

Schwabbs: „Wie dem auch sei, ich nehme an, dass ich im Namen aller Sippen-Autos spreche, wenn ich euch viel Glück wünsche. Bis bald."

Telefonat beendet/auf dem Weg zum Arzt

Konrad: „Weißt du, Valentino. Du bist mir am Anfang schon ein Dorn im Auge gewesen, aber ich bin eben auch zu realistisch, als dass ich Blind vor Vaterliebe werden könnte. Eine Vermutung habe ich auch, wie das enden wird, aber auch mir ist es wichtig, dass ihr alle glücklich werdet. Gemeinsam, getrennt, oder auf komplett verschiedenen Wegen. Es ist mir auch klar, dass mein Enkel Lio zu dir aufsieht. Mag sein, dass du derzeit einfach das geringere Übel bist für die Jungs und das ist auch okay, aber dennoch gibt es da etwas, was ich ansprechen möchte. Hör zu, Neela ist wie eine Tochter für mich. Ich liebe sie, als wäre sie mein eigenes Kind und irrwitziger weise liebe ich sie gleich wie meinen eigenen Sohn. Da gibt es nicht viel Unterschied für mich, abgesehen davon, dass sie zusammen ein Kind haben und ein anderes erwarten. Da ergibt sich mir übrigens eine Frage. Besteht die Möglichkeit, auch wenn nur minimal, dass dieses Kind von dir ist? Man könnte glauben, dass der Verkauf von Schwabbs an uns für dich nur ein Vorwand war, um zufälligerweise einen gemeinsamen Urlaub mit uns und deinem Sohn zu buchen."

Konrad stellte sich nun vor Valentino und blickte ihn ernst an. Eis stand mit großen Augen vor einem Mann, welcher eine enorme Autorität für ihn und viele andere ausstrahlte und musste sich eingestehen, dass er das hätte kommen sehen müssen. Nach all dem, was passierte und die letzten Tage so ans Licht kam, war unserem Valentino bewusst, dass diese Frage ihre absolute Entstehungsberechtigung hatte.

Ein wenig später im Wartezimmer

Unser James saß zwar ganz im Abseits des Wartezimmers, aber zumindest war er anwesend. Priya hielt Neelas Hand, als Konrad und Valentino den Raum betraten. „Priya, wir sollten uns vor dem Haus aufhalten. Neela? Wenn du uns brauchst, wir befinden uns auf der Bank unterm Baum genau gegenüber vom Eingang", sprach der Airline Chef zu den Damen.

„Darf ich mich zu dir setzen oder soll ich mich ins dritte Eck stellen, damit das noch ein wenig merkwürdiger aussieht", fragte Valli seine beste Freundin mit einem milden Lächeln. Die Synchronsprecherin schmunzelte etwas verlegen und meinte: „Setz dich. Gerne auch neben mich. Priyas Hände habe ich schon mit Erfolg zerquetscht, vielleicht halten deine mehr aus."

Neela: „Ist alles okay mit Konrad? Er wirkte strenger als sonst."

Valentino: „Naja. Dein sich selbst als dein Vater bezeichnender Schwiegervater und ich hatten eine kleine Konversation als wir am Weg zu euch waren, aber es ist nichts Schlimmes. Wir haben das geklärt."

Sie sah ihn skeptisch an und betrachtete sein vollbärtiges Gesicht nun genauer: „Oh mein Suno, Valli! Ist das ein Veilchen?!" „Ja. Ich bin gestolpert", bestätigte er. „Aber nicht auf Dads Faust, oder?", fragte Neela besorgt.

„Neela Tamanna-Skimen? Sie können nun in den Behandlungsraum."

Frau Tamanna-Skimen schreckte auf und nahm ihre Tasche. „Soll ich mit reinkommen?", fragte Valentino vor ihr sitzend. Neela schmolz fast, als dieser große Mann, ihr Rebell, sie so von unten ansah und sie sagte: „Macht euch das bitte untereinander aus. Aber schnell."

Unser James sah Valli an und Valli sah James an. „Geh du rein", hörte man einen der Männer nun sagen.

Im Behandlungszimmer

„Sind Sie der Vater?", fragte der Arzt. „Was geht Sie das an?", schnaubte Neela etwas unhöflich. „Weil ich diesen Mann nicht ins Zimmer lassen darf, wenn er es nicht wäre", erwiderte der Doktor. „Möglich. Es kann durchaus sein, dass er der Vater ist", antwortete Neela mit einem sanfteren, *etwas* freundlicheren Ton. „Verstehe. Legen Sie sich doch bitte schon mal hin und ziehen sie sich ihr Shirt nach oben bis zur Brust. Ich hole nur schnell etwas", sprach der Arzt und verließ den Raum kurz. Als dieser wieder zurückkam, musste sich Neela die Hand vor den Mund halten, um ihr Lachen zu verbergen. „Was machen Sie denn da?!", empörte sich der Arzt. „Sie haben doch gesagt, man solle sich hinlegen und das Shirt bis zur Brust hochziehen. Das habe ich getan", sprach der vielleicht Vater, der definitiv schon einer war. „Nicht Sie. Ihre Frau!", stolperte es nun aus dem Arzt. „Er ist nicht …", wollte Neela gerade sagen, doch sie wurde vom Arzt unterbrochen mit

„Bitte, werte Dame Tamanna–Skimen, legen **Sie** sich bitte hier hin und ziehen ihr Shirt bis zur Brust hoch, damit ich mit dem Ultraschall anfangen kann."

Anderswo bei den Jugendlichen

„Scheiße, Schatz! Es hat funktioniert!"

„Cool bleiben, wir fallen sonst auf. Ich gehe vor und du kommst dann nach! Wir sehen uns. Ich liebe dich, Lionel!"

Szene 24
„Der Ultraschall"

In diesem Moment schossen allen die Erinnerungen hoch. Als hätte der Arzt mit dem Beginn des Ultraschalls einen Knopf in den Köpfen all unserer Erwachsenen betätigt. Sie erinnerten sich kollektiv an die Momente mit ihren Kindern. Vom positiven Schwangerschaftstest hinweg, zu den Ultraschalls, der Geburt bis hin zum heutigen Tag.

Auch wenn die Erinnerungen nicht bei jedem nur positiv aussahen, war der Fakt, dass sie ein Kind erwarteten, überragend, faszinierend und aufregend. Die ersten Herztöne waren immer noch wie ein ganz eigener Song für unsere ProtagonistInnen. Ihre Augen waren mit Freudentränen gefüllt, als sie an die Geburt dachten, an den Moment als sie ihre Geschenke des Lebens endlich in den Armen halten durften. Der Moment als diese klitzekleinen Augen in ihre sahen. Diese klitzekleinen Hände, die ihren Zeigefinger umgriffen. Das erste Lächeln. Das erste Kichern. Die ersten Versuche zu krabbeln. Die ersten holprigen Versuche zu gehen. Wie sie mit ihren Windelpopos durch das Haus düsten. Das erste Wort. Der erste Tag im Kindergarten, als man eigentlich froh hätte sein sollen, dass man endlich einmal eine Ruh hatte, aber sie vermisste und am liebsten dortbleiben mochte. Der erste Schultag. Die allererste Klassenfahrt. Bis zu den Momenten, in denen man sie ansieht und sich fragt, wo denn die Zeit hin war und natürlich auch die Momente, wo man sich sagte: „Ich liebe dieses Kind. Ich liebe dieses Kind. Ich liebe dieses Kind", weil sie einen doch auf die Palme bringen konnten. Aber man liebt sie und hoffte stets, dass man ihnen das auch so zeigen konnte, wie man es sich es entweder für sich selbst einst oder eben für das eigene Kind wünschte.

„Neela. Mäuschen, ganz ruhig", sprach der Mann, der sich zuerst auf der Untersuchungsliege befand. Neela blickte auf ihn auf und sagte: „Ich bin so nervös. Es macht mich einfach nervös. Ich hoffe es passt alles, wenn da etwas ist. Ich habe so Angst. Schon seit Stunden habe ich einfach nur noch Angst und ich weiß nicht einmal wirklich warum!", äußerte sich die Patientin, ohne zu wissen, dass sich ihr Mutterinstinkt bei ihr meldete. Er sah sie an und sagte ihr mit einer beruhigenden Stimme: „Alles wird wieder gut. Alles wird wieder in Ordnung gehen.", und zitierte somit einen Song der die beiden verband.

„Da haben wir es doch! Seht hin. Da sehen wir es", unterbrach der Arzt ihr Gespräch. Der mögliche Vater strahlte sie Glückshormon überfüllt an, küsste sie auf die Stirn und sprach: „Wir werden Eltern oder sollte ich sagen, ich werde ein Vater sein."

Einige Momente nachher

Der Arzt gab ihnen die Ultraschallbilder mit und sagte: „Herzlichen Glückwunsch! Es wundert mich zwar, dass sie das so lange nicht bemerkt haben, aber am wichtigsten ist, dass alles gut aussieht, sich gut anhört und auch ist!"

Szene 25
„Ich will es nicht"

„Ihr entschuldigt mich bitte. Ich möchte jetzt einfach nur noch zu Lionel und Schwabbs. Diesmal muss **ich** mit einem Auto reden", platzte es aus Neela heraus. Die anderen sahen sich verwundert an aber verstanden es zur gleichen Zeit, soweit man es eben verstehen konnte, wenn man nicht selbst in der Lage war.

Man nannte das Verständnis.

Bei Lionel und Schwabbs

Neela: „Ich kann das nicht! Ich schaffe das einfach nicht! Ich will das nicht!"

Lionel: „Neela. Jetzt beruhig dich doch, Kind. Es wird alles wieder gut werden. Was hat der Arzt denn gesagt?"

Neela: „Das alles gut aussieht. Ich habe den Arzt Spaßeshalber gesagt, dass es mehr Auswahl zu den Vätern gibt."

Schwabbs: „Ohne dir jetzt nahe treten zu wollen und es geht uns auch nichts an, aber war das wirklich nur ein Scherz, Neela?"

Neela brach in Tränen aus.

Schwabbs: „Nicht doch, Engelchen. Wir wollten dich nicht beleidigen."

Neela: „Darf ich mich bitte zwischen euch kuscheln und einfach nur heulen?"

Schwabbs, Lionel: „Aber natürlich!"

Neela kuschelte sich wie damals bei anderen Autos nun zwischen ihren Lionel und ihren Schwabbs. Das Bild, welches sich uns dadurch bot, war ironisch und zeitgleich wahrhaftig symbolisch. War doch Lionel, das Auto von James und Schwabbs das Auto von Valentino. Unser verheultes „Engelchen" saß auf ihren Knien nun angelehnt an Lionel und streichelte Schwabbs an seiner Fahrertür. Nach einer Zeit bewegte sie sich und tat es andersherum. Sie lehnte an ihrem Schwabbs und streichelte Lionels Beifahrertüre.

Emilia: „Neela? Fern ab von dem, was gerade für Gedanken durch dein hübsches Köpfchen gehen, wir alle sind uns sicher, dass du das schaffst. Du bist und wirst nochmal eine großartige, umwerfende Mutter."

Nun war Neela endgültig gebrochen. Sie schluchzte laut und weinte bitterlich: „Ich will es nicht!" „Was willst du nicht, Kind?", fragte Schwabbs seine am Boden zerstörte, menschliche Wegbegleiterin. „Ich will es nicht. Ich will es nicht wahrhaben!", schluchzte sie voller Sorge. Man sah ihr an, dass sie mit sich kämpfte. Mit ihren Gefühlen, Gedanken und Sorgen. Sie versuchte immer wieder aufzuhören zu weinen, aber schaffte es einfach nicht. Immer wieder, wenn sie sich beruhigt hatte, brach es aus ihr heraus.

Konrad, Priya, James und Valli standen schon seit zehn Minuten hinter ihr und den Autos. „Das geht schon seit einer halben Stunde so", erzählte ihnen Schwabbs. „Wir wissen nicht, wie wir sie dazu bringen können, dass sie sich beruhigt", fügte Lionel hinzu. „Müsst ihr auch nicht. Lasst meine Schwieger- und Tochter einfach weinen. Das muss alles einmal raus aus ihr", sprach Konrad in einer seiner liebevollsten und ruhigsten Stimmlagen.

Der Airline Chef ging ganz nah an sie heran, kniete sich zu ihr auf den Boden, wischte ihr Haar hinter das linke Ohr und flüsterte ihr zu: „Wir lieben dich bedingungslos. Ich weiß. Es wird alles wieder gut, mein Kind. Es wird alles wieder gut." Er küsste sie auf ihren Kopf und stand wieder auf, während sich die Autos nicht hörbar für den Menschen untereinander aber auch jeder für sich fragten, *was* er denn wusste.

Von einen auf den anderen Moment wurde die behutsam gehaltene Atmosphäre durch einen laut gehaltenen und somit für Menschen hörbaren Funkspruch gebrochen. Es war Soulu, die

**„Sie haben mich gekapert! Die Teenager.
Sie haben mich entführt!"**

funkte.

Scene 26
„Final-Part I"

Vernachlässigung kann zu vielem führen. Depressionen, sich mit den falschen Menschen abgeben und auf schiefe Bahnen geraten, Drogen und Alkoholmissbrauch, fremd- sowie auch selbstzerstörerisches Verhalten. Da würde man die schlechten Noten ohne wirklichen Grund eher in Kauf nehmen, bevor der Rest oder mehr passiert.

Hätte man es wirklich ahnen können, dass die Teenager Aaron Patricio Eis, sechzehn Jahre alt, und Lionel Valentin Tamanna-Skimen, fünfzehn Jahre alt, an diesem zwanzigsten Juli ein Flugzeug klauen würden, dass noch dazu die Maschine von Konrad Skimen war. War er doch einer der berühmtesten Airline Chefs, die unsere Welt je gesehen hatte, unter anderem deswegen hatten weder die Skimens Senior noch die Tamanna-Skimens oder Herr Eis selbst damit gerechnet.

„Alles Gute zum Geburtstag, Schatz", sprach Aaron Eis, der heutige Kapitän dieses Fluges. Hätte man diesem Flug eine Route verpasst und diese benannt, wäre wohl rausgekommen, dass sie von „einst war es noch normal" nach „total lebensmüder Irrsinn" flogen.

In Soulu, der Felicitas Airlines Maschine, Bangana BA 82

„Du hast ihn nicht vergessen. Du hast mich nicht vergessen!", sagte das Menschenjunge Lionel zu seinem Lebenspartner, der ihn sah, wahrnahm und mit ihm offensichtlich durch jegliche Gezeiten gehen würde.

„Sie werden uns sowas von umbringen", meinte Aaron.

„Besser als wir sie, oder?", machte Lio einen makabren Scherz.

„Soulu! Steuere Kardem an!", befahl der Teenager unseres Valentino der Maschine von unserem Konrad.

„Jungs! Wenn ich jetzt abhebe, dann wird das schiefgehen. Wir haben nicht genug Tank! Selbst wenn ich meinen Not- propeller ausfahre und der uns noch Strom für alles Wichtige gäbe, selbst dann kann ich nur in den Gleitflug! Wir könnten damit Menschen umbringen, wenn ich dann landen muss! Nach Kardem geht sich das niemals aus! Ihr seid doch kluge Jungs! Denkt doch ein bisschen nach!", flehte sie um das Le- ben vieler, nicht zuletzt um ihr eigenes.

Auf dem Parkplatz von Lorelia

„Findet die GPS-Daten heraus. Wir brauchen den exakten Standort! Sofort!", rief Konrad.

„Ich versuche Soulu zu erreichen!", sagte Valentino.

„Ich rufe beim Tower an!", sprach Priya entschlossen.

„Ich binde die Autos zusammen, dann fahren wir los!", gab James Bescheid.

„Leute! Was ist, wenn das hier alles auffliegt?!", rief Nee- la berechtigterweise.

„Das wird es nicht, wir reden uns da schon raus. Irgend- wie. Wir schaffen es immer, Neela!", versuchte James ihr Zu- spruch zu geben.

„Der Tower meint, dass es kein Anzeichen auf die Bangana BA82 gibt! Als sie aus dem Fenster sahen, sah man eine bunte Maschine, aber man weiß nicht, ob es unsere ist! Die ande- ren Piloten sind informiert und halten Ausschau", rief Priya.

„Wieso erreich ich sie nicht?!", ärgerte sich Valli.

„Mom, es wird schon unsere Maschine sein. Mach dir kei- ne Sorgen", meinte James. Valentino sah James an und erklärte ihm: „James. Hör jetzt genau zu. Ich nehme einfach mal an, dass du es vergessen haben wirst, aber du solltest wieder wis- sen, dass wenn ein Flugzeug vom Radar verschwindet, sein Transponder ausgeschaltet wurde und das ist alles andere als gut, denn somit sieht keiner dieses Flugzeug und kann diesem auch nicht ausweichen. Es könnte kollidieren."

„Aber … Lionel hat doch seinen Chip drinnen!", meinte James wiederrum.

„Aber das bringt den anderen Maschinen nichts, außer …" Valentino überlegte und kam auf folgendes: „Du hast recht, James. Wenn dieser Chip genauso funktioniert, wie er es bei Rädrigen oder Flugzeugen tut, dann sollte man ihn doch durch die ID-Nummer am Radar sehen! Gib Priya diese Nummer. Sie sollen sie einfach ebenso wie wir orten!"

„Wir sind ein gutes Team!", sprach James zu Valentino, sah seine Ex-Frau an und meinte: „Siehst du, Neela! Wir schaffen das!"

„Aber wie erklären wir, dass die Autos mit so einer Schnelligkeit, die wir bestimmt gleich haben werden, keinen Unfall bauen, weil sie selbstständig sind?!", versuchte Neela immer noch von der aufgeregten Menge zu erfahren. „MAGNETISMUS!" rief Valli gefolgt von: „Neela, steig jetzt in irgendein Auto und fahr mit! Du fährst bestimmt nicht allein!"

Die Schwangere, die gerade versuchte tief durchzuatmen, stieg in ein Auto. Sie stieg in das von James. Sie öffnete Lionel und setzte sich auf den Beifahrersitz. „Los! Nun fahr schon. Wir müssen unsere Kinder retten!", befahl sie ihrem Ex-Mann. Es befanden sich nun alle in ihren Autos und fuhren ab. Nun waren sie alle rebellisch, da sie alles, was sich jetzt in den Weg stellen würde, einfach riskant umfahren oder umfahren würden.

Wenn liebende Eltern ihre Kinder oder Enkelkinder retten wollen, dann ist ihnen der Rest der Welt völlig egal. Als würde ein Rudel voller Löwen ihre GenossInnen beschützen wollen! Komme was wolle und das bis zum bitteren Ende …

In Soulu

Aaron: „Wir haben diesmal wirklich einen Master-Caution. Warum?"

Soulu: „Weil ihr nicht starten sollt!"

Lionel: „Also hast du den absichtlich ausgelöst?! Soulu, du Verräterin! Flieg los! JETZT! Es wird sonst auffällig, wenn wir da ewig auf der Rollbahn stehen!"

Doch Soulu weigerte sich.

„Ihr seid doch total lebensmüde! Hört auf und beruhigt euch. Ich weiß, dass eure Eltern es zu weit getrieben haben. Es ist mir bewusst, dass du Geburtstag hast, Lio und es wahnsinnig brennen und weh tun muss, dass sie es vergessen haben. Es tut mir in ihrem Namen leid, Kind! Es ist so scheiße und ich schwöre dir im Namen aller und was uns heilig ist, wir werden sie so zur Sau machen und ihnen gewaltig eine Lektion erteilen. Wir werden für euch in den Streik gehen, bis sie das geklärt haben und wieder normal sind! Wirklich! Jungs, ich bitte euch. Ihr wollt doch keine Unschuldigen damit verletzten oder sogar umbringen! Ihr seid gute Menschen! Wir, die Autos und ich, wir sehen euch! Wir nehmen euch wahr und wir haben euren Eltern auch schon zugeredet! Immer und immer wieder. Wir haben nett mit ihnen geredet, wir haben ihnen sarkastisch und gemein die Meinung gesagt! SOGAR ICH, DIE IMMER RUHIG UND LIEB IST- WEIL ICH DIE RUHE VERDAMMTNOCHMAL GENIESSE! Wir haben euren Eltern immer wieder Seitenhiebe gegeben, aber VIELLEICHT SOLLTEN WIR SIE EINMAL ANSCHREIEN ..."

Während unsere Soulu mit ihren, von ihr als schwächste Waffe, eingestuften Mitteln kämpfte, dass sie diese Lage, auf sich allein gestellt versuchte zu bewältigen, da ihr kein anderes Flugzeug helfen konnte, und die Piloten zu sehr geblendet von der Mittagssonne waren und sie nicht einmal melden hätten können, rasten die Erwachsenen auch schon los.

Bei den Erwachsenen

Mit Funk verbunden rasten die Erwachsenen durch die Gassen Lorelias. Es war still geworden, damit nur noch die wichtigsten Informationen durchkommen konnten, wie zum Beispiel die vom Felicitas Airline Chef: „Wir müssen zur Rollbahn. Das geht nicht wie letztes Mal, dass wir einfach über die Straßen hindurch zum Flughafen fahren. Wir müssen eine Abkürzung nehmen! Mir nach!"

Die Autos folgten dem Piloten, der Goliath wie wild fuhr, und kamen schließlich in ein kurviges Chaos von einem Kieselstein Pfad. Es ratterte wie wild, als die Autos über diese Kieselsteine fuhren, da sie sich in den Rädern verfingen und mit schleuderten. „Alle die auf Dynamic schalten können, tun das jetzt bitte. Es wird nicht angenehm, für niemanden, aber wir werden wendiger", gab Valentino nun das Kommando an. „Aber wir haben keinen Dynamic. Lionel ist ein Baujahr aus zwanzig vor Christus! Wie soll das gehen? Dekja kann das auch nicht!" sprach James etwas nervös. Valentino stimmte James Aussage zu und gab folgenden Plan durch: „Ich halte, wenn ich jetzt sage ganz kurz an und ihr steigt sofort bei mir ein. JETZT!" Valentino bremste und Neela sowie auch James stiegen, so schnell wie es ihnen möglich war, um. Neela auf dem Beifahrersitz und Jay hinter Valli. „Anschnallen! Es gibt Kickdown in drei, zwei, eins – KICKDOWN!" rief unser Rebell nur noch rebellischer. „Lionel muss den Chip zerstört haben! Man kann ihn nicht mehr orten", rief Priya nun auf dem Funk.

„Nein!", riefen sie nun kollektiv und verzweifelt, da dies ihre geglaubt letzte Chance war. Die Räder standen vorm Durchdrehen, die km/h-Anzeige sprengte es fast in die Luft, die Kieselsteine knirschten mit den Reifenprofilen und die Motoren heulten. Lauter als je zuvor. Es klang doch fast wie ein Kampfschrei.

„JETZT ERST RECHT!"

Scene 27
„Final-Part II"

Unsere erwachsenen ProtagonistInnen fahren mit unseren mechanischen Weggefährten und Familienmitgliedern durch das kieselige, rau grüne Gebirge von Lorelia. Es war interessant zu sehen, wie alle Streitigkeiten, jegliche Eifersucht, Liebelei und das komplette Rundherum plötzlich egal werden konnten, wenn die Welt drohte sich zu verändern.

Sobald ein Zustand, der negative Auswirkungen haben könnte, mehrere einer Gruppe betrifft, scheint der Rest egal zu werden. In dem Fall war es gut, bei so manch anderen Weltumständen würde ich dementieren. Natürlich muss man eine Zeitlang Prioritäten setzen, aber andere Menschen sollten dabei niemals in Vergessenheit geraten oder gar in Gefahr gebracht werden.

In unserem Fall hier bei unseren menschlichen und mechanischen Freunden wird gerade niemand von ihnen vergessen. Es denkt jede/r an jede/n und der Zusammenhalt dieser charakterbunten, zusammengewürfelten Sippe war schon viel zu lange nicht mehr so spürbar wie in diesem Moment.

Der Zusammenhalt ist ja an sich etwas sehr Gutes, aber bedenken wir doch einmal, wieso es erst so weit kam? Manche Situationen im Leben passieren einfach, wie das Verlieben oder Entlieben. Das sich Verstehen oder das Nicht-Verstehen, andere Sachen jedoch könnten wir Menschen beeinflussen, damit sie verhindert würden. Nur neigen wir entweder dazu, uns um uns selbst zu drehen, bis uns schwindelig wird, und wir gar nichts mehr verstehen können oder wollen. Oder wir richten uns so sehr nach anderen, dass wir vergessen, was noch wichtig wäre.

Selbst in Flugzeugen heißt es, setze zuerst dir die Atemmaske auf, damit du anderen helfen kannst. Manche machen nur ersteres und interessieren sich nicht für oder vergessen auf zweiteres. Manche machen den zweiten Schritt und vergessen auf den ersten und somit auf sich selbst. Für unsere Autos und deren Insassen hieß es nun, alles zu verhindern, was man noch verhindern konnte, aus Fehlern lernen und die Wege danach weiterzugehen oder auch weiterzufahren, sofern alles gut ginge. Ob es hier nun gut geht oder nicht, liegt im Dunkeln somit im Ungewissen, aber wohin oder auch wodurch unsere ProtagonistInnen nun mussten, würde sich erst herausstellen.

„Nicht mehr lange, dann können wir schon das Rollfeld sehen. Wir müssen dort dann den rechten Weg herum nehmen, dann sind wir in nicht einmal fünf Minuten auf dem Rollfeld", funkte der Großvater des Menschenjungen Lionel.

Auf dem Rollfeld

„Wieso bemerkt niemand so einen riesigen Jumbo-Jet wie mich, wenn er mitten auf der Rollbahn steht? Wieso hilft mir niemand. Ich könnte es mir nicht verzeihen, wenn irgendwem etwas passiert", plagten Soulu ihre Gedanken, während sie weiterhin laut mit den Jugendlich verhandelte:

„Jungs! Es wird alles wieder gut! Bitte vertraut auf mich, auf eure Maschinen Onkeln und Tanten, wenn ihr schon die Menschen aufgegeben habt, aber bitte, lasst uns nicht in die Luft abheben. Wir und vielleicht noch andere würden es nicht überleben!" Lionel blickte seinen Aaron an und dann sahen sie sich um und wieder besorgt in die Augen des jeweils anderen. „Was tun wir da?!", fragte Aaron Lio. „Ich ... ich habe keine Ahnung. Es muss mit uns durch gegangen sein!", winselte der nun schon Fünfzehnjährige fast schon. „Fuck! Wir müssen unsere Eltern anrufen! Soulu! Ruf unsere Eltern an! Bitte! Wir haben Angst. Wir haben große Angst! Links und rechts fliegen sie und rollen sie ... Wir sitzen in der Falle! Wir wollen nicht sterben!", rief Aaron angsterfüllt, sich an Lionel klammernd.

„Ich rufe sie zurück!", sagte Soulu entschlossen. „Sie haben versucht uns anzurufen?", fragte Lio betroffen. „DAS VERSUCHTE ICH EUCH DIE GANZE ZEIT ZU SAGEN, ABER IHR WOLLTET NICHT HÖREN UND ICH HÄTTE NICHT RANGEHEN KÖNNEN, OHNE EUCH DAVOR ZUERST DEN KOPF KLAR ZU MACHEN!"

Schwabbs: „SOULU! WO SEID IHR? WIR RASEN GERADE AUF DEN WEG ZUR ROLLBAHN!"

Menschenjunges Lio: „Mom! Dads! Holt uns hier raus. Wir sitzen mit Soulu fest und der Hitzenebel wird so arg, dass wir schon fast nichts mehr sehen können."

Aaron: „Mom! Dads! Es tut uns leid! Wir haben solche Angst!"

Soulu: „Rollbahn drei!"

James, Valentino, Neela: „WIR KOMMEN!"

Neela: „Haltet durch! Wir sind gleich bei euch, Kinder! Ganz gleich! Wir holen euch da raus!"

Sie rasten auf Hochtouren. „Dekja, Alfred, Lillijetta, Jason, Emilia, Schwabbs und Lionel! Wir fahren auf die Rollbahn und dann steigen wir aus und rennen so schnell, wie wir können. Ihr fahrt bitte auf die Rollbahn und blockiert alles und jeden, den ihr blockieren könnt, damit keiner mehr abheben kann!

James! Du und ich kapern jetzt auch einen kleineren Flieger als Soulu und wir stellen ihn quer und blockieren ebenso! Priya, du dringst in den Tower ein und weist die FluglotsInnen an, alle Flieger sofort zu stoppen und die in der Luft müssen Warteschleife fliegen! Kollisionsgefahr! Neela, du suchst mit Valentino die nächsten Rettungskräfte und holst sie samt Einsatzfahrzeugen auf Rollbahn drei! Habt ihr das alle verstanden?", fragte Konrad durchdringend.

Verständlicher hätte es für alle nicht sein können und selbst wenn es jemand jetzt nicht verstanden hätte, dann würde es auch keine Zeit mehr für Nachfragen geben, da sie genau jetzt ankamen.

„Passt auf euch auf!", rief Konrad noch, als er mit James zum Hangar des Airports rannte. „Ihr auch auf euch!", rief Neela hinterher. Einstweilen funkten die Autos Soulu an, um sie über ihren Plan zu informieren.

In Soulu

„Soulu, es tut uns so leid! Wir wollten niemanden in Gefahr bringen!", versuchten die Jugendlichen sich nun zu entschuldigen.

„Fürs nächste Mal merkt ihr euch das, falls es überhaupt noch ein nächstes Mal gibt", äußerte sich die Felicitas Airlines Maschine recht nervös. „Aber, eure Großeltern und Eltern sind schon unterwegs. Mein Chef und Besitzer wird uns da schon irgendwie wieder rausholen!", versuchte sie nun krampfhaft zu motivieren.

Nun lief es für alle wie in Zeitlupe ab, denn obwohl sich alle an den Plan hielten, den Konrad aufstellte, war eine Maschine schon im Landeanflug und konnte diesen nicht mehr abbrechen. Der Airline Chef düste mit seinem Sohn, James Cornelius, der sich auf dem Co-Piloten Sitz befand. Es handelte sich hierbei um die kleinere Ausführung der Bangana BA 82, die da die Bangana B507 wäre. Konrad driftete dieses Flugzeug vor die Schnauze von Soulu. Fast wären sie über das Ziel geschossen, aber er kam gerade noch so mit dem Flugzeugheck knapp vor ihrer Schnauze zum Stehen.

„Das wird jetzt kurz weh tun", sprach Konrad zu seinem Sohn. „Wieso? Was machst du?", fragte er seinen Dad. „Ich ziehe das Fahrwerk ein, damit wir aussteigen können", sagte er. „Dad! Die Gummirut –", wollte James noch einwerfen, aber da lag das Flugzeug auch schon mit dem Bauch am Boden. „Wäre eine gute Idee gewesen, Sohn! Funk Soulu bitte durch, damit *sie* ihre Gummirutsche zumindest noch Ausfahren kann. Die Rettungskräfte sind schon da und können unsere Jungs gleich zur Lazarett-Station mitnehmen und in Sicherheit bringen! Ach, und James! Ich bin stolz auf dich, mein Sohn. Du hast es sehr gut aufgenommen, was ich dir vorhin sagte. Du bist tapfer. Du bist mutig. Du bist unser größtes Geschenk. Ohne dich, gäbe es diese große Familie nicht. Deine Mom und ich lieben dich. Wir alle lieben dieses UNS. Knox, die alte Quassel-Karre hatte recht! Dein Sohn, der liebt dich ebenso, sonst wäre er nicht so jubelnd im Cockpit. Siehst du ihn?", meinte Konrad, dem gerade der Arsch etwas von der „Ich ziehe jetzt einfach mal das Fahrwerk ein"–Methode dezent wehtat.

Während James Soulu bat, die Gummirutsche auszufahren, sah er seinen Sohn Lionel Valentin Tamanna Skimen ihm zujubeln, ihm Küsse schicken und das Zeichen für Rock and Roll symbolisieren. Auch der Sohn von Valentino feierte Jay im hohen Maße.

Die Gummirutsche fuhr aus und die Kinder rutschten diese auch so gleich herab. Valentino und Neela rannten mit den Rettungskräften zu den Kindern hin, nahmen diese in den Arm und jubelten. Konrad lief mit dem Rücken zur Bangana B507 ebenfalls zu ihnen, um sie auch in den Arm zu nehmen, doch dann geschah das Unglaubliche. „James! Nein!", schrie Neela und drehte beide Jungs mit dem Kopf weg vom Geschehen. Die Rettungskräfte des Airports Lorelia rissen die Jungs an ihren Armen hinfort und schrien: „LAUFT SO SCHNELL IHR KÖNNT!" Konrad hob Neela hoch und rannte mit ihr hinfort. Nur unser Valentino, der blieb stehen. Er sah gebannt auf den sich anbahnenden Propellerflieger und blieb in der Schockstarre mit offenem Mund und entsetztem Blick einfach stehen. Die Jugendlichen drehten sich zu dem Schauplatz und riefen: „DAD! NEIN!"

Die Rettungskräfte stürzten sich auf die Jugendlichen, um sie vor dem gleich Passierendem zu schützen. Konrad rannte mit Neela und warf sich mit ihr auf seinen Rücken hinter Emilia, um sie und sich zu schützen.

Valentino stand immer noch wie versteinert vor diesem Szenario und konnte sich keinen Zentimeter rühren, als der kleine Flieger dessen Insassen sich gerade noch aus dem Flugzeug stürzen konnten, in die Bangana B507 hineinflog und mit ihr kollidierte. Den Propellerflieger zerfetzte es und es gab einen lauten Knall.

Auf der Auto- und Flugzeugfrequenz hörte man die Maschinen vor Angst schreien: „NEIN!" Die Feuerwelle und die Welle des Aufpralls schlug Valentino Eis meterweit nach hinten. Er schlug mit seinem Kopf auf und war kurzzeitig bewusstlos. Als er wieder zu sich kam, hörte er nur noch einen Piepton in seinem Kopf, aber das hielt ihn nicht davon ab, aufzustehen und endlich zu reagieren. Der ehemalige Parkourläufer sprang auf die Gummirutsche und kletterte irgendwie nach oben. Er rannte ins Cockpit und öffnete das linke seitliche Fenster. Von dort aus versuchte er, auf dem was von Soulus Schnauze noch übrig war, zum Rest, der von der Bangana B507 noch übrig war, zu manövrieren. Durch das Loch, welches sich oben am Flugzeug befand, sprang er wagemutig durch dieses hindurch. Er hielt sich das Shirt vor Mund und Nase und rannte ins Cockpit. Er zog James aus dem Sitz des Co-Piloten und schulterte ihn. „Gut mein Freund, das wird jetzt weh tun", sagte nun auch Valli und sprang durch das Loch im Rumpf des Flugzeugs mit Jay hinunter. Entweder war es Schicksal oder Zufall, aber eins von beiden führte dazu, dass Valli, der James immer noch geschultert hatte, zwar unsanft, aber dennoch weicher als der harte Boden, auf einen Sitz des Flugzeuges fiel. Nun reichte es den beiden Autos von Valentino und Jay und sie fuhren aus der Blockadestellung in Richtung ihrer Besitzer. Ihre Motoren heulten und es war ihnen egal, ob sie dabei selbst in die Luft gehen würden oder erwischt würden.

Wenn sie untergingen, dann gemeinsam.

Sie waren Autos, die den Auto-Codex sehr verinnerlicht hatten, denn sie führten die oberste Priorität aus.

„Beschütze deinen Schützling bis zum bitteren Ende."

Valentino rannte um sein und das Leben von James in Richtung der Rettungskräfte und deren Autos, welche auf sie zurasten.

Sie hatten sich fast erreicht, doch dann geschah eine viel größere Explosion und die dazugehörige Erschütterung. Die in tausend verschieden große Stücke zerrissenen Flugzeugteile der Felicitas Airlines Maschine Bangana BA 82, die der B507 und die des Propellerfliegers schleuderte es, angetrieben von einem riesigen Feuerschwall, über den Flugplatz und sie bedeckten unseren Valentino, unseren James, unseren Schwabbs und unseren Lionel unter sich.

Als sich der Rauchnebel löste, das Feuer nur noch ein wenig fackelte und man wieder etwas sehen konnte, entdeckten Neela, Konrad, Priya, Menschenjunges Lionel und sein Aaron sowie auch die Autos, die nun näher ranfuhren, dass die zwei Männer verschwunden waren.

Die Scheinwerfer der Autos und der Flugzeuge blitzten wie wild, die Augen der Menschen waren aufgerissen und starr vor Angst und sie schrien nun alle laut: „Nein!"

To be continued …

JAHRE SPÄTER
„GEDENKT-GEDANKT"

„Neela, du vermisst ihn, nicht wahr? Ich vermisse ihn auch. Weißt du noch, als er und ich herumknutschten?", hörte sie ihren Mann sagen. Neela lachte milde, da ihre Trauer gerade sehr groß war. Auch nach all den Jahren tat es manchmal so weh, als wäre es gestern passiert. Sie sprach, mit weinerlicher Stimme:

„Weißt du, Schatz? Ich hätte damals nicht gedacht, dass wir heute hier stehen. Ehrlich gesagt, hätte ich nicht geglaubt, dass es irgendwer überleben würde. Ich traure über den, der genommen wurde, aber freue mich in Dankbarkeit, dass ich dich noch habe."

„Mom! Dad!", rief es plötzlich, gefolgt von, „Lionel und Aaron nerven mich schon wieder!"

„Lasst das Kind doch endlich in Ruhe!", rief der Vater, drehte sich zu seiner Frau, küsste sie und sprach: „Ich liebe dich."

DER VERLAG

VINDOBONA
VERLAG SEIT 1946

ein Verlag mit Geschichte

Bereits seit 1946 steht der Vindobona Verlag im Dienst seiner Bücher und Autoren. Ursprünglich im Bereich periodisch erscheinender Journale tätig, präsentiert sich der Verlag heute als kompetenter Partner für Neuautoren am deutschen, österreichischen und schweizerischen Buchmarkt. Engagement, Verlässlichkeit und Sachverstand – das sind die Grundpfeiler, auf denen der Verlag seit jeher sicher steht.

Sie möchten mit Ihrem Werk das vielseitige Verlagsprogramm bereichern? Der Vindobona Verlag garantiert Ihnen eine professionelle Prüfung Ihres Manuskriptes durch das Lektorat sowie eine zeitnahe Rückmeldung.

Genauere Informationen zum Verlag finden Sie im Internet unter:

www.vindobonaverlag.com